U0163987

詩經

名物意象探析

李　湘◎著

目　錄

例　言

「茅」字應用系列（附「麻」字四篇）———— 265

一、總論 265

二、篇目 267

例　言

　　一、《詩經》，是在公元前十一世紀至公元前六世紀期間之特定歷史時期產生的。它的歷史文化背景就要更加悠遠。自漢以來，注家累百計千，讀者不可勝計。然而時至今日，大概也只能說讀懂它的一部份，誰也不能說全已讀懂了。原因是多方面的，其有關社會形態、典章制度、文字音韻等等方面的問題且不論，就只在一些與古代民俗、文化、信仰、習慣、心理等密切相關的名物用語中，也還包藏著大量說不清的問題。此類名物用語，單從字面看，似乎一看即懂，然而它們在詩歌意象結構中的特定社會內涵，卻是民族文化歷史生活的積澱，不經特意探尋，是很難知其眞諦了。聞一多曾將此類名物如「魚」等乾脆稱隱語，筆者在稿中也贊成和學習這種用法，以爲很有趣味，也能說明問題，但爲更概括而明確，和減少一些解釋，就把此類名物概稱爲特定名物，把《詩》中使用這些名物的詩篇分別串連一起，稱之爲特定名物應用系列，並從而作系統之考察，以期在古代文化的更深層次中，弄清許多迷惘。

　　聞一多在講述這種名物亦即他所謂隱語時，曾在其名篇《說魚》中有言：「隱在六經中，相當於《易》的『象』和《詩》的『興』」。「隱的作用，不僅是消極的解決困難，而且是積極的增多興趣，困難愈大，活動愈祕密，興趣愈濃厚，這裡便是隱語的，也便是《易》與《詩》的魔力的泉源。」這是從欣賞方面講的；若從研究方面講，就應屬民俗學或文化人類學、宗教文化學的範

疇了。

二、查閱舊時解詩，凡有關此類名物之注疏，不能說都無價值，但其主要缺點是：

㈠注名稱、注性狀、類別等等，言之不厭其煩，而對於理解詩義，並無多大幫助。

㈡憑空說教，穿鑿附會，不但無助於解詩，反而造成混亂，把讀者引向迷途。

㈢讀者需要注疏的，注者卻不注不疏，付之闕如。

這第三種情形，當然留下了空白，卻也未留下麻煩，而第一、第二種情形，影響後世至今，則亟需清理改造。

三、舊解之穿鑿附會的原因，當然是多方面的。而其主要原因，乃在昧於古俗、古文化。既不明古代文化，就只好主觀臆斷，隨意聯繫，弄出許多謬誤了。例如一個「狐」字，它在《詩經》時代本應是瑞應之象、婚娶之徵，然而注疏者不識。由於不明古俗，再加詩教需要，便一律曲解為淫獸，曲解為邪媚之象，把一些詩篇的內容、題旨說歪了。例如《齊風·南山》，其首章以「雄狐綏綏」起興，這明明是用以興起魯桓公娶齊姜的，可既訓雄狐為淫獸，屬於邪媚之象，就只好曲解詩義，硬說這是暗示齊襄公淫齊姜。代代相襲，直至當今。再說一個「魚」，它在《詩經》一系列篇章中，主要是豐年、豐收之象及情侶互稱之隱語，然而注疏者不識。由於不明其遠古文化背景，便誤把那一系列有關詠魚、詠食魚、烹魚，詠魚祭、魚宴，詠釣魚、打魚，詠食魚之鳥獸、捕魚之梁笱等等的篇章解為純寫實之筆，而完全誤會詩義了。例如《陳風·衡門》詠「豈其食魚，必河之魴？」這一章，即使像郭老的《中國古代社會研究》，也竟作如此解釋：「（這是）一位餓飯的破落貴族作的，他食魚本來有吃河魴河鯉的資格……但是貧窮了，吃不起了。」其實，這是一篇情歌，以「食

魚」為求偶之隱語，其整篇題旨，無非以「豈其食魚，必河之
魴」為興句，以引起下文的「豈其娶妻，必齊之姜」罷了。這同
破落貴族餓飯沒有什麼聯繫。所以這狐也魚也云云，在它們所屬
的一系列篇章中，就不僅僅是一般名物用語問題，而是關係到通
解與欣賞全詩，和必須認真破譯的一些「密碼」了。

　　像以上這些有關狐魚等等的神祕觀念，我們認為，都是從遠
古時期傳下的。這就需要研究那些與之有關的遠古風俗與文化。
而秦漢以後的儒家各派注疏，實很少注意及此，當然也就很難作
出應有的符合實際的解答。而筆者這一個系列，則正想作些探
討，研究一下這種特殊的歷史積澱同詩歌藝術的合一。

　　四、關於此稿體例，其總的設想是，以選定的每個特定名物
為綱，串起那一系列詩篇。在每個系列之前，先置「總論」一項
作導語；在每個系列之中，再置該篇特定名物「辨證」一項，以
結合該篇實際，並簡評前賢得失。然後加全篇譯文與注釋，合研
究系列與欣賞系列為一體，求其雅俗共賞，以饗更多讀者。

　　五、系列之間的順序，以各系列之首篇或連同次篇在《詩經》
之原順序為順序。各系列之內的篇目順序，亦依其所在《詩經》之
原順序為順序。只在個別系列，為了另外的理由，也許少有調
整。

　　六、另有一種情形，似乎很難避免，這就是：在少數的同一
詩篇內兼有兩個或兩個以上的特定名物。這就必須把此同一詩篇
分列於兩個或兩個以上的系列。但是須根據具體情形，選在一個
系列中錄全詩，而在另外的系列中只尋其有關章節，以求減少重
覆。但也可以理解，為了讀者方便，為了系列的完整，即使有一
點重覆也無妨，而且就那幾篇。其他如解題或注釋，亦取同一原
則，既考慮讀者方便，亦盡量減少重覆。

　　七、關於白話譯文，旨在幫助欣賞，力求忠於原詩。個別譯

難之處，字句適當變通，力求不失原意。

　　八、此稿問世，不是意味著這一「系列」的結束。如果時間允許，還可再寫續編，並請專家指正。

　　　　　　　　　河南省社會科學院　李湘　一九八九年七月

「魚」字應用系列

一、總論

　　《詩經》篇章中言魚字，用法有二：㈠是指自然屬性之魚，例如「魚潛在淵」（《小雅·鶴鳴》）、「象弭魚服」（《小雅·采薇》）之類，這裡不作研究。㈡是除用其自然屬性之外，還兼用它的隱藏義，亦即社會生活的象徵義。其象徵義有二：㈠是象徵豐收或豐年，以及與此有關的活動、情思相聯繫；㈡是象徵婚姻與愛情，以及與此有關的行為、情思相聯繫。這現象甚為有趣，既可作文學方面之研究，同時也是在文化研究的重要課題。

　　其實，這兩種象徵義，最初是聯在一起的。在遙遠的史前時期，初民以漁獵為生，環境惡劣，壽命短促，人口稀少，氏族之生殖延續十分困難。他們眼見那魚類生生不息的強大生殖力量，便逐漸形成一種崇拜感，希望得到魚一般的生殖能力，而終於以他們的原始思維方式，視魚為生殖之神、豐收之神。我們從西安半坡仰韶文化遺址出土的母系氏族社會那眾多的彩陶人面魚紋圖，如珥魚圖（耳上掛魚）、銜魚圖（嘴邊銜魚）以及河南閻村出土的彩陶鸛鳥銜魚圖還有陝西寶雞北嶺出土的彩陶鳥啄魚紋圖等等所表示的神祕觀念裡，可明顯看出其中所顯示著的初民希求豐收與生殖繁衍的強烈慾望。這種神祕的宗教觀念往後世延續著，即使到了以配偶、婚姻家庭為社會基本結構的農業社會時

期，也仍然積澱在羣體的共同心理經驗中：說起這個魚，便要聯想到豐收、繁衍與生殖，並由繁衍生殖而推及婚姻與配偶。反過來，一說起豐收、繁衍與配偶，也便要想起魚。而延至周朝以後，我們就可在一些鐘鼎金文、有關典籍及《周易》或《詩經》中，讀到一些有關的貞卜、記事、故事，或以魚字為詩句去詠唱豐收、豐年、愛情或婚姻了。例如《周易・中孚》云：「中孚。豚魚吉。」這是說每當行禮時，心中誠信，又有豚魚則吉。這裡把魚字同吉字相聯繫，顯然是上述那神祕宗教觀念的遺留。而且這吉字的涵義，也無非是豐收與多子。因為在當時的生活中，沒有比這更為重要的。聞一多《周易義證類纂》云：「此曰『屯（豚）魯（魚）吉』，則猶《井人 安鐘》『得屯（豚）用魯（魚），永冬（終）于吉』也。」從這看出，《周易》與鐘鼎金文，觀念基本一致。而在《詩經》的詩歌創作中，我們就進一步看到歷史的宗教觀念內容向藝術形式的積澱與演化。例如《小雅・無羊》：「衆維魚矣，實維豐年。旐維旟矣，室家溱溱。」這就是多魚象徵（或暗示）豐收的典型例子。不多贅。

至於以魚字詠男女、詠婚情，請再見《周易・剝・六五》：「貫魚，以宮人寵，無不利。」這是一段爻辭。此爻的特點是，先談魚，然後說宮人得寵，主吉，無不利。那麼，這宮人二字指誰？按聞一多先生解釋，就是王后、夫人、嬪妃、御女的總稱；而前頭所說的貫魚，則為宮人之象，作隱語。（見《說魚》）再看下面一段《管子》的故事，桓公使管子求甯戚，甯戚應之曰：「浩浩乎！」管仲不識，午飯時問婢子，婢子回答說：「詩有之：『浩浩者水，育育者魚。未有家室，而安召我居？』甯子其欲室乎？」這婢子只聽到「浩浩乎」三字，便立即講出了這「育育者魚」的祕密。尹知章注此云：「水浩浩盛大，魚育育然相與而游其中，喻時人皆得配偶，以居其中，甯子有伉儷之思，陳此詩以

見意。」這是文人的解釋，同婢子所言基本一致。

　　至於在《詩經》篇章中，以魚字為隱詠婚情，就要更多起來。其所運用之方法，還分成幾個層次：魚為情侶之隱稱，烹魚吃魚喻合歡，打魚釣魚喻求偶。並且再擴而充之，凡是捉魚之笱、攔魚之梁、釣魚之竿緡、吃魚之鳥獸等等，也都賦有了隱語的性質，用法機巧多變，不一而足。而且，自《詩經》之後，歷秦漢魏晉南北朝，直至現當代不少民族的詩歌或年畫中，也往往保留了這種以魚為隱的傳統觀念，例如漢族民間年畫中流行的童魚圖（一個胖娃娃抱個大鯉魚，象徵年年有餘（魚）、豐收、多子），便是最典型的。至於歷代流傳的以魚為吉祥物的用具用物，如魚軒、魚服、魚書、魚鑰、魚鼓、魚燈、魚契、魚梆等等，那就更多了。這一切，都證明這一神祕的魚文化，是何等歷史悠久，根深蒂固，難以思議。

　　聞一多先生說：「《國風》六言魚，皆男女互稱之廋語。」（《詩經通義》）然而據我所查閱，在《詩經》以魚為男女互稱之隱語，或用以詠愛情詠婚姻者，卻是《國風》與《小雅》兼有，或明言，或暗言，包括言捉魚之梁笱、言食魚之鳥獸等等，一共擇有十七篇。至於其另一義，作為豐收之隱語者，則尚未為聞氏所言及，按《小雅》凡五篇，《周頌》有一篇，合之共六篇。為閱讀方便計，特集於本系列之末，一併解釋如下。

二、篇目

小雅・小弁　　　小雅・采綠

小雅・何人斯　　　小雅・白華

小雅・鴛鴦　　　小雅・魚麗

齊風・敝笱　　　小雅・南有嘉魚

陳風・衡門　　　小雅・無羊

檜風・匪風　　　小雅・魚藻

曹風・候人　　　小雅・苕之華

豳風・東山　　　周頌・潛

豳風・九罭

周南・關雎①

原　詩	譯　文
(一)	(一)
關關雎鳩，②	關關鳴唱是雎鳩，
在河之洲。③	雌雄相伴在河洲。
窈窕淑女，④	美好可愛一淑女，
君子好逑。⑤	正堪與君作侶儔。
(二)	(二)
參差荇菜，⑥	參差荇菜綠油油，
左右流之。⑦	左右蔓延任浮游。
窈窕淑女，	美好可愛一淑女，
寤寐求之。⑧	令人日夜苦追求。
求之不得，	此女追求不可得，
寤寐思服。⑨	日夜思念如飢渴。
悠哉悠哉，⑩	意緒綿綿切不斷，
輾轉反側。⑪	夢中輾轉又反側。
(三)	(三)
參差荇菜，	參差荇菜綠油油，
左右采之。⑫	左右蔓延任浮游。
窈窕淑女，	美好可愛一淑女，
琴瑟友之。⑬	琴瑟一齊共迎奏。
參差荇菜，	參差荇菜綠油油，
左右芼之。⑭	左右蔓延任浮游。

窈窕淑女，　　　　　　　美好可愛一淑女，

鐘鼓樂之。⑮　　　　　　鐘鼓一齊鳴不休。

注　釋

①周南──十五國風之一，同《召南》並稱二南。西周初期，周
公旦與召公奭分別統治東西方諸侯。周公旦長住洛邑，統治
東方諸侯，周南即屬周公統治下的南方地區，相當於汝水至
江漢合流一帶地方。召公奭長住鎬京，統治西方諸侯，召南
即屬召公統治下的南方地區，相當於漢水以上、三峽以下的
長江流域一帶。另，南也兼有樂調之意，與北方樂歌不同。
二南中作品，多產於東周時期，其中有不少佳作。《周南》存
詩十一篇；《召南》存詩十四篇。

②關關──鳥鳴聲。《毛傳》：「關關，和聲也。」一說：《詩
經》中重言連綿字互轉多見，關關即間關、睍睆，為美好之
意。

雎鳩（ㄐㄩ ㄐㄧㄡ）──水鳥名，據考即為魚鷹。

③河──黃河古稱「河」。一說：泛指北方河流。

洲──水中陸地。

④窈窕（ㄧㄠˇ ㄊㄧㄠˇ）──體態美好之貌。

淑──美，品德美好。

⑤君子──古時對男子之美稱。

好逑（ㄏㄠˇ ㄑㄧㄡˊ）──二字同訓一義，皆匹儔、配偶之
意。聞一多《詩經通義》：「《關雎》篇『君子好逑』，亦即君子
匹儔也。《關雎・傳》曰：『宜為君子好匹』，似讀好為形容
詞，失之。」

⑥參差（ㄘㄣ ㄘ）──長短不齊貌。

荇（ㄒㄧㄥˋ）菜──水草，根生水底，花葉浮出水面，莖葉

可食，俗稱金銀蓮。《毛傳》言后妃之德可以「共（供）荇菜，備庶物，以事宗廟。」此所謂后妃之德，固屬穿鑿，但從中可知古時荇菜乃祭品。此章以荇菜興婚姻，可猜其亦必用於婚禮，爲祭品。用之既久，形成風俗，寫之於詩，蓋亦詠荇菜，思淑女，用之以起興也。

⑦流之——蔓布。《爾雅·釋言》：「流，覃也。覃，延也。」《疏》：「皆謂蔓延相被及」。之，語末助詞。《毛傳》：「流，求也。」後世多從之，實誤。姚際恆《詩經通論》：「未聞流之訓求者，且下即言求，上亦不應作流也。」

⑧寤寐（ㄨ ㄇㄟˋ）——寤，醒；寐，睡。

求之——追求她，思念他。

⑨思服——思會。服、思二字同義，疊義連語。《毛傳》：「服，思之也。」

⑩悠（一ㄡ）——憂思。《說文》：「悠，憂也，從心，攸聲。」

⑪輾轉反側——翻來覆去，睡臥不安。輾轉、反側同義。

⑫采之——采，蔓，與上章流字義近，仍以荇菜爲主語。《後漢書·王符傳》：「葛采爲緆」。《注》：「采猶蔓也。」舊訓采爲摘爲擇，均失之。之，語末助詞。

⑬琴瑟（ㄙㄜˋ）——古代樂器。琴，五絃或七絃；瑟，廿五絃。

友之——親愛她。句意：彈琴鼓瑟歡迎她、親愛她。

⑭芼（ㄇㄠˋ）之——芼，密集而蔓布，與上章流、求義近，換字協韻，重章邅複。仍以荇菜爲主語。《說文》：「芼，草覆蔓。」舊訓芼爲擇，亦失之。之，語末助詞。

⑮樂（ㄌㄜˋ）之——使她快樂。句意與「琴瑟友之」略同。

題旨簡述

此爲爲周人賀婚歌，或稱結婚歌，情思纏綿婉雅，歷代傳頌。推其當初，可能是篇戀歌，其後流傳輾轉，再經樂師們潤色，便衍爲通用的賀婚歌。其中所用「琴瑟」、「鐘鼓」等語，帶有明顯的上層社會情調，不似民間語氣。據考西周初期，鐘鼓主用於娛神，延至中晚期以後，方始用於娛人。據此，可推知此詩年代，不會太早。

《詩序》云：「《關雎》，后妃之德也。」《詩集傳》：「女者，未嫁之稱，蓋指文王之妃太姒爲處子時而言也。君子，則指文王也。」此皆附會之辭，歷代多有駁議。但一向解說紛紜，莫衷一是，似仍以爲賀婚歌較妥。

魚字辨證

此篇置「魚」字應用系列之首，卻不見篇中言「魚」字，而只言食魚之鳥——雎鳩。《禽經》云：「雎鳩，魚鷹。」《爾雅·正義》云：「《史記·正義》：『王雎，金口鶚也。』今鶚鳥能翔翔水上，捕魚而食，後世謂之魚鷹。」所以，此河洲雎鳩，乃爲食魚之象。前邊「總論」中明言，《詩經》情歌言魚，皆情侶互稱之隱語，並以捕魚、食魚喻求偶。那麼，此篇河洲雎鳩，作爲食魚之鳥，便自是求偶之隱語，同下文之淑女好逑相一致，完全合乎法則。《曹風·候人》詠：「維鵜在梁，不濡其咮。彼其之子，不遂其媾。」這是說，鵜鶘沒有沾嘴，亦即未曾吃魚，因此便引起下文，男女不遂其媾。聞一多《說魚》，把「食魚的鳥獸」列專項，並以《候人》屬之。那麼，這雎鳩在河，應當屬於同類。只是正用反用，用法有不同耳。

歷代解此詩，流行——傳統訓釋，即以雎鳩爲匹鳥，天成定

偶而不相亂，故用以比夫婦。例如《毛傳》云：「雎鳩，王雎也，
鳥摯而有別。」「后妃有關雎之德，是幽閒貞專之善女，宜爲君
子之好匹。」《鄭箋》：「摯之言至也，謂王雎之鳥，雄雌情意
至，然而有別。」《詩集傳》：「關關，雄雌相應之和聲也。雎
鳩，水鳥，一名王雎，狀類鳧鷖，今江淮間有之，生有定偶而不
相亂，偶常並游而不相狎，故《毛傳》以爲摯而有別。」《淮南
子・泰族訓》：「關雎興於鳥，而君子美之，爲其雌雄之不乖居
也。」按此以雎鳩之偶居特性比夫婦，應屬後世之觀念。再硬把
文王與后妃之德套進去，尤爲穿鑿附會。

　　按聞一多《說魚》原理，此篇言關雎本屬食魚之象，則應屬魚
字應用系列。然而他既採傳統說法而復加己意云：「鳩之爲鳥，
性至謹愨，而尤篤於伉儷之情，說者謂其一或死，其一即憂思不
食，憔悴而死……故《國風》四言鳩，皆以喻女子。」這就有兩個
問題要分辨：一是所謂「國風四言鳩」，這鳩字卻有不同，此關
關雎鳩乃係食魚之水鳥，而其餘三處（《鵲巢》、《氓》、《鳲鳩》）
之鳩，卻皆爲布穀鳥或斑鳩，並非雎鳩一類。二是所謂「皆以喻
女子」，卻也並不盡然。單說這關關雎鳩，細味此詩此情，卻無
非旨在喻求偶，或以喻合歡，雄雌雙方都有，很難說單一喻女
子。那麼，綜合以上諸情由，仍以置於魚字應用系列爲妥。舊注
匹鳥不亂之義，一向用之不疑，然而實非本義。

周南・汝墳 ①

（全詩見「薪」字應用系列）

原　詩	譯　文
遵彼汝墳，②	沿著汝河走大堤，

伐其條肆。③　　　　　　一路揚斧砍新枝。

既見君子，④　　　　　　今日喜見君子面，

不我遐棄。⑤　　　　　　果然不曾把我棄。

魴魚赬尾，⑥　　　　　　魴魚尾巴紅又紅，

王室如燬。⑦　　　　　　媒宮大會熱騰騰。

雖則如燬，　　　　　　　雖則大會熱騰騰，

父母孔邇！⑧　　　　　　只怕父母看不中！

注　釋

①周南——見《關雎》注①。

②遵——沿著。

　汝墳——汝水大堤。汝，汝水，源出河南省，入淮河。墳，
　堤岸。《毛傳》：「墳，大防也。」

③伐——砍伐。

　肆（ㄙˋ）——新枝、小枝。聞一多《詩經通義》：「《傳》曰：
　『斬而復生曰肆』。案，斬而復生之枝亦小枝。」

　伐其條肆，義同伐其條枚，亦皆爲「伐薪」之義。《詩經》情
　詩中皆以「伐薪」作男女婚姻之象。詳見「薪」字應用系列
　總論。

④君子——女子尊稱男方。

⑤不我遐棄——不遐棄我。遐（ㄒㄧㄚˊ），遠。棄，忘。遐
　棄，久忘。

⑥魴（ㄈㄤˊ）——魴魚。《說文》：「魴，赤尾魚也。」

　赬（ㄔㄥ）——赤尾，據孫作雲《詩經與古代社會研究》云，
　魴魚赤尾，是在交尾期的一種生理現象。《毛傳》云：「魚勞
　則尾赤」，不知作何解釋。《毛詩正義・疏》：「鄭氏云『魚

肥則尾赤』」。聞一多亦云：「勞字誤，當作肥。」

⑦王室——孫作雲《詩經與周代社會研究》：「王室即《桑中》的上宮，皆禖社神廟之意。『王』有『大』意……『王室』即汝水旁的大廟、禖宮。……猶嵩山因有塗山氏女媧廟而曰『太室』。」舊訓王室為王朝、朝廷，似皆不可。

燬——《毛傳》：「燬，火也。」王室如燬，意指媒神大宮人山人海，如火如荼，青年歡會求偶的熱烈景象。

⑧父母孔邇——父母就在近旁。孔，甚。邇，近。此句言外之意是害怕父母干涉，不要惹父母不高興。

題旨簡述

此篇為一戀歌，作女子之辭。古時在仲春之月，有大會男女之俗，青年人在水邊歡合求偶，祭祀高禖（媒），祈求愛情、幸福。全詩三章，此兩章詠女子見到男方時的喜悅，卻又害怕在媒神廟（王室、上宮）的熱烈交歡中失去控制，受到父母干涉。舊解此詩，多與誤解「王室如燬」為王朝動亂或朝政酷烈相聯繫，或云此生於亂世為保存父母而為仕者之作，或云此君子從役而歸，因王室動亂又恐其復從役之作等等，皆與詩旨不合。

魚字辨證

此篇與《關雎》不同，其末章正面以「魚」字起興。然而，卻又加「赬尾」二字，便引起千載爭訟。《毛傳》云：「赬，赤也。魚勞則尾赤。」其實，此魴魚本名赤尾魚，與勞字並無關係，即有，也絕非指言勞苦。孫作雲曾作調查說：「據生物學說，有一些魚在春天交尾時期，尾巴發紅，以招引異性。這說明這首歌是在春天唱的。」（《詩經與古代社會研究》）此話甚好，大概可以揭示出這「赬尾」之用於此詩的生物學根據。前「總論」中明

言，魚，本就是情侶互稱之隱語，此魴魚而又頳尾，意象就更加
豐富了。在本系列另外幾篇中，也有言魴的，例如《陳風‧衡
門》：「豈其食魚，必河之魴？」再如《小雅‧采綠》：「其釣維
何？維魴及鱮。」可見這魴，在情侶心目中，占有重要地位。

歷代經師解此，本不知魚字之眞諦，再加一個「頳尾」，便
只好穿鑿附會。例如《鄭箋》云：「君子仕於亂世，其顏色瘦病如
魚勞則尾赤……」《詩集傳》亦云：「魴魚本白而今赤，則勞甚
矣。……其（供役者）家人見其勤苦而勞之日，汝之勞既如此，
而王室之政方酷烈而未已。」此皆如出一轍，附會於一個勞字。

再如馬瑞辰《毛詩傳箋通釋》：「詩人以魚尾之赤，興王室之
如燬，後人遂以火燒鯿名之。」此以魚尾之赤比喻王室如燒，更
加不倫不類。而今人《詩經今注》則云：「作者烹魚給丈夫吃，見
到魚尾紅似火燒，聯想到王室也如火燒毀。」此未出《通釋》窠
臼，且另加「烹魚給丈夫吃」云云，卻覺更不合理。

聞一多解此詩：「《左傳‧哀公十七年》載衛侯貞卜，其繇
曰：『如魚竀（頳）尾衡流而方羊』《疏》引鄭眾說曰『魚勞則尾
赤，方羊游戲，喻衛侯淫縱。』本篇曰『魴魚頳尾，義當與《左傳》
同。」（《詩經通義》）又如：「王室指王室的成員，有如『公子』
『公族』『公姓』等稱呼，或如後世稱『宗室』『王孫』之類，燬即火
字，『如火』極言王孫情純之熱烈。『父母孔邇』一句是帶著驚慌的
神氣講的，這和《將仲子》篇『仲可懷也，父母之言，亦可畏也』表
示著同樣的顧慮。」（《說魚》）按聞氏如此解「王室」，顯然未
必合適（按王室應指媒宮、大廟之類，詳見文字注解。），但他
所引《左傳》所記衛侯事及所指出的此詩基調，則十分富有卓見，
不可抹煞。

召南・何彼穠矣①

原　詩	譯　文
(一)	(一)
何彼穠矣，②	請看呀光色澤澤，
唐棣之華！③	車帷兒錦花朵朵！
曷不肅雝，④	這氣象肅敬和樂，
王姬之車！⑤	這就是王姬之車！
(二)	(二)
何彼穠矣，	請看呀光色絢麗，
華如桃李。⑥	車帷兒花似桃李！
平王之孫，⑦	這就是平王之孫，
齊侯之子！	許配與齊侯之子！
(三)	(三)
其釣維何？⑧	釣魚呀需用何物？
維絲伊緡。⑨	釣魚呀須用絲緡。
齊侯之子，	這就是齊侯之子，
平王之孫！	來迎娶平王之孫！

注　釋

①召南——見《周南・關雎》注①。

②穠（ㄋㄨㄥ）——繁密茂盛。《詩集傳》：「穠，盛也，猶曰戎戎也。」

③唐棣（ㄉㄧ）——亦作常棣，非指樹木，而指車衣。古時婦

人之車有裳帷，即車衣。《衛風‧氓》：「淇水湯湯，漸車帷裳」，《毛傳》：「帷裳，婦人之車也。」聞一多《詩經通義》云，古音唐棣與裳帷相近，唐棣——作常棣。常即裳之本字。棣、帷，古讀並歸舌頭音，又同脂韻，聲亦相近，故唐棣當讀爲裳帷，亦即車衣。古訓唐棣爲樹木，失之。

華——古花字。指裝飾車衣的花紋。

④曷（ㄏㄜˊ）——同「何」。

肅雝（ㄩㄥ）——《毛傳》：「肅，敬；雝，和。」

⑤王姬——周王之女。周王姓姬，故稱王姬。

⑥華如桃李——承上省略，指上章唐棣（裳帷、車衣）之花美如桃李。

⑦平王——周平王宜臼。

⑧其釣維何？——釣魚如何作準備？

其、維——皆助詞。

⑨維絲伊緡（ㄇㄧㄣˊ）——絲線和絲繩。緡，絲繩。

維、伊——皆助詞。《詩經》情歌、婚歌凡言釣魚、捉魚等等，皆暗示男女求偶。此處言絲言緡，亦即釣魚之義。

題旨簡述

　　此篇爲詠歌周王嫁女之詩。周王姓姬，故稱其女爲王姬。《春秋》記周王嫁女共兩次，一次莊公元年，一次莊公十一年。惠周惕《詩說》云：「《春秋》莊十一年初王姬歸於齊。《傳》曰『齊侯來逆共（音恭）姬』，共姬固美諡，又與肅雝之義合也。」由此可知，此係第二次，亦即齊桓公親迎王姬事。陳子展《詩經直解》云：「詩言平王之孫者，蓋莊王之女，平王之玄孫女。省言之曰孫者，猶《閟宮》周公之孫，不言曾孫而但曰孫也。」

魚字辨證

　　此詩共三章，初讀之下，意象頗覺奇特。前兩章，詠王姬輅車之華美，末一章，卻言釣魚之事，復都與王姬齊子相關係，而並不言婚事，便不禁費人猜詳。其實，可明白判知此篇之婚姻主題者，就在第三章這釣、絲、緡諸字。前「總論」中明言，凡《詩經》情詩中所言捕魚、打魚之行為，皆為求偶隱語。這就可以明白，詩中的齊侯之子、平王之孫，乃為娶、嫁之雙方。這絲、緡、釣魚之象，正與前兩章所詠王姬輅車之事相一致。詩中言魚字，本已就是隱語，這裡則只言釣、絲等而不言魚，可謂為隱中之隱。聞一多說：「隱訓藏，是借另一事物來把本來可以說得明白的說得不明白點。」（《說魚》）這就是歷史之積澱轉化為詩歌藝術了。而歷代解此詩，則大都不明真諦。如《鄭箋》：「釣者，以此有求於彼，何以為之乎？以絲為之綸，則是善釣也。以言王姬與齊侯之子以善道相求。」朱鶴齡《詩經通義》：「張氏曰：『言釣如何？必以絲為緡；夫婦如何？必相接以禮也。』」按兩家所云，大體相似，前者以絲、緡比「道」，後者以絲、緡比「禮」，皆在詩教上打主意，不知釣魚之真諦。再如：

　　《詩集傳》：「絲之合而為綸，猶男女之合而為婚也。」《詩經原始》：「其所以能結此絲夢之美者，豈不以王侯世胄互聯姻締，如絲之合而為緡乎？」按兩家亦附會之言，以絲之合比人之合，全係出於臆測，無可取者。

　　再如《詩經今注》：「詩以用絲繩釣魚比喻以王姬齊侯之貴徵求媵妾。」這就是說，此詩主題乃詠周王為孫女徵求陪嫁媵妾，於是以釣魚絲繩之貴比王侯身分之貴。這卻比前賢舊解更多一層附會，更覺不易理解了。

邶風·谷風①

原　詩	譯　文
行道遲遲，②	走出家門步遲遲，
中心有違。③	心中不願就分離。
不遠伊邇，④	不求送遠你送近，
薄送我畿。⑤	剛到門口你停止。
誰謂荼苦，⑥	誰說苦菜味兒苦，
其甘如薺。⑦	在我吃來甘如薺。
宴爾新昏，⑧	看你新婚正高興，
如兄如弟！	親親熱熱如兄弟！
涇以渭濁，⑨	涇水流沙渭水濁，
湜湜其沚。⑩	水灣靜處仍清波。
宴爾新昏，	娶得新婦你高興，
不我屑以。⑪	今日翻臉不理我。
毋逝我梁，⑫	不要到我漁梁走，
毋發我笱。⑬	不要開我捕魚簍。
我躬不閱，⑭	自身尚且不見容，
遑恤我後！⑮	哪裡還得顧身後！

注　釋

①邶風——邶（ㄅㄟ）國詩歌。周武王克商之後，封紂王之子
武庚於邶。以後，武庚因叛亂被殺，邶併入衛。其故城在今

河南湯陰縣東南邶城鎮，其領域在紂城朝歌（今河南淇縣北）之北，故稱邶。邶風共存詩十九篇。

②遲遲——慢吞吞的，被棄之後，走路失意之狀。

③有違——心情矛盾，不情願。

④伊——語助詞。

　邇（ㄦˇ）——近。

⑤薄——語助詞。亦含有勉強、急迫之意。

　畿（ㄐㄧ）——門限。

⑥荼（ㄊㄨˊ）——苦菜。

⑦薺（ㄐㄧˋ）——甘菜。

⑧宴——安樂。　爾——你們。

　新婚——新婚。此指丈夫娶新婦。

⑨涇以渭濁——涇、渭，二水名。涇為渭水支流，源出寧夏六盤山東麓，至陝西高陵縣流入渭水。涇水挾泥沙甚多，古稱「涇水一石，其泥數斗」，流入渭水，把渭水弄濁了。或云涇清渭濁，是渭水把涇水弄濁了。然而此說不妥，涇水乃渭水支流，即使渭水是濁的，也不可能倒流入涇，怎會把涇水弄濁？高亨《詩經今注》：「以，猶使也。」據此，該句的比喻義甚明：我家本來純潔，只因新婦進入，便把事情攪混了。

⑩湜湜（ㄕˊ）——水清貌。沚——水灣，或通止。句意：水流時是濁的，其靜沚之處仍是清的。同上句語意相關，仍是說渭水本來不濁，只是涇水流入後才變為渾濁的。

⑪不我屑以——不屑要我。以，與、親近。

⑫毋逝我梁——不要到我魚梁去。毋，不要、不許。逝，往、去。梁，攔魚的小埧。埧身有通水小道，放置魚筍，可以捉魚。嚴粲《詩緝》：「蓋為堰以障水，空其中，承之以筍。」

《詩集傳》:「堰石障水而空其中,以通魚之往來者也。」

⑬毋發我笱——不要打開我捕魚籠。發,打開,笱,竹製漁具,似籠,口闊頸狹,腹大而長,頸部有閥(倒須、倒刺)、魚進而難出。置笱於魚梁的通水道上,魚羣誤認水道可以通過,游進便不得復出。

以上兩句,均暗示不准新婦前來奪走丈夫。聞一多《風詩類鈔》云:「二句廋語,禁夫勿來就己身也。」此意亦可參考,備一說。

⑭躬——身、自己。

閱——容、愛。《左傳・襄公廿五年》引《詩》作「悅」。大意是,我自己已經不能見容於丈夫。

⑮遑(ㄏㄨㄤˊ)——何、暇。 恤(ㄒㄩˋ)——憂慮、顧念。

題旨簡述

此篇爲棄婦之詩,詠一女子結婚後丈夫喜新厭舊,把她拋棄。全詩六章,篇幅較長,此其第二、三章,先詠絀被棄之後面對丈夫新婚,內心無限痛苦;後詠絀內心對丈夫新妻的拒斥,卻已無可奈何。

《詩序》解此詩:「《谷風》,刺夫婦失道也。衛人化其上,淫於新昏而棄其舊室,夫婦離絕,國俗傷敗焉。」按此言夫婦失道,丈夫喜新厭舊,意思可取,但所言「衛人化其上」「國俗傷敗焉」等等,則爲說教之辭,詩中並無此義。《詩集傳》:「婦人爲夫所棄,故作此詩,以絀其悲怨之情。」此意甚簡明,後世多用此說。

魚字辨證

此詩後一章,共八句而分兩截。前半截用涇以渭濁起情,興

起婦人的被棄；後半截改以魚字起興，然而不言魚而言梁、笱。梁者，攔魚之垻；笱者，捕魚之簍；毋逝我梁，毋發我笱者，不准來魚梁取魚，不准開我魚簍也。前「總論」中明言，詩中以捕魚捉魚喻求偶，此篇言不准取魚，自是對丈夫新妻的警示：不准來我家尋情、奪我夫婿、毀我家室也。然而這結局已定，無可挽回，所以下文便接著說，她自身尚不見容，無力顧身後之事了。這同前篇相似，詩中言捕魚，本已就是隱語，而此章只言梁、笱，暗示捕魚之意，就仍是隱中之隱了。

此言梁言笱句組，在詩中多以上述結構用於同類詩篇，形成爲固定格式，或稱爲現成思路，涵義十分固定，完全沒有例外。因此，據之以爲法，只要在詩中發現這一結構，便可基本判明這一章或這一篇的宗旨。而歷代論者解此，說法不少，也有近乎情理者，卻皆不明其眞諦。如《毛傳》：「梁，魚梁；笱，可以捕魚也。」《鄭箋》：「毋者（指毋逝我梁），欲禁新昏也。女（汝）毋之我家，取我爲室家之道。」《詩毛詩傳疏》：「逝梁發笱，喻新昏者入我家而亂我室。我欲禁其無，然而不可得也。」此皆有助於領會題旨，但不明捕魚眞諦。

再看《詩說解頤》：「逝梁發笱，恐失其魚。蓋當家時不妄取魚之事，故雖已去而猶戒新昏顧恤之……此見既去而猶以勤家爲念。其惓惓不已之心，無以加矣。」陳子展《詩經直解》：「三章……後四句，婦言雖見棄，猶有顧惜其家之意。癡絕，悽絕。」這就全屬誤解，將棄婦悲憤之辭，錯以爲棄婦「勤家」之念，反不如上述的《鄭箋》與《傳疏》。

再看《詩經選》：「以上兩句（即梁、笱之句）是要求丈夫不許新人動舊人的東西。」按此說，從總體講不爲誤，但仍停留在詞語表層意義上，便不能說明問題，亦不合梁、笱之本義。

邶風‧新臺①

原　詩	譯　文
（一）	（一）
新臺有泚，②	新起樓臺明光光，
河水瀰瀰。③	河水一片似汪洋。
燕婉之求，④	本想配一個少年郎，
籧篨不鮮。⑤	碰上個老公蛤蟆樣。
（二）	（二）
新臺有洒，⑥	新起樓臺明又亮，
河水浼浼。⑦	河水一片平蕩蕩。
燕婉之求，	本想配一個少年郎，
籧篨不殄。⑧	碰上個老公蛤蟆相。
（三）	（三）
魚網之設，⑨	為求得魚撒下網，
鴻則離之。⑩	來個蛤蟆先碰上。
燕婉之求，	本想配一個少年郎，
得此戚施！⑪	嫁了個癩皮真窩囊！

注　釋

①邶風——見上篇《谷風》。

②新臺——衞宣公所築臺。臺，樓臺。故址在今山東省甄城縣
黃河北岸。

有泚（ㄘ）——鮮明貌。《說文》引《詩》作「玼」。有，語助

詞。

③瀰瀰（ㄇㄧˇ ㄇㄧˇ）──水豐滿貌。

④燕婉──安樂和順，稱心如意。《毛詩》：「燕，安；婉，順也。」

⑤籧篨（ㄑㄩˊ ㄔㄨˊ）──蛤蟆。聞一多《天問·釋天》：「《易林·漸之睽》曰：『設罟捕魚，反得居諸。』居諸即《詩》之籧篨，亦即蟾蜍也。」蟾蜍即蛤蟆。

鮮──美好、漂亮。

⑥有洒（ㄘㄨㄟˇ）──新鮮。《毛傳》訓洒為高峻。以洒為峻之假借，但與首章之「有泚」對言，似仍以新鮮為妥。

⑦浼浼（ㄇㄧㄢˇ ㄇㄧㄢˇ）──河水盛滿貌。

⑧殄（ㄊㄧㄢˇ）──美、善。《鄭箋》：「殄，當作腆。腆，善也。」《毛詩傳箋通釋》：「殄與珍古同音，故腆借作珍，即可借作殄。」

⑨魚網之設──設網是為捉魚，捉魚為求偶之象，不是一般比喻。詳見「魚」字應用系列。

⑩鴻──蛤蟆。聞一多《詩經通義》：「鴻必非鴻鵠之鴻……鴻當為蠪之假。蠪即苦蠪。《廣雅·釋魚》曰：『苦蠪·蝦蟆也。』」蝦蟆在此句喻宣公。

離──通「罹」，碰到、遭遇。

之──代詞，指魚網。

⑪戚施──蛤蟆。《太平御覽》引《韓詩》薛君章句云：「戚施，蟾蜍，蠚蜳，喻醜惡。」

題旨簡述

　　此篇為諷刺衛宣公醜行詩衛宣公給他的兒子伋聘齊女為妻，聽說齊女甚美，便於迎娶之前在黃河邊築起一座新臺，截住齊

女，據爲己妻。這齊女，就是後來的宣姜。《左傳‧桓公十六年》、《史記》、《列女傳》等書均載此事。《詩序》云：「新臺，刺衞宣公也。納伋之妻，作新臺於河上而要之。國人惡之而作是詩也。」按此序與詩、史均合，後世無異議。吳闓生《詩義會通》云：「《序》之說詩，惟此篇最爲有據。」

魚字辨證

此詩共三章，其第一、二兩章作賦體，第三章作興體，全篇爲賦興結合體。前邊「總論」中明言，凡詩中言打魚、釣魚，均以喩求偶，第三章言打魚，自當爲求偶之象。然而又下文接言：魚網打了個癩蛤蟆（鴻則離之），這就是得非所求，求偶失意了。可見，凡一個隱語，其具體運用之妙，皆在詩人之用心。另從全篇看來，其第一、第二兩章，均以河水爲背景，雖未明言捕魚，卻皆以弄得個癩蛤蟆爲恨，同第三章捕魚之義相結合，就更覺合諧有致，構思可謂巧矣。

此「魚網之設」的用法，歷代解答大多只說爲比喩，或者穿鑿附會，不知其中眞諦。例如《鄭箋》云：「設魚網者，宜得魚，鴻則鳥（其實鴻爲蛤蟆）也，反離焉，猶齊女以禮來求世子，而得宣公。」此以「魚網之設」比求世子之「禮」，顯係穿鑿附會。

《詩集傳》：「言設網而反得鴻，以興求燕婉而反得醜疾之人，所得非所求也。」《詩毛氏傳疏》：「魚網所以求魚，今反得鴻，此謂所得非所求也。」《詩經今注》：「詩以設網捕魚而得蝦蟆比喩女子想嫁美男子而配了醜夫。」這都只知爲一般比喩，不知捕魚眞諦。

衞風・竹竿①

原　詩	譯　文
(一)	(一)
籊籊竹竿，②	竹竿節節長又細，
以釣于淇。③	淇水垂釣意淒淒。
豈不爾思，④	豈是心中不想你。
遠莫致之！⑤	路途遙遠乾著急！
(二)	(二)
泉源在左，⑥	泉源在左流咕咕，
淇水在右。	淇水在右流速速。
女子有行，⑦	此女已經出嫁了，
遠兄弟父母。	遠離兄弟與父母。
(三)	(三)
淇水在右，	淇水在右流速速，
泉源在左。	泉源在左流咕咕。
巧笑之瑳，⑧	想他巧笑齒如玉，
佩玉之儺。⑨	想他佩玉好風度。
(四)	(四)
淇水瀁瀁，⑩	淇水湯湯向東流，
檜楫松舟。⑪	檜木槳兒松木舟。
駕言出遊，⑫	且駕松舟出遊去，
以寫我憂。⑬	瀉我胸中無限愁。

注　釋

①衞風——衞國詩歌。西周初年，成王封其叔父姬封（即康叔）於衞，都朝歌（今河南淇縣東北的朝歌鎮）。其領域，相當於今河北省南部及河南省北部一帶。是一諸侯大國。後被狄人擊敗，衞文公遷都楚丘（今河南滑縣東），此後成爲小國。後來衞成公又遷帝丘（今河南濮陽顓頊城）。公元前二五九年滅於魏。衞風共存詩十篇，多爲東周詩。

②籊籊（ㄉㄧˊ）——長而尖細之貌。《毛傳》：「籊籊，長而殺也。」

③以釣於淇（ㄑㄧˊ）——淇，衞國水名。以上兩句皆以竹竿與釣字爲廋語喩求偶。季本《詩說解頤》：「釣者，衞之男子也。」

④豈不爾思——豈不思爾。爾，你，指已嫁女子。

⑤遠莫致之——季本《詩說解頤》：「遠謂既嫁而遠也。」致，表達、達到。

⑥泉源在左，淇水在右——泉，即今河南省輝縣百泉。《詩集傳》：「泉水，即百泉也。在衞之西北，而東南流入淇，故曰在右。淇在衞之西南，而東流與泉源合，故曰在右。」淇、泉二水相連，乃男女雙方之家鄉環境。季本曰：「其人既嫁而不可見，但見衞之二水而已。」

⑦有行——指出嫁。《毛詩傳箋通釋》：「女子有行，即謂女子嫁耳。」

⑧巧笑之瑳（ㄘㄨㄛˇ）——貌美之意，聞一多《風詩類鈔》：「巧笑二句言女容飾之美。」瑳，形容齒白如玉。

⑨佩玉之儺（ㄋㄨㄛˊ）——女子佩玉走路之美姿。儺，娜。《詩集傳》：「儺，行有度也。」佩玉，繫在衣帶上用作裝飾之

玉。以上兩句，是衞之男子，回憶於二水之間同女子一起遊
玩時情景。季本：「因二水而思女子之容色也。」

⑩滺滺（ㄧㄡ ㄧㄡ）──水流貌。

⑪檜（ㄎㄨㄞˇ）楫松舟──檜木船槳，松木船。檜，松柏類喬
木。《毛傳》：「檜，柏葉松身。」楫，船槳。

⑫駕──駕船。

言──語詞，同「焉」。

⑬寫──古瀉字，宣洩。

題旨簡述

此為一篇戀歌，詠歌一男子與一女子相愛，感情甚好，因女
方由家庭作主，出嫁遠適，男子十分傷感，乘舟出遊以瀉憂。

舊解此詩，十分紛歧，或言衞女思歸，適異國而不見答，或
言衞女嫁於諸侯，思歸寧而不可得等等，皆無可取。明季本《詩
說解頤》云：「經旨曰，衞之男子因所思之女既嫁，思之而不可
得，故作此詩。」此說在舊解中頗占少數，但較符合詩意。聞一
多《風詩類鈔》云：「竹竿，女子出適，失戀者見而自傷也。」此
解與季氏略同，皆可取。

魚字辨證

此詩首章以「籊籊竹竿」起情，又加一個「釣」字，涵義甚
明，是仍以打魚、釣魚喻求偶。不言魚，而言釣言竿，卻又是一
種用法。經長期歷史積澱，傳於後世，竟然獨成一格。馬瑞辰
《毛詩傳箋通釋》云：「（漢）卓文君《白頭吟》：『竹竿何嫋嫋，
魚尾何簁簁』義取此詩。」再看《安順民歌》：「筋竹林頭砍釣
竿，閒著無事釣魚玩，河中魚兒翻白肚，不上金鈎也枉然。」
（見聞一多《說魚》）這皆是以魚釣為隱語的情歌，自古至今，一

脈相承，眞有點不可思議。

　　另從全篇看，四章皆言泉、淇，即皆言一個水字。這泉、淇兩字，固然標誌著事件的地理背景，其有寫實的一面，然而這個水字，同上篇情景一樣，亦隱然與魚、釣相配合，形成爲統一和諧之意境。

　　此言釣言竿之用法，如上所述，本係源流遠長，而歷代解此詩，亦仍不知其眞諦。如《毛傳》：「釣以得魚，如婦人待禮以成爲室家。」《毛詩傳箋通釋》：「《毛傳》：『婦人待禮以成其室家』，猶持竹竿釣以得魚。」按兩家都能以室家問題爲指歸，總算離題不遠，只因以釣、竿比「禮」，乃出於詩教之比附，大錯。

　　《詩集傳》：「言思以竹竿釣於淇水，而遠不可至也。」這是朱熹氏首先解此詩題旨爲「衞女嫁於諸侯，思歸寧而不可得」，並從所作的一個推測。其解題連《毛傳》《通釋》不如，尤不知釣、竿之眞諦。

　　朱鶴齡《詩經通義》云：「衞女思歸，述其國俗之樂云：『有籊籊然執竿以釣於淇者，我在家時常出而見之。』」《詩三家義集疏》：「淇水，衞地。此女身在異國，思昔日釣遊之樂而遠莫能致。此賦意。」這就更加是亂猜一氣，把魚釣之事視爲童年遊戲了。

　　當代解此詩，亦多誤解，不贅。

齊風・敝笱①

原　詩	譯　文
(一)	(一)
敝笱在梁，②	梁上安個破魚笱，
其魚魴鰥。③	鯿魚鯤魚朝外走。
齊子歸止，④	齊子回來要省親，
其從如雲。⑤	車馬隨從擁如雲。
(二)	(二)
敝笱在梁，	梁上安個破魚笱，
其魚魴鱮。⑥	鯿魚鰱魚朝外走。
齊子歸止，	齊子回來要相聚，
其從如雨。	車馬隨從密如雨。
(三)	(三)
敝笱在梁，	梁上安個破魚笱，
其魚唯唯。⑦	魚兒相隨朝外走。
齊子歸止，④	齊子有事今日回，
其從如水。⑤	車馬隨從似流水。

注　釋

①齊風——齊國詩歌。周武王封大臣呂望（姜太公）於齊，始
建國，都營丘，即今山東省臨淄縣。其領土，相當於今山東
東北部和中部一帶。齊風共存詩十一篇。

②敝笱——破魚籠。敝，破。笱，竹製魚具，似籠，口潤頸

狹，腹大而長，頸部有閥，魚易進而不得出。

梁——截水捕魚之小埧。埧身設通水小道，置筍於小道中，魚游進不可復出。而破筍則難以制魚，魚進可以復出，此娶而復失之象，喻魯桓公不能防閒文姜，使文姜有機會出去與齊襄公私通。詩以捉魚、捕魚喻求偶、喻娶妻，詳見本系列總篇。

③魴——又名鯿（ㄅㄧㄢ），扁身細麟，味鮮，魚之美者。姚際恆《詩經通義》：「蓋魴爲魚之絕美，《陳風》曰：『豈其食魚，必河之魴』是也。」

鰥（ㄍㄨㄢ）——即鯤魚，體形較大。

④齊子——指文姜。

歸止——歸，回齊國。止，語氣詞。吳闓生《詩義會通》：「歸，自謂歸齊。或以于歸釋之，謬矣。」聞一多《風詩類鈔》：「刺文姜也。魯莊公二年、四年、五年、七年，文姜屢會齊侯。」高亨《今注》：「歸，回齊國。」

⑤從——隨文姜歸齊的人員車馬隊伍。

如雲——與第二、三章「如雨」、「如水」義同，皆男女交歡之象徵隱語。聞一多《風詩類鈔》：「雲與水也都是性的象徵。」

⑥鱮（ㄒㄩ）——鰱魚，白鰱。

⑦唯唯——出入自由之貌。《毛傳》：「唯唯，出入不制。」《經典釋文》：「唯唯，《韓詩》作遺遺，言不能制也。」

題旨簡述

此篇爲諷刺詩。齊襄公與其同父異母妹文姜早年通淫。魯桓公三年，桓公娶文姜爲夫人；十八年，桓公攜文姜訪齊，發現他們的醜行，責斥文姜，文姜以告襄公，襄公羞怒，設計宴請桓

公，待桓公宴畢辭去時，命力士彭生駕車，搤桓公死於車中。桓
公死，魯莊公繼父位，文姜與齊襄公更加無忌憚，往來日益頻
繁。此詩即以文姜返齊與齊襄幽會爲背景。《詩序》云：「敝笱，
刺文姜也。齊人惡魯桓公微弱，不能防閑文姜，致使淫亂，爲二
國患焉。」按詩與《序》合，不誤。此詩三章，不提齊襄公一字，
而齊襄在其中也。

魚字辨證

此詩三章皆以敝笱起興，敝笱（破魚簍）安在梁上，有名無
實，魚兒從中溜走了。前總論中明言，詩以捉魚、捕魚喻求偶，
此魚兒入笱而逃走，自應是娶而復失之象，下文云：「齊子歸
止」，亦正是這般意思，上下文意一致。《邶風‧新臺》詠言「魚
網之設」，捕得一個癩蛤蟆，是爲齊女惋惜，鋒芒主刺宣公；此
篇詠「敝笱在梁」，魚兒溜跑了，是爲魯桓公惋惜，鋒芒主刺文
姜與齊襄。兩篇同言捕魚，而意趣不同，各自爲詩中名篇。

另，三章各自之尾句，言「如雲」、「如雨」、「如水」，
作爲意境的組成部分，亦皆同魚字相融合。正如聞一多《說魚》
云：「我們也不要忘記，雲與水也都是性的象徵。」

歷代解此詩，與解釋前兩篇略同，亦皆視魚、笱爲簡單比
喻，不知其民俗學本義。如《鄭箋》：「魴也，鱮也，魚之易制
者，然而敝敗之笱不能制。興者喻桓公微弱，不能防閑文姜，終
其初時之婉順。」《詩毛氏傳疏》：「敝笱興魯桓公微弱……魴鱮
魴鱮皆以喻文姜。」按兩家解釋相一致，皆視魚、笱爲一般修辭
比喻。

《毛詩原解》：「笱之制魚，可入不可出，敝則魚出矣。惟薄
不修之比也。」《詩經今注》：「詩以破魚籠不能捉住魚，比喻魯
國禮法破壞不能約束文姜。」按兩家解釋亦相似，用敝笱比禮

法、惟薄不修，就更嫌穿鑿附會了。

陳風・衡門①

原　詩	譯　文
(一)	(一)
衡門之下，②	衡門之下一席地，
可以棲遲。③	可以盤桓任游息。
泌之洋洋，④	泌水洋洋深又廣，
可以樂飢。⑤	釣來魚兒可療飢。
(二)	(二)
豈其食魚，⑥	難道人們要吃魚，
必河之魴？⑦	必須吃那河之魴？
豈其取妻，	難道人們要娶妻，
必齊之姜！⑧	必須娶那齊之姜？
(三)	(三)
豈其食魚，	難道人們要吃魚，
必河之鯉？	必須吃那河之鯉？
豈其取妻，	難道人們要娶妻，
必宋之子？⑨	必須娶那宋之子？

注　釋

①陳風——陳國詩歌。周武王滅商之後，封帝舜的後裔嬀
（ㄍㄨㄟ）滿於宛丘（今河南淮陽）開國，至周敬王四十一
年（公元前四七九年）爲楚所滅。陳國領域，大體相當於今

河南省南部及安徽省西北部一帶地區。陳風存詩共十篇。

②衡門——城門名。王引之《經義述聞》:「前有《東門之枌》,後有《東門之池》《東門之楊》。竊疑衡門、墓門,亦是城門之名。」一說:淺陋之門。《毛傳》:「衡門,橫木為門,言淺陋也。」

③棲遲——棲息、盤桓。

④泌(ㄅㄧˋ)——泉水。

洋洋——水流盛大。

一說:泌為鮅(ㄅㄧˋ)之借,即赤眼鱒,形似鱔魚。洋洋,多貌。

⑤樂——借為「療」。

療飢——治療飢餓。「飢」在情詩中喻男女情慾,作隱語。

聞一多《詩經通義》:「案古謂性的行為曰食,性慾未滿足時之生理狀態曰飢,既滿足後曰飽。」,此句承上句「泌之洋洋」之意,即泌水可以捕魚也。

⑥食魚——男女歡合之隱語。詳見「總論」。

⑦河——古謂黃河曰河。

魴——又名鯿,扁身細鱗,味鮮,魚之美者。

⑧齊姜——齊國為姜尚之封國,故齊君姓姜。齊君及他們宗族的女兒,均稱齊姜。

⑧宋子——宋君為殷人後裔,姓子。宋君及其宗族的女兒均稱宋子。

題旨簡述

此為一篇情詩,或即一篇幽會詩,表現出明顯的平民擇偶原則,詠唱在衡、泌水間就可以合歡結配,不希罕齊姜、宋子那樣的名門貴族。

　　《詩序》解此詩：「衡門，誘僖公也。願而無立志，故作是詩以誘掖其君也。」《鄭箋》解釋云：「賢者不以衡門之淺陋，則不游息於其下，以喻人君不可以國小則不興治致教化。」《詩集傳》：「此隱居自樂而無求者之詞。言衡門雖淺陋，然亦可以游息。泌水雖不可飽，然亦可以玩樂而忘飢也。《詩經選》大同小異：「這詩表現安貧寡欲的思想。」此四家可反映自漢至今的一個大體認識傾向，多係臆測之詞，不符詩文本義。

　　要正確理解此詩，全在於「食魚」「樂飢」兩句。弄清這兩句的民俗學本義，也就弄懂了此詩。

　　上面解題中說過，此篇有兩處隱語：一是「食魚」句，二是「樂飢」句。「樂飢」詳「飢」、「食」字應用系列，這裡單說「食魚」。

　　前邊總論中明言，詩以烹魚、食魚喻男女歡合結配。聯繫此篇實際，則第二、第三章的「豈其食魚，必河之魴（鯉）。」也就等於其下文的：「豈其取妻，必齊之姜（宋之子）」，無非前者作隱語，不明言，用以起興而已。至於第一章言「樂飢」（療飢），當然也是為「食魚」，泌之洋洋，魚兒肥美，正是捕魚的好地方，何必一定要河魴與河鯉！真可謂構思精巧，邏輯謹嚴。

　　一向解此詩，因古今民俗之隔膜，亦多穿鑿附會，不知個中真諦。如《鄭箋》：「此言何必河之魴然後可食，取其美口而已。何必大國之女然後可妻，亦取貞順而已。以喻君任臣何必聖人，亦取忠孝而已。」此全以詩教為說，也是附會之辭，不倫不類。

　　《詩毛氏傳疏》：「食魚不必魴鯉，取妻不必齊姜宋子，亦是不必大邦施政教之喻。」按此與《鄭箋》不相同，可又回到《詩序》所謂「喻人君不可以國小則不興治致教化。」依然穿鑿附會。

郭沫若《中國古代社會研究》:「一位餓飯的破落貴族作的。他食魚本來有吃河魴河鯉的資格……但是貧窮了,吃不起了。他娶妻本來有娶齊姜宋子的資格,但是貧窮了,娶不起了。娶不起,吃不起,偏偏要說幾句漂亮話,這正是破落貴族的根性。」這是從食魚之事判斷古社會形態,卻不符《衡門》之實際。

余冠英《詩經選》:「言娶妻不必選齊姜這樣的名族,正如吃魚不一定要吃黃河的魴。下章仿此。」此解固不為誤,但止於字面釋義,視「食魚」為簡單比喻,亦未明食魚之真諦。

檜風 · 匪風①

原　　詩	譯　　文
(一)	(一)
匪風發兮,②	大風揚塵呼呼響,
匪車偈兮。③	車兒急急走得忙。
顧瞻周道,④	且看周道遙又遠,
中心怛兮!⑤	我自戚戚把心傷!
(二)	(二)
匪風飄兮,⑥	大風刮地呼呼響,
匪車嘌兮。⑦	車兒急急跑得忙。
顧瞻周道,	且看周道遙又遠,
中心弔兮!⑧	心下悽悽欲斷腸!
(三)	(三)
誰能亨魚?⑨	誰個手巧把魚煎?
溉之釜鬵。⑩	我把鍋兒涮一涮。

| 誰將西歸？⑪ | 誰要西行回家轉？ |
| 懷之好音！⑫ | 捎個音信報平安！ |

注　釋

①檜風──檜國詩歌。檜，國君姓妘，其始封君及始封時間，
皆不明。相傳檜君爲祝融氏後裔，其封域約相當今河南中部
一帶。都城位於今河南密縣東北部，東周初年被鄭武公所
滅。檜風，自當爲西周詩，共存詩四篇。一說，檜風實即鄭
詩，是檜亡以後作品。

②匪──通「彼」，猶「那」。

發發──風疾吹聲。《小雅・蓼莪》：「南山烈烈，飄風發
發。」《毛傳》：「發發，疾貌。」

③偈（ㄐㄧˊ）──馳驅貌。

④顧瞻──看望、瞻望。

周道──孫作雲《詩經與周代社會研究》：「周人爲了加強對
東方的統治，又從鎬京起建築了一條向東方延伸的軍用公
路。這種軍用公路，在當時叫做周道。」如《小雅・大東》詩
云：「周道如砥，其直如矢。君子所履，小人所視。」從這
些詩句可看出這條周道的威嚴性。《詩經》中凡征夫、思婦詩
言周道周行者，即指此。

⑤中心──心中。

怛（ㄉㄚˊ）──憂傷。

⑥飄──疾風貌。

⑦嘌（ㄆㄧㄠ）──疾驅貌。

⑧弔──悲傷。

⑨亨（烹）魚──煎魚。與食魚同義。聞一多《說魚》：「烹魚
或吃魚喻合歡或結配。」

⑩漑（ㄍㄞ）──洗滌。《釋文》：「漑，本又作摡。」《說文》：「摡，滌也。」

釜鬵──釜，鍋。鬵，大鍋。

⑪西歸──回到西方去。西，在《詩經》中特指周本土，不是泛指。西歸，返回周本土。西方之人，指周本土人。

⑫懷──通餽，送給。《毛傳》：「懷，歸也。」《傳疏》：「懷、歸，疊韻爲訓。」

好音──好的音信。

題旨簡述

此篇爲征人懷鄉，思念家室之詩。

周朝自滅商之後，曾自宗周鎬京（西安附近）修一條通往成周（洛邑）以東的官道，作爲統治東方（原商王畿及商之附屬國）的重要交通要道，在《詩經》中即稱爲周行或周道。通過這條周道派駐在成周的軍隊，稱作成周八師；派駐在衞地（原商王畿故地）的軍隊，稱作殷八師。檜國（今密縣、滎陽一帶），從其地理位置看，則應屬成周八師駐地。一位今駐在檜地的周本土的征人，離家日久，思念妻室，便唱出這支歌。此類詠周行、周道而思妻或思夫者，在《詩經》不只一篇。過去經師們解此，因不明周行周道之意，便生出許多誤解。如

《詩序》：「匪風，思周道也。國小政亂，憂及禍難，而思周道焉。」《鄭箋》解釋云：「周道，周之政令也。」《詩經原始》：「檜當國破家亡，人民離散……此檜臣自傷周道之不能復興其國也。」此皆對周道一詞之誤解，故而解題皆誤。

《詩集傳》：「周道，適周之路也。怛，傷也。周室衰弱，賢人憂嘆而作此詩……特顧瞻周道而思王室之陵遲，故中心爲之怛然耳。」此訓周道爲道路，自是一大進步，然而解題仍誤，不合

此詩本旨。

《詩經今注》：「作者當是檜人，而有親友在西方。他目睹官道上車馬往來奔馳，引起對親友的懷念。」《詩經選》：「這是旅客懷鄉的詩。詩人離國東去，僕僕道路，看見官道上車馬急馳，風起揚塵，想到自己有家歸未得，甚至離家日趨遠，不免傷感起來。」此都屬當今通行的遊子思友懷鄉說，因不明此類「周道」詩的具體背景，便也說不到是處。

魚字辨證

此篇共三章，三處使用隱語。第一、二兩章言大風，詠喻夫妻離別，詳見「風」、「雨」應用系列。這裡單言第三章，關於烹魚。前總論中明言，烹魚食魚皆喻男女之歡合與結配，則烹魚食魚為一義。詳前兩句為白話：「誰個手巧把魚煎，我把鍋兒涮一涮」，這是說幫助烹魚，亦助人歡合之義。所以下文接著說：「誰要西行回家轉，捎個音信報平安」，這就是，雖然離家難歸，捎個信兒回去，也總算一片愛心，增添歡合之意了。用法比較靈活，上下文意一致。而歷代解此詩，卻大都在「周道」（治國、為政）上作文章，一直延續兩千年。如《毛傳》：「溉，滌也。鬵，釜屬。烹魚煩則碎，治民煩則散。知烹魚則知民矣。」《詩說解頤》：「治國若烹小鮮，故以烹魚為喻……張子曰：『溉之釜鬵，欲治民不煩也』，得其意矣。『懷之好音』，謂欲以治民之道告之，以見所以思周之意。」再看《詩毛氏傳疏》：「烹小鮮而數撓之，則賊其澤；治大國而數變法，則民苦之。是以有道之君貴靜，不重變法，故曰治大國若烹小鮮。」在這些大體類似的解釋中，我們看到了一個主觀臆測、穿鑿附會的典型。

聞一多解此詩：「以烹魚或吃魚喻合歡或結配」（《說魚》）此固不刊之論。但他又接著說：「釜鬵是受魚之器，象徵女性，

也是隱語,看上文『顧瞻周道』和下文『誰將西歸』,本篇定是一首望夫詞。」此則未必妥當,如直以釜鬵喻女性,則魚又象徵何物?不易說通。而且這恰是一首思妻詞,不是望夫詞,把關係說反了。

曹風・候人①

原　　詩	譯　　文
(一)	(一)
彼候人兮,②	候人供職在公廷,
何戈與祋。③	荷戈與祋忙送迎。
彼其之子,④	此人儀容可好看,
三百赤芾。⑤	就在三百赤芾中。
(二)	(二)
維鵜在梁,⑥	鵜鶘飛來在魚梁,
不濡其翼。⑦	不愛魚兒愛翅膀。
彼其之子,	此人就像鵜鶘鳥,
不稱其服。⑧	不配那套好衣裳。
(三)	(三)
維鵜在梁,	鵜鶘輕輕魚梁飛,
不濡其咮。⑨	不撈魚兒不沾嘴。
彼其之子,	此人不解人情意,
不遂其媾。⑩	怎能合歡結婚配!
(四)	(四)
薈兮蔚兮,⑪	雲氣靄靄聚益多,

南山朝隮。⑫　　　　　朝虹架在南山坡。
婉兮孌兮，⑬　　　　　嬌嬌可愛一少女，
季女斯飢。⑭　　　　　滿懷想思正飢渴。

注　釋

①曹風——曹國詩歌。曹國領域相當於今山東省西南部一帶，
　周武王封其弟姬振鐸於曹，建都定陶（今山東省定陶縣西北
　四里），東周敬王三十三年（公元前四九八年）滅於宋。曹
　風共存詩四篇。

②彼——那。
　候人——古時用為迎送賓客或邊防、守路的下級軍官。《毛
　傳》：「候人，送迎道路賓客者。」《周禮・夏官》：「各掌
　其方之道路與其禁令，以設候人。」

③何——通「荷」，扛在肩上。
　戈祋（ㄉㄨㄛˋ）——均兵器名，戈，古靑銅兵器，橫刃長
　柄，用於橫擊鈎殺。祋，一種撞擊用兵器，頂頭無刃，八稜
　而尖。《毛傳》：「祋，殳也。」

④彼其之子——他這個人。仍指候人。

⑤三百赤芾（ㄈㄟˋ）——三百著赤芾的人。三百，指多數。赤
　芾，即朱韍，古代官服上的蔽膝，長方形，革製。上句言彼
　其之子，即三百赤芾之一。

⑥維——語詞。
　鵜（ㄊㄧˊ）——鵜鶘，一種食魚水鳥。
　梁——攔魚小壩。

⑦濡（ㄖㄨˊ）——浸濕。
　翼——翅膀。
　以上兩句言鵜鶘無意捉魚，象徵彼其之子不懂求偶之事。

⑧不稱其服──不配他所穿的那套威武軍服。此女子埋怨之
　詞。

⑨咮（ㄓㄡˋ）──鳥嘴。

⑩逐──順、成。

　媾（ㄍㄡˋ）──婚媾。男女結合曰媾。聞一多《風詩類鈔》：
　「所候者終不來，故曰不遂其媾。」

⑪薈（ㄏㄨㄟˋ）蔚（ㄨㄟˋ）──《毛傳》：「薈、蔚，雲興貌。」

⑫隮（ㄐㄧ）──《通釋》：「隮，即虹也。」朝隮，即朝虹，
　清晨之虹，主雨。雨在詩中，爲男女交合之象，與下文所詠
　少女情欲之事相一致。詳見「風」、「雨」字應用系列。

⑬婉孌（ㄨㄢˇ ㄌㄨㄢˇ）──美好貌。

⑭季女──少女，姊妹之最幼者。

　飢──《詩經》中隱語，主情欲。聞一多《詩經通義》：「按古
　謂性的行爲曰食，情欲未滿足時之生理狀態曰飢，既滿足後
　曰飽。」詳見「飢」、「食」字應用系列。

題旨簡述

　　此爲一篇情歌。一位少女看中了一個在公廷迎送賓客的武
士，而武士不解其情，少女便怨愛交織，情急難耐了。

　　《詩序》云：「候人，刺近小人也。共公遠君子，而好近小人
焉。」這意思是說，那些迎送賓客的武士們工作很勞苦，而充滿
曹共公宮廷佩戴赤芾的小人卻有三百之衆，君子是被疏遠的。此
說影響甚遠，直至當今論壇，仍多宗承之。其實這是誤解，全不
明此詩本義。

　　聞一多《風詩類鈔》：「候人，刺曹女也。」按聞氏指明此詩
的情歌性質，不誤，但「刺」意不甚明顯。

魚字辨證

此篇第二、三兩章疊詠，同以鵜鶘起興。前「總論」中明言，詩以捕魚、食魚喻求偶，且凡捕魚之梁筍、食魚之鳥獸等等，亦以喻求偶。而鵜者，鵜鶘也，食魚之鳥，自當為求偶之象。聞一多《說魚》文，把「食魚之鳥獸」列專題，即以此《候人》為例。然而，此兩章之起興機制是屬於負面的，與首篇《關雎》不同，請看「有鵜在梁，不濡其翼（咮）」，既云不濡其翼，連翅膀都不沾水，自當是無意捕魚，那麼，也當然就是無意求偶或簡直不解風情了。所以，下邊的引起之辭，也就是「彼其之子，不稱其服」，那人就像鵜鶘鳥，不配那套好衣裳。上下文意一致，所以，在詩篇的尾章，也就正面唱出了這個少女的心曲：「婉兮孌兮，季女斯飢」，她對意中人的想思，如飢如渴。而歷代解此詩，不明個中真諦，卻一直圍著《詩序》作文章，如《鄭箋》：「鵜在梁，當濡其翼，而不濡者，非其常也，以喻小人之在朝，亦非其常。……不稱者，言德薄而服尊。」朱鶴齡《詩經通義》：「陸佃曰：『鵜沈水食魚，則濡其翼咮宜矣，今徒立於梁上，非特不濡其翼，不濡其咮，小人無嘉言讞替而尸居於位，亦猶是也。」陳子展《詩經直解》：「言鵜鶘不濡其翼而得食魚乎？以興彼小人不稱其服。譏之也。」高亨《詩經今注》：「鵜鶘在壩上，伸下長嘴，就撈到魚吃，翅膀卻不沾水。詩以此比喻大官處於統治地位，不用費事，就奪得勞動人民創造的財富。」此皆小異而大同，不出《鄭箋》窠臼。

豳風 · 東山①

（全文見「風」、「雨」字應用系列）

原　詩	譯　文
我徂東山，②	我自從軍去東山，
慆慆不歸。③	歲月悠悠不團圓。
我來自東，	今自東山回家轉，
零雨其濛。④	一路小雨意綿綿。
鸛鳴于垤，⑤	墩上鸛兒鳴不住，
婦嘆于室。⑥	妻在室中聲聲嘆。
洒掃穹窒，⑦	灑掃房舍補牆洞，
我征聿至。⑧	盼我征人把家還。
有敦瓜苦，⑨	想那葫蘆肥又大，
烝在栗薪。⑩	掛在栗薪圓又圓。
自我不見，	自從你我兩分手，
于今三年。	於今整整已三年。
我徂東山，	我自從軍去東山，
慆慆不歸。	歲月悠悠不團圓。
我來自東，	今自東山回家轉，
零雨其濛。	一路小雨意綿綿。
倉庚于飛，⑪	黃鶯飛上又飛下，
熠燿其羽。⑫	羽翅翩翩光閃閃，
之子于歸，⑬	回憶當年她來時，
皇駁其馬。⑭	各色馬兒可齊全。

親結其縭，⑮	岳母替她結配巾，
九十其儀。⑯	禮節儀式沒個完。
其新孔嘉，⑰	新婦當初可是好，
其舊如之何？⑱	今日老妻不曾變？

注　釋

①豳風——豳國詩歌。豳領域約在今陝西旬邑縣、彬縣一帶。
　故城在今旬邑縣西。周族先祖公劉由邰始遷於豳。西周時其
　始封君不詳，西風之後，其地爲秦所有。豳風共存七篇，皆
　爲西周詩。

②徂（ㄘㄨ）——往、去。
　東山——地名，在山東境內。

③慆慆（ㄊㄠ ㄊㄠ）——長久。

④零雨其濛——下著濛濛細雨。零，落。濛，微雨。詩以風雨
　喻男女歡合與婚娶。詳見「風」、「雨」字應用系列。

⑤鸛鳴于垤（ㄉㄧㄝˊ）——鸛鳥鳴叫在土丘上。鸛，形似鶴，
　翼長尾短，嘴長而直，善於在水邊食魚，俗稱「老等」。
　《詩經》情詩中言魚、言食魚、捉魚、食魚之鳥等等，皆男女
　婚姻、求愛、合歡之類的隱語。詳見本系列「總論」。

⑥婦嘆于室——此征人想象之辭，爲思念丈夫而嘆息。

⑦穹窒——堵塞牆上洞隙。穹，洞。窒，堵。

⑧聿——行將。語助詞。

⑨有敦（ㄉㄨㄟ）瓜苦——圓圓的大瓠瓜。敦，圓。瓜苦，即
　瓜瓠，葫蘆。在此作婚娶合歡之象徵。詳見「匏」、「瓠」
　字應用系列篇。

⑩烝（ㄓㄥ）——曾、乃。語助詞。
　栗薪——以栗爲薪，故曰栗薪。一說：栗薪即析薪，《鄭

箋》：「栗，析也。……古者聲栗裂同也。」《詩經》凡言
薪、析薪等等，皆為婚娶之象徵。詳見「薪」字應用系列本
篇。

⑪倉庚——黃鶯。倉庚句在《詩經》多用為婚娶、合歡場景。
《禮記》：「仲春之月，倉庚鳴。」《鄭箋》：「倉庚仲春而
鳴，嫁娶之候也。」

⑫熠燿（ㄧˊ ㄧㄠˋ）其羽——閃閃發光的翅膀。

⑬之子——那人，指妻子。
于歸——女子出家曰于歸。

⑭皇駁——雜色，各色具備。皇，黃白色。駁，赤白色。

⑮親——妻子的母親。
縭（ㄌㄧˊ）——婦女所用之佩巾。古時女子出嫁，由母親給
她繫好佩巾。

⑯九十其儀——說不完的儀式。九、十，言其多。儀，儀禮。

⑰其新——結婚時稱女子為新人。
孔嘉——甚為美好。 孔，很、甚。

⑱其舊——相對於上句「其新」而言，結婚既久，是為舊。

題旨簡述

此篇為征人還鄉之詩，一路細雨濛濛，家室在念，思想萬
千。全詩四章，詳見風雨系列。此其第三、四章，詠征人想像自
己的妻子正在灑掃房舍盼望自己回家來。

《詩序》解此詩：「東山，周公東征也。三年而歸，勞歸士，
大夫美之，故作是詩也。」按此與詩文內容不符，故不可信。但
《尚書大傳》有云：「周公攝政，一年救亂，二年東征，三年踐
奄。」《孟子》亦有云：「（周公）伐奄三年，討其君。」似可大
體視為此詩的時代背景。

魚字辨證

兩章前四句疊詠歸途細雨，而雨主男女歡合與結配，作爲自然之背景，十分諧合妥貼。可詳見風雨系列該篇，這裡單言其前章「鸛鳴於垤」一句。這一句，初讀之下，不易引起注意，而其實，這一句的詞底，仍隱一個魚字。何謂鸛？鸛者，長頸水鳥，善於捉魚。前「總論」中明言，詩凡言食魚之鳥獸，皆喻男女之求偶與合歡，作隱語，而請看它的下文，恰以「婦嘆於室」作聯語，這就十分明白，正好把它的隱語涵義用在地方了。

對照下一章，就在「鸛鳴於垤」的對應位置上，恰是「倉庚於飛」兩句。而《詩經》的倉庚句組，也恰是男女合歡之思路，因此其下文也正好是無限夫妻之情。兩章構思之巧，耐人尋味。

歷代解此詩，說法不算少，卻大多出於猜測，不明此中本義。如《鄭箋》：「鸛，水鳥也，將陰雨則鳴。行者於陰雨尤苦，婦念之則嘆於室也。」《詩集傳》：「將陰雨，則穴處者先知，故蟻出垤而鸛就食之，遂鳴於其上也。行者之妻亦思其夫之勞苦而嘆息於家，於是灑掃穹窒以待其歸，而其夫之行忽已至矣。」按兩家小異大同，皆係推測之詞，主要把婦嘆於室同丈夫之陰雨勞苦相聯繫，自是昧於詩義。

《詩義會通》：「鸛鳴句，亦荒涼無人之景，以起下婦嘆。」按此只視爲荒涼景象描寫，則亦猜測之辭，尤不合詩文之基本情調。

聞一多《風詩類鈔》：「鸛，乾鵲，鳴則行人將至。」此一般常識性解釋。但聞氏在《說魚》中論「食魚的鳥獸」作隱語，是「另一種更複雜的形式」，此「鸛鳴」句恰恰相符合，不應例外，卻竟被他自己疏忽了。

豳風 · 九罭①

（全文見「雁」字應用系列）

原　詩	譯　文
九罭之魚，②	密網打魚不空網，
鱒、魴。③	一網打來鱒和魴。
我覯之子，④	我愛君子好體面，
袞衣繡裳。⑤	身著玄衣又繡裳。
鴻飛遵渚，⑥	雁兒飛去小沙洲，
公歸無所，⑦	您要歸去沒處留，
於女信處！⑧	再住兩宿莫急走！

注　釋

①豳風——見上篇《豳風·東山》注①。

②九罭（ㄩˋ）——細目魚網。九，泛指多數。目，網眼。眼多則網密，用捉小魚之網。

③鱒（ㄗㄨㄣˋ）魴——魚名，皆為較大之魚。待以打魚、捕魚喻求偶，詳見本系列「總論」。

④覯（ㄍㄡˋ）——遇、見。亦通「媾」。指男女結合。

　之子——指男方，與下章的「公」為一人。

⑤袞（ㄍㄨㄣˇ）衣———種華貴的衣服。聞一多《風詩類鈔》：「袞衣，玄衣。一曰即黻衣，黑與青謂之黻」

⑥鴻——鴻雁。高亨《詩經今注》：「雁也」。余冠英《詩經選》：『鴻與雁同物異稱，或復稱為鴻雁。」（《小雅·鴻雁》

注①）

遵渚──沿循著小沙洲。詩以「鴻飛遵渚」喻分離或不安。

詳見「雁」字應用系列。

⑦無所──無可留之處。

⑧於──助詞，無實義。

女──你。

信──再宿爲信。

處──相處。

題旨簡述

此篇爲一情歌。一位女子同一外地男子相愛，感情甚篤。男子要離開此地，女子留戀不捨，怕他再難回來。從歌詞的內容、情調看，男方似貴族中人。全詩四章，詳見「雁」字應用系列。此其第一、二章，言與男子遇合後的適意心情，並勸他再留一宿。

舊解此詩，多宗《詩序》，說周公原住東都洛邑，有美政。東人聞成王將欲迎歸周公，挽留不得而作此詩，但無確證，亦與詩文不符。

當代諸公，多解此爲宴飲留客詩，亦未妥。

魚字辨證

此篇有兩處隱語，一是前章的九罭鱒魴，二是後章的鴻飛遵渚。鴻飛遵渚，在詩中喻分離或不安，詳見「雁」字應用系列。這裡單言前章之九罭鱒魴。九罭者，細目小網；鱒和魴，魚之大者。以小網而得大魚，自當爲快意之事。前「總論」中明言，詩以捕魚、烹魚喻求偶，魚爲情侶之隱稱，那麼，下文所言之君子，乃是袞衣繡裳，身分不同一般，就恰同這大魚鱒魴相觀照，

意念朦朧，頗可尋味。也可算此篇特點。歷代解此詩，雖也都注意於鱒魴身上著眼，然多因於《詩序》，附會周公，便統把題旨歪曲了。如：《鄭箋》：「設九罭之罟，乃後得鱒魴之魚，言取物各有器也。興者，喻王欲迎周公之來，當有其禮。」《詩經通論》：「蓋此詩樂人以周公將西歸，留之不得，心悲而作。首章以『九罭』『鱒、魴』為興，追憶其始見也。」此自漢至清兩大家，說法不盡相同，但皆以鱒魴比周公。完全不得詩旨。特別是《鄭箋》，竟以魚網比「禮」，則周公為網中之魚，尤其不倫不類。

　　《詩經》情詩以魚喻婚姻，乃古俗通用之法則，符合詩篇實際。當代論者多主此為留客詩，則魚字用以喻客人。亦不妥。

小雅・小弁

原　詩	譯　文
君子信讒，	君子偏喜信讒言，
如或醻之。	如吃敬酒盞連盞。
君子不惠，	君子對我無情義，
不舒究之。	性急不把事理參。
伐木掎矣，	伐木須用大繩拉，
析薪杝矣。	析薪要順紋理砍。
舍彼有罪，	撇開罪人不查問，
予之佗矣。	全將罪名加於俺。
莫高匪山，	那邊不高不是山，
莫浚匪泉。	這邊不深不是泉。

君子無易由言，	君子說話要謹愼。
耳屬于垣。	隔牆有耳人心險。
無逝我梁，	莫到我的魚梁走，
無發我笱。	莫開我的捕魚簍。
我躬不閱，	我身已經不見容。
遑恤我後。	哪裡還得顧身後。

注　釋

①小雅──雅，樂歌名稱，產於西周王畿，亦即岐周之地。岐周亦稱夏。夏、雅古音相通，夏亦稱雅。《墨子》引《詩》，「大雅」即作「大夏」。周人祭祀、朝會、燕享都用雅樂，不用各國土風，故雅樂尊爲正聲。

雅分大雅、小雅。大雅地方性較純，貴族情調較強，內容多祭祀、宴飲、歌頌等等，幾全爲西周詩。小雅爲新曲，受各國土風影響，內容駁雜，除貴族作品外，也有民歌在內，怨刺詩不少，並有東周作品。大雅文辭古奧，結構謹嚴；小雅中不少作品情意眞摯，近似國風。

二雅共存詩一〇五篇，大雅三十一篇，小雅七十四篇。

②如或──好像有人。

醻──同酬，勸酒、敬酒。此句指丈夫聽信讒言如同接受別人的勸酒。

③惠──愛、仁愛。一說：惠通「慧」，智慧。

④舒──緩慢。一說：可引申爲寬恕。

究──考察、研究。舒究，指慢慢考察事情眞象。

⑤伐木──殺樹。同下邊析薪句同義。

掎（ㄐㄧˇ），向一邊牽引，拉拽。

⑥析薪──劈柴。劈柴是爲了製燭（燭薪，即火把），古婚禮

必備。《詩經》以析薪喻婚姻，詳見「薪」字應用系列。

　　扡（ㄧˇ）──通「杝」，順木柴紋理劈柴。

⑦舍──放過，丟開。

⑧予──我。

　　之──代「罪」字。

　　佗（ㄊㄨㄛˊ）──加。句意：加罪於我。

⑨莫高匪山──沒有不高的山。匪，非。一說：匪訓彼，意指沒有比那山再高的。

⑩莫浚匪泉──沒有不深的泉。浚，深。胡承珙《毛詩後箋》：「此言無山而非高，無浚而非泉，山高泉深，莫能窮測也。以喻人心之險，猶夫山川。」

⑪無──毋。

　　易──輕率。

　　由──於。

⑫屬（ㄓㄨˇ）──接連、貼近。

　　垣──牆。

⑬毋逝我梁──不要到我魚梁去，其象徵義詳見本篇「魚字辨證」及本系列《邶風·谷風》。

⑭毋發我笱──不要打開我魚籠。其象徵義同上句「毋逝我梁」。

⑮躬──身，自己。

　　閱──容，愛。

⑯遑──何暇。

　　恤──憂慮。

題旨簡述

此篇為棄婦之詩。棄婦的丈夫因為聽信讒言，輕易把她拋

棄。棄婦苦切惻怛，唱出滿腹悲怨。全詩八章，此其末兩章，詠
言個人委曲和對丈夫的責怨。

舊解此詩，多視爲周幽王棄太子或尹吉甫逐子詩，皆係出於
誤解，不得詩旨。此詩整篇中，可視爲棄婦詩的內容不少，不假
外求，例如第五章「雉之朝雊，尚求其雌」（詳見「雉」字應用
系列），再如第七章「伐木掎矣，析薪扡矣」（詳見「薪」字應
用系列）等等，皆可爲棄婦詩之內證。在此不贅。

魚字辨證

此錄兩章中，各有一處隱語。一是前章之「伐木析薪」，二
是後章的「逝梁發笱」。詩以「析薪伐木」詠婚姻，詳見「薪」
字應用系列。這裡單言後一章，「逝梁」與「發笱」，此逝梁發
笱四句，本是《詩經》的套語，或叫現成句組，初見《邶風·谷風》
第三章。（本「魚」字應用系列第四篇）《谷風》爲典型棄婦詩，
丈夫宴爾新婚，棄婦痛苦離去。毋逝我梁者，不准到我魚梁來；
毋發我笱者，不准開我捕魚簍。此拒斥新婦之辭。因詩以捕魚打
魚喩求偶，則其象徵義就是不准丈夫的新婦來家奪走愛人。悲怨
壓在心頭，然而無可挽回。此《小弁》作爲棄婦怨，亦用此現成套
語，然而卻未言丈夫有新婚，歷代誤解題旨，此其原因之一。其
實這不難解釋，丈夫旣已棄舊，當然就要娶新，這是每個棄婦面
臨的最大痛苦，即使新婦未至，仍無妨這樣抒發。情節與《谷風》
有別，用法仍然合理。

歷代解此詩，旣不知個中眞諦，便很難知其爲棄婦詩。再加
長時間困於《毛傳》周幽王逐太子說，便只好隨意聯繫、主觀臆測
了。如《鄭箋》：「之人梁，發人笱，必有盜魚之罪。以言褒姒淫
色來嬖於王，盜我太子母子之寵。」再如朱鶴齡《詩經通義》：
「《蘇傳》恐褒姒、伯服之壞其成業，故告之以無敗梁笱，猶《谷

風》之意也。」此兩家由漢至清，或以盜魚者比褒姒，或以敗梁
笱者比褒姒，說法雖有不同，而附會穿鑿則一，皆昧於「梁笱」
之本義。

小雅・何人斯①

原　詩	譯　文
(一)	(一)
彼何人斯？②	那人是個什麼人？
其心孔艱。③	其心不測艱又深。
胡逝我梁，④	爲何到我魚梁去，
不入我門？	卻又不入我家門？
伊誰云從？⑤	你猜她聽誰的話？
維暴之云！⑥	瞎跟老暴相廝混！
(二)	(二)
二人從行，⑦	她倆多時相廝混，
誰爲此禍？⑧	到底誰是惹禍根？
胡逝我梁，	爲何到我魚梁去，
不入唁我？⑨	不到我家來問問？
始者不如今，⑩	當初他不這樣子，
云不我可！⑪	如今嫌我不稱心！
(三)	(三)
彼何人斯？	那人是個什麼人？
胡逝我陳？⑫	爲何走進我家門？
我聞其聲，	隱約聽見有聲音，

不見其身。　　　　瞧瞧卻不見其身。
不愧于人？⑬　　　難道對人不慚愧？
不畏于天？⑭　　　不怕老天不怕神？
（四）　　　　　　（四）
彼何人斯？　　　　那人是個什麼人？
其為飄風。⑮　　　好似飄風過一陣。
胡不自北？　　　　為何不從北邊走？
胡不自南？　　　　為何不從南邊尋？
胡逝我梁？　　　　為何到我魚梁去，
祇攪我心！⑯　　　偏偏攪亂我的心！
（五）　　　　　　（五）
爾之安行，⑰　　　你的車子放慢走，
亦不遑舍。⑱　　　也沒功夫留一留。
爾之亟行，⑲　　　你的車子急著走，
遑脂爾車？⑳　　　豈肯停車添添油？
壹者之來，㉑　　　前次你曾來一趟，
云何其盱！㉒　　　使我煩惱更添愁！
（六）　　　　　　（六）
爾還而入，㉓　　　當我回返入我門，
我心易也。㉔　　　使我安慰有歡欣。
還而不入，　　　　當你回返不入門，
否難知也。㉕　　　令人難知你的心。
壹者之來，　　　　前者你曾來一趟，
俾我祇也。㉖　　　使我害病頭發昏。
（七）　　　　　　（七）
伯氏吹壎，㉗　　　大哥奏樂喜吹塤，
仲氏吹篪㉘　　　　二弟吹篪奏知音。

及爾如貫，㉙	你我本是一線穿，
諒不我知。㉚	你卻不知我的心。
出此三物，㉛	出此三物豕犬雞，
以詛爾斯！㉜	與你發誓表衷心！
(八)	(八)
為鬼為蜮，㉝	是個妖怪是鬼魂，
則不可得。㉞	不辨原形不可認。
有靦面目，㉟	擺出人面都一樣，
視人罔極。㊱	一付假象認不眞。
作此好歌，	一片眞情作此曲，
以極反側！㊲	深究反覆一小人！

注　釋

①小雅——見《小雅・小弁》注①。

②彼——他、那。

　斯——語尾詞。

③孔艱——《詩三家義集疏》：「孔艱者，謂其心深而甚難察。」孔，很。艱，險。

④胡逝我梁？——為何到我魚梁去？詳見本篇「魚字辨證」。

⑤伊誰云從？——她聽誰的？伊，她。從，跟隨。云，語助詞。

⑥維暴之云——維暴之言是從。暴，人名。

⑦二人從行——指兩人廝混一起。

⑧誰為此禍？——這壞事是誰幹的？

⑨唁（一ㄢˋ）——安慰。

⑩始者——當初之時。

⑪云不我可——（現在）看不上我了。云，發語詞。可，喜

愛，嘉美。不我可，不喜愛我。

⑫陳——堂下到院門的通道。《毛傳》：「陳，堂塗也。」進入院門便是堂塗。

⑬⑭不愧于人？不畏于天？——嚴粲《詩緝》：「汝不愧於人，不畏於天乎？責之之辭也。」

⑮飄風——疾風、暴風。飄風在《詩經》情詩中多以喻離異或遠別。

⑯祇（ㄓ）——恰、適。

攪——擾亂、攪動。

⑰爾——你。

之——助詞。

安行——緩行、慢走。

⑱遑——暇、閒暇。

舍——休息、停止。

⑲亟（ㄐㄧˊ）——急。

⑳脂——油膏。在此指給車加油，作動詞，一說：脂音支，借為支，支通搘，支車之木，用於停車。

㉑壹者——從前、前次。《詩毛氏傳疏》：「壹者，猶言乃也。《漢書・曹參傳》：『乃者，吾使諫君也。』注曰：『乃者，謂曩日也。』」一說：壹者，猶一次。

㉒云何其盱（ㄒㄩ）——何其憂愁。《詩毛氏傳疏》：「云何其盱，何其憂也，云為語助，盱為憂。」一說：盱，盼望。《詩集傳》：「盱，望也。」

㉓爾還而入——你回來時進入我的門。爾，你。

㉔易——平靜、喜悅。《毛傳》：「易，說（悅）。」

㉕否——不通、隔阻。

㉖俾（ㄅㄧˇ）——使

祇（ㄑㄧˊ）──痕之借字，憂成病也。

㉗伯氏──兄長。同輩人年長者稱伯。

塤（ㄒㄩㄣ）──用陶土燒製的一種吹奏樂器。

㉘仲氏──老二。同輩人年次者稱仲。

篪（ㄔˊ）──用竹製造的一種橫吹管樂器。《毛傳》：「土曰塤，竹曰篪。」《鄭箋》：「伯、仲，喻兄弟也。」《鄭風·籜兮》：「叔兮伯兮，倡予和女。」詩中女子可以暱稱自己的愛人為伯為叔。

㉙及爾──與你。

如貫──如同用繩索穿在一起，喻二人關係之密切。

㉚諒──誠、真。《鄭箋》：「諒，信也。」

不我知──不知我、不相契。

㉛三物──古代盟誓時所用的三牲。《毛傳》：「三物，豕犬雞也。」

㉜詛（ㄗㄨˋ）──發誓、賭咒。《經典釋文》：「以禍福之言相要曰詛。」

斯──語助詞。

㉝蜮（ㄩˋ）──傳說的一種害人動物，能含砂射人，又名短狐或射工。

㉞不可得──不可得知、認識不清。

㉟靦（ㄊㄧㄢˇ）──面目可見貌。《國語·越語下》：「（范蠡曰）余雖靦然而人面哉，吾猶禽獸也，又安知是諓諓者乎？」注：「靦，面目之貌。」意指具有人的面目，而實非人。

㊱視──通「示」，顯示。

罔極──沒有底、沒有真象、沒有準則。罔，沒有。極，中正、準則。《毛詩傳箋通釋》：「極，中也。視人罔極，謂示

人以罔中也。」

③ 極——窮究、追究。

反側——反覆無常。《毛傳》:「反側,不正直也。」《詩集
傳》:「是以作此好歌,以極究爾反側之心也。」

題旨簡述

此篇爲棄婦之詩,情節較爲複雜。詩中夫妻雙方,感情本甚
相好,後來丈夫變心,暗中有了新歡,開始疏遠妻子,不常回家
去了。而他那個新歡,卻時常飄忽不定地到他家或魚梁去找他,
便使他的妻子陷入極大痛苦中:一面嫌那個女人前來攪亂了他的
生活,一面又數落丈夫無情無義,爲鬼爲蜮,不是好人。全詩八
章,前四章責嫌那個女人,後四章數落自己的丈夫。

《詩序》解此詩:「《何人斯》,蘇公刺暴公也。暴公爲卿士,
而譖蘇公焉,故蘇公作是詩以絕之。」而細味此詩之內容、口
吻、情調等等,均不合。故而朱熹早就說:「舊說於詩無明文可
考,未敢深信其必然耳。」(《詩集傳》)但因長時無確解,歷代
沿習,仍多遵從《序》說。聞一多《詩經通論》、鄭振鐸《插圖本中
國文學史》均主此篇爲情詩,觀點十分可取,只惜語焉不詳,亦
未多引起學界之重視。

魚字辨證

全詩八章,共有四處隱語,一是第一、二、四章言「胡逝我
梁」,二是第四章言「其爲飄風」。飄風,在詩中喻離異、喻遠
別,詳見「風」、「雨」字應用系列,茲單說「胡逝我梁」。這
一個「胡逝我梁」,同前篇《小弁》的「毋逝我梁」相比,涵義大
體相同,即仍以捕魚(到魚梁去捕魚)爲男女求偶之隱。所不同
者,《小弁》的「毋逝我梁」,乃棄婦對丈夫未來之新婦的戒喻與

拒斥,而此篇「胡逝我梁」(爲何前來捕魚?),則是妻子對丈夫之新歡(一個身分未正的女人)已經前來「撈魚」之行爲的質問與厭斥罷了。所以其上下文的邏輯便是:爲何想來「撈魚」,卻又「不入我門」?(第一章)卻又「不入唁我」?(第二章)卻又「祇攪我心」?(第四章)這是飽含著譏諷與憎惡的,也是無可奈何的。情節與上篇不同,而作棄婦怨(或半棄婦)則是相同的。

這裡的一個重要問題是,無論本篇之「胡逝我梁」,或是前邊《小弁》《谷風》的「毋逝我笱」等等,皆是對丈夫之新歡的戒喻與憎斥,是女方對女方的。如杲忽視這一點,便無法理順詩文內部的關係。這應是一個法則。

歷代解此詩,多遵《詩序》所謂「蘇公刺暴公」,視爲一篇刺讒詩,因此對「胡逝我梁」的解釋,便只能隨意猜測、各出己意了。如《鄭箋》:「梁,魚梁也。在蘇國之門外,彼何人乎?……今過我國,何故近之我梁而不入見我乎?」這是實指魚梁爲蘇國門外之梁,不解「魚梁」之本義。後世多從此說,不多贅。

另看《詩說解頤》:「《何人斯》,指伺察人者言也……梁,橋也,過我橋而不入我門,見其意在伺察也。」《詩經今注》:「梁,橋也。周代莊園主的莊園四邊有牆,牆外往往繞以濠溝,南面開門,門外濠上有可吊起放下的橋。」此兩家由明至當今,解題各自不同,前者言指伺察者,後者仍遵《詩序》,而同訓梁爲橋樑。按一般常識猜測,似更合於事理,然而,卻更加遠離了「魚梁」之本義。

小雅・鴛鴦①

原　詩	譯　文
(一)	(一)
鴛鴦于飛，②	鴛鴦雙飛在河邊，
畢之羅之。③	網兒羅兒捕它還。
君子萬年，④	君子結配永爲好，
福祿宜之。⑤	福祿同享樂且安。
(二)	(二)
鴛鴦在梁，⑥	鴛鴦息在魚梁邊，
戢其左翼。⑦	埋嘴左翼自安閒。
君子萬年，	君子結配永爲好，
宜其遐福。⑧	共享洪福至久遠。
(三)	(三)
乘馬在廄，⑨	四馬驕驕廄中拴，
摧之秣之，⑩	草料穀料吃得歡。
君子萬年，	君子結配永爲好，
福祿艾之。⑪	福祿同享樂且安。
(四)	(四)
乘馬在廄，	四馬驕驕廄中拴，
秣之摧之。	穀料草料吃得歡。
君子萬年，	君子結配永爲好，
福祿綏之。⑫	福祿同享樂且安。

注　釋

①小雅——見《小雅・小弁》注①。

②鴛鴦——鳥名。雌雄偶居，古稱匹鳥。古今民俗多以喻婚姻與愛情。

于——語助詞。

③畢、羅——畢，裝有長柄的小網，可以捕捉較小的鳥獸。羅，網。孔穎達《毛詩正義》：「羅則張以待鳥，畢則執以掩物。」

之——代詞。

④萬年——指夫妻和睦永長。

⑤宜——安、安享。《毛詩傳箋通釋》：「《說文》，宜，所安也。『福祿宜之』，猶言『福祿綏之』，宜、綏皆安也。二章『宜其遐福』同義。」

⑥梁——攔水捉魚之小壩。梁、笱喻捉魚，在《詩經》多以喻婚姻。

⑦戢（ㄐㄧˊ）——收斂。《鄭箋》：「戢，斂也。鴛鴦休息於梁……斂其左翼，以右翼掩之。」一說：戢訓插。《經典釋文》：「戢，《韓詩》云：『捷也，捷其嘴於左翼也。』」此義較勝。

⑧遐——遠、久遠。

⑨乘（ㄕㄥˋ）馬——古時一車四馬為乘。《經典釋文》：「乘馬，四馬也。」

⑪廄——馬棚。

摧（ㄘㄨˋ）——通「莝」，鍘草。以草料餵馬。

⑩秣（ㄇㄛˋ）——馬飼料，此處作動詞。《毛傳》「秣，養馬也。」

⑪艾──養、助。

⑫綏（ㄙㄨㄟ）──安、安享。

題旨簡述

此篇為西周貴族賀婚時。具體言之，也有指其為詠周幽王初婚者（娶申后）。按《詩經》，以鴛鴦起興者，僅此詩與《白華》共兩篇。《白華》詠：「鴛鴦在梁，其在左翼。之子無良，二三其德。」（第七章）此申后被黜自傷之詞，正如《詩集傳》說責幽王云：「二三其德，則鴛鴦之不如也。」而此詩「鴛鴦在梁，戢其左翼」兩句，則從正面取意，以興起「君子遐福」，故而方玉潤評判云：「《白華》為申后被黜之詩，安知此詩不為申后初昏而作？聖人兩存其詩，正以見幽王『二三其德』，有初而靡終也。」（《詩經原始》）此語頗可參考。

《詩序》：「《鴛鴦》，刺幽王也。思古明王交於萬物有道，自奉養有節焉。」《毛傳》：「交於萬物有道，謂順其性，取之以時，不暴夭也。」按此固穿鑿之詞，無可取，但後世解詩者，不少從此取義，特錄以知其謬焉。

魚字辨證

此詩共四章，前兩章言鴛鴦，後兩章言乘馬，皆以興婚姻。乘馬為古婚禮必備，此不多論，這裡單言鴛鴦。鴛鴦者，匹鳥也，止則相偶，飛則為雙，古今以喻婚姻，已經無需解釋。這裡須進一步分辨的，是次章言鴛鴦之「在梁」，是否隱涵著魚字。關於這一點，仍須同《小雅・白華》相聯繫。請先看《白華》第五章：「有鶖在梁，有鶴在林。維彼碩人，實勞我心。」《鄭箋》解釋云：「鶖也，鶴也，皆以魚為美食者也。鶖之性貪戀而今在梁，鶴潔白而反在林，興王養褒姒而餕申后，近惡而遠善。」這

裡以水禽之「在梁」（捉魚之梁）喻飽食。「在林」喻受餒，是合於詩義的。那麼請看第六章：「鴛鴦在梁，戢其左翼。」這又一個「在梁」，當然就是說鴛鴦也同樣飽食，而且收起翅膀在安閒休息了。而此《鴛鴦》篇的「鴛鴦在梁」兩句則恰與「白華」兩句同，那麼，其涵義也當然必須一致。前「總論」中明言，詩凡言食魚、梁、筍等等，皆喻男女之歡合與婚姻，則此篇自不例外，所以其下文的「君子萬年，宜其遐福」也就是賀婚之詞。上下文意一致，完全合乎情理。把此與《周南・關雎》相比較，鴛鴦、雎鳩皆匹鳥而同隱「食魚」之義，所以，也編在這一系列，供方家批評指正。

歷代解此詩，多穿鑿，無可取。如《鄭箋》：「鴛鴦休息於梁，明王之時，人不驚駭，斂其左翼，以右翼掩之，自若無驚恐。」《詩毛氏傳疏》：「上章于飛則畢羅之，此章在梁則休息之，所謂交於萬物有道也。《論語》：『弋不射宿』。」《詩義會通》：「人不驚駭，自若無恐。子由曰：『惟俟其飛而後取，故在梁者戢翼而安。』」按以上三家言，皆在《詩序》之「思古明王交於萬物有道」上作文章。完全昧於詩旨。

季本《詩說解頤》則云：「鴛鴦在梁而戢左翼，未飛而自衞時也，賢人在山林獨善其身者如此。今亦為君子用之，宜其享遐福於無窮也。」此雖擺脫開毛、鄭詩學之羈絆，可又穿鑿到明君用賢之義上來，亦仍乖於詩旨，全不明「鴛鴦在梁」之本義。

當代諸公，如高亨、陳子展等均無解。

小雅・采綠①

原　詩	譯　文
(一)	(一)
終朝采綠，②	一個清早來採綠，
不盈一匊。③	採來採去不盈掬。
予髮曲局，④	肩上長髮亂曲曲，
薄言歸沐。⑤	我要回家去洗沐。
(二)	(二)
終朝采藍，⑥	採藍採到日三竿，
不盈一襜。⑦	小小圍巾兜不滿。
五日為期，⑧	他說五日把家還，
六日不詹。⑨	至今六日不回轉。
(三)	(三)
之子于狩，⑩	今後他想去打獵，
言韔其弓。⑪	我就跟他收弓箭。
之子于釣，	今後他想去釣魚，
言綸之繩⑫	我就跟他理絲線。
(四)	(四)
其釣維何？⑬	看他釣來什麼魚？
維魴及鱮。⑭	小頭魴兒白肚鰱。
維魴及鱮，	小頭魴兒白肚鰱，
薄言觀者。⑮	半晌釣來一大串。

注　釋

①小雅──見《小雅‧小弁》注①。

②終朝（ㄓㄠ）──從日出到早飯前這段時間。

　綠──借爲菉，草名，可以染綠色。亦名王芻或藎草。

③盈──滿。

　匊（ㄐㄩ）──古「掬」字，兩手相捧曰掬。

④予髮──我的頭髮。

　曲局──捲曲。局，曲。

⑤薄言──句首助詞。

　沐──洗頭髮。

⑥藍──草名，俗稱靛青，可作青色染料。

⑦襜（ㄓㄢ）──繫在身前的一種圍巾，或稱圍裙。

⑧五日爲期──五日爲約定之歸期。

⑨詹（ㄓㄢ）──至、到。姚際恆：「言本五日爲期，今六日
　尚不瞻見，只是過期之意，不必定泥爲六日而詠也。」此備
　一說，供參考。

⑩之子──這個人。指丈夫。

　于──往。

　狩──打獵。

⑪言──發語詞。

　韔（ㄔㄤ）──弓袋。作動詞，意指裝弓進袋。

⑫綸（ㄌㄨㄣ）──釣魚用的絲繩。作動詞。《毛詩傳箋通
　釋》：「綸爲繩名，亦爲糾繩之稱……釣緡謂之綸，糾繩亦
　謂之綸。之，猶其也。『言綸之繩』，猶云言糾其繩，正與
　『言韔其弓』句法相類。」

⑬維──是、乃。

⑭魴──一名鯿魚，頭小體闊，魚之美者。

鱮（ㄒㄩ）──鰱魚。

⑮觀──多。《鄭箋》：「觀，多也。」《說文通訓定聲》：

「觀，假借為貫」。貫，累、積。

者──語氣詞，相當於「哉」「啊」。

(題)(旨)(簡)(述)

此篇為妻子思夫之辭。丈夫外出，逾期不歸，引起妻子的懷念。

《詩序》云：「《采綠》，刺怨曠也。幽王之時，多怨曠者也。」朱子《辨說》云：「此詩怨曠者所自作也，非人刺之，亦非怨曠者有所刺於上也。」按，細味詩文，怨刺之意不顯，亦更與幽王無關。丈夫短時外出，逾期不至，妻子有所掛念耳。

嚴粲《詩緝》：「去時約以五日而歸，今六日而不見，時未久而怨，何也？古者新婚三月不從政，此新婚者之怨辭也。」亦可備一說。

(魚)(字)(辨)(證)

此詩全篇四章，前半言採菜，後半言狩釣，皆家庭生活場景，這裡單言魚釣。前「總論」中明言，詩凡言魚、言釣魚等等，皆以喻男女歡合與求偶，而此篇則不但言魚而且言魴鱮，不但言釣而且言綸繩，並加釣魚之具體過程及豐收也都一齊詠出。然而此篇為賦，不為興，是其重要特點。賦者，敷陳直言，是把釣魚之事作為生活之設想、安排進行敍述的，初讀之下，只覺生動親切、夫婦和順、有濃厚生活氣息，卻不易感到這「魚釣」之隱語性質，但是，這在古人之經過長久歷史積澱的共同心理經驗中，這「魚釣」的特定內涵與較敏感效應是不言而喻的，也應是

強烈的。這一個賦，把夫妻生活的設想安排同男女歡合的追求、滿足，巧妙結合在一起了。所以，細味此詩情調，雖作懷人之辭，不免少有點幽怨，但其字裡行間卻又洋溢著信心與歡樂。這才是本篇的特色。

歷代解此詩，只見爲寫實之作，卻不明古代民俗，便只好見仁見智，隨意發揮而已。如《鄭箋》：「此美其君子之有技藝也。釣必得魴鱮。魴鱮，是云其多者耳。其衆雜魚乃衆多矣。」如《詩集傳》：「言君子若歸……欲往釣耶，我則爲之綸其繩。望之切，思之深，欲無往而不與之俱也。」再如《詩義會通》：「於其釣而有獲，又將從而觀之，皆從神理刻畫也。」按三家言互不同，鄭氏解之爲「美君子之有技藝」，朱氏解之爲「欲無往而不與之俱」，吳氏則專作審美技巧之評價。不能說概無可取，卻皆昧於「魚釣」之眞諦。

當代諸公，如高亨、陳子展等均無解。

小雅 · 白華①

原　詩	譯　文
鴛有在梁，②	有鴛食魚在河濱，
有鶴在林。③	有鶴離水在樹林。
維彼碩人，④	只因又添美人在，
實勞我心！⑤	日夜煎熬我的心！
鴛鴦在梁，	鴛鴦棲在魚梁邊，
戢其左翼，⑥	埋頭左翼自安閒。

之子無良，⑦　　　　　　只恨那人無艮德，
二三其德！⑧　　　　　　二意三心情不專！

注　釋

①小雅——見《小雅・小弁》注①

②鶩（ㄑㄧㄡ）——水鳥，頭頸無毛，又名禿鶩。

　梁——攔水捕魚的小壩。鶩在梁上，吃魚方便，暗示幽王與
　褒姒結好。

③有鶴在林——鶴在林中無魚可食，象徵申后失去幽王的寵
　愛。

④維——助詞。

　碩人——高大長麗之人。《鄭箋》：「碩，大也。妖大之人，
　謂褒姒也。」

⑤勞——使苦惱。作動詞用。

⑥戢（ㄐㄧˊ）——收斂。或訓插。指鴛鴦插其嘴於左翼之下，
　作休息狀。詳見《小雅・鴛鴦》注⑦。

⑦之子——那人，指幽王。

　無艮——無善德，無艮心。

⑧二三其德——三心二意，見異思遷。

題旨簡述

《白華》，籠統講，是一篇棄婦怨。具體講，古今學界多視為
周幽王寵褒姒，申后被黜後的自傷之詞。《詩序》云：「《白華》，
周人刺幽后也。幽王取申女以為后，又得褒姒而黜申后……周人
為之作是詩也。」按此詩之內容、情調，大體與《詩序》相合。歷
代多從此說。全詩八章，篇幅較長，此錄其第六、第七兩章，主
詠周幽王「近惡遠善」，申后受苦和她對周幽王的怨恨。

魚字辨證

　　這兩章：前章以鸒兒在梁、鶴兒在林起興，後章以鴛鴦在梁起興。鸒、鶴、鴛鴦皆食魚之鳥，魚梁為捉魚、攔魚之塅，共同隱「捉魚」、「食魚」之義，亦即同以「捉魚」、「食魚」喻婚事，而兩章機制不同。前章以鸒、鶴為對比，鸒兒在梁飽食，以喻褒姒得寵；鶴兒在林乏食，以喻申后失寵。所以，下文接著說：「維彼碩人，實勞我心」，申后充滿了痛苦。後一章，以鴛鴦與「之子」為對比，鴛鴦飽食在梁（前章以有鸒「在梁」喻飽食，則此章之鴛鴦「在梁」不能例外。）、安閒自在，喻夫妻歡合之象，而下文接著說：「之子無良，二三其德」，正是個反襯結構。由此觀之，同是言捉魚、食魚而機制不同，情節亦不同耳。另按，鴛鴦，匹鳥也，止則相偶，飛則為雙，本自可以喻婚姻，而又兼「食魚」之義，意義就更加豐富，故仍編在「魚」字應用系列，詳見本系列《小雅・鴛鴦》之「魚字辨證」。

　　歷代解此詩，大概有兩種情形，一是按一般常識作理解，能得其比喻義，可給人以啟發；二是從詩教作解釋，則穿鑿附會無可取，如《鄭氏》解前章：「鸒也，鶴也，皆以魚為美食者也。鸒之性貪惡而今在梁，鶴潔白而反在林，興王者養褒姒而餒申后，近惡而遠善。」再如《詩集傳》：「蘇氏曰：『鸒鶴皆以魚為食，然鶴之於鸒，清濁則有間矣。今鸒在梁而鶴在林，鸒則飽而鶴則飢矣。幽王進褒姒而黜申后，譬之養鸒而棄鶴也。」再如《詩經通論》：「此則以『鸒』比妾，以『鶴』自比也。」此三家大致相同，雖不知「捉魚」「食魚」之真諦，但能得其比喻義，有助理解詩旨。後世多宗此說。

　　然而在解釋下一章，便出現另一種情形，如《鄭箋》：「斂其左翼者，謂右掩左也。鳥之雌雄不可別也。以翼右掩左，雄；左

掩右,雌。陰陽相下之義也。夫婦之道亦以禮義相下,以成家
道。」似此按禮教解詩,便穿鑿附會無可取,而後世亦有宗之
者,例如《詩說解頤》:「鴛鴦有定偶之鳥,戢其左翼,以依雄
也。……言我常依王,而王自二、三其德耳。」此亦大同小異。

　　當代諸公書多無解,或亦只解其比喻義而已。

小雅・魚麗①

原　　詩	譯　　文
(一)	(一)
魚麗于罶,②	魚兒入罶走不脫,
鱨鯊。③	黃頰小鯊下烹鍋。
君子有酒,④	君子置酒娛嘉賓,
旨且多。⑤	珍饈味美又豐多。
(二)	(二)
魚麗于罶,	魚兒入罶走不掉,
魴鱧。⑥	鯿魚黑魚不鍋燒。
君子有酒,	君子置酒娛嘉賓,
多且旨。	珍饈豐盛味又好。
(三)	(三)
魚麗于罶,	魚兒入罶跑不成,
鰋鯉。⑦	鯰魚鯉魚下鍋烹。
君子有酒,	君子置酒娛嘉賓,
旨且有。⑧	珍饈味美又豐盛。
(四)	(四)

物其多矣，⑨　　　　　百物都獲豐收啊，
維其嘉矣！⑩　　　　　都是那樣美好啊！
(五)　　　　　　　　　(五)
物其旨矣，　　　　　　百物樣樣美好啊，
維其偕矣！⑪　　　　　都是那樣齊全啊！
(六)　　　　　　　　　(六)
物其有矣，　　　　　　百物眞是豐盛啊，
維其時矣！⑫　　　　　都是那樣得時啊！

注　釋

①小雅——見《小雅・小弁》注①。

②麗（ㄌㄧˊ）——通「罹」，遭遇、落入。

　罶——一種捕魚竹籠，有倒須，魚游進不能出。長筒形，今
　名須籠。

③鱨（ㄔㄤˊ）鯊——鱨，今名黃頰魚；鯊，即鮀。體圓有黑
　點，形體較小，又名吹沙。

④君子——宴會的主人。

⑤旨——味美。

⑥魴鱧（ㄌㄧˇ）——魴，鯿魚；鱧，烏鱧，又名黑魚，肉味鮮
　美。

⑦鰋（ㄧㄢˇ）鯉——鰋，鮎（鯰）魚，無麟，大口，大腹。
　鯉，即今見之鯉魚。

⑧有——《詩集傳》：「有，猶多也。」

⑨物——五穀、六畜等豐收物的總稱。

⑩嘉——美、善、好。

⑪偕——齊備。一說：嘉也。《經義述聞》：「皆亦嘉也，語之
　轉耳。」

⑫時──得時，應時而有。

此篇為西周貴族宴饗宴客、慶祝豐收之樂歌。按《儀禮》之《鄉飲酒》、《燕禮》等皆歌此詩，故朱熹《詩集傳》云：「此燕饗通用之樂歌」。李光地《詩所》云：「此必荐魚宗廟之後，燕飲之詩。後乃通用為燕饗之樂歌。」這都可以參考。

《詩序》云：「《魚麗》，美萬物盛多，能備禮也。……故美萬物盛多，可以告於神明矣。」《毛傳》云：「太平而後，微物眾多，取之有時，周之有道，則物莫不多矣。古者，不風不暴，不行火。草木不折不芟，不操斤斧，不入山林。豺祭獸然後殺，獺祭魚然後漁，鷹隼擊然後罻羅設……故山不童，澤不竭，鳥獸魚鱉皆得其所然。」從這似可看出，此當為古人慶祝豐收、告於神明的主要內容，亦謳歌盛世、慶祝太平之意耳。

魚字辨證

前「總論」中明言，初民在遠古時期，就以其特殊之思維方式視魚為豐收、繁殖之神。這神祕的宗教觀念往下延續著，即使到了以匹偶、婚姻家庭為社會基本結構的農業社會時期，也仍然積澱在羣體的共同心理經驗中，以魚為豐收之象徵。從此篇以下的六個詩篇中，我們可以看到這種歷史積澱與詩歌藝術的結合。

此篇共六章，前三章皆以魚、罶為隱，以興起下文詠君子旨酒的豐盛，但旨意涵蓄不露（未明言飲酒之目的），直至後三章才正面詠出題旨──慶萬物之豐收。這是一個比較特殊的結構。「魚麗于罶」者，魚兒進了須籠：鱨、鯊、魴、鱧、鰋、鯉，品類齊備，真可謂神靈之保祐。「君子有酒」者，慶祝宴飲也，而酒也多而且旨。後半章反覆疊詠豐收：物其多矣、嘉矣、旨矣、

偕矣、有矣、時矣，眞興高彩烈、心滿意足之至。而歷代解此詩，卻大都不知此義。如《鄭箋》之於前三章：「酒美，而此魚又多也。」「酒多而此魚又美也。」「酒美而此魚又有。」等等。這是簡單地誤把魚兒爲酒看，理解甚爲膚淺。又解後三章云：「魚旣多，又善。」「魚旣美，又齊。」「魚旣有，又得其時。」等等。這就進一步誤解「物其多矣」之「物」爲魚，完全抹煞慶萬物豐收之題旨，也與《詩序》之「美萬物盛多」不相符。然鄭氏之影響甚遠，如後世《詩集傳》《詩經原始》等重要著作皆宗其法，不贅。

馬瑞辰《毛詩傳箋通釋》云：「下章『物其多矣』，又承上章而推言衆物，此《序》所云『美萬物盛多』也。《箋》以物屬魚，亦非。」此說合於情理，但不知魚兆豐年之眞諦。

范家相《詩瀋》云：「美萬物盛多，但言魚者，在下動物之多莫如魚也。《小雅》言豐年之兆亦曰『衆維魚矣』。」此說能觸及魚兆豐年之義，但仍昧於魚兆豐年之出因。

至於當代論壇，大都以「魚」「物」爲一事，釋義略同鄭玄，或者以魚喻賓客。皆誤。

小雅・南有嘉魚①

原　詩	譯　文
(一)	(一)
南有嘉魚，②	南方魚兒好又多，
烝然罩罩。③	濟濟搖搖在江河。
君子有酒，	君子今日置酒會，

嘉賓式燕以樂。④	嘉賓宴飲可快樂。

(二)

南有嘉魚，	南方魚兒好又多，
烝然汕汕。⑤	眾尾搖搖在江河。
君子有酒，	君子今日置酒會，
嘉賓式燕以衎。⑥	嘉賓宴飲樂呵呵。

(三)

南有樛木，⑦	南方有樹長得高，
甘瓠纍之。⑧	累累葫蘆掛樹梢。
君子有酒，	君子今日置酒會，
嘉賓式燕綏之。⑨	嘉賓宴飲樂陶陶。

(四)

翩翩者鵻，⑩	祝鳩輕輕把翅揚，
烝然來思。⑪	飛來紛紛落高堂。
君子有酒，	君子今日置酒會，
嘉賓式燕又思。④	再勸嘉賓進一觴。

注　釋

①小雅——見《小雅・小弁》注①。

②南有——古時指方向的一種習慣用法。

　嘉魚——好的魚、美的魚。

③烝然——眾多貌。烝，眾多。

　罩罩——魚游水貌。戴震《毛鄭詩考證》：「罩罩，疊字形容
　詞……蓋與掉通，魚搖也。」《說文》引《詩》作「鯙鯙」。一
　說：漁具。

④式——用。鄭箋：「式，用也。用酒與賢者燕飲而樂之。」

　燕——通宴。

以——而。

⑤汕汕（ㄕㄢ ㄕㄢ）——魚游貌。《毛詩傳箋通釋》：「罩罩汕汕，蓋皆魚游水之貌。」一說：一種魚網。

⑥衎（ㄎㄢ）——快樂。《毛傳》：「衎，樂也。」

⑦樛（ㄐㄧㄡ）木——高木。按桂馥《說文義證》：「此當云：高木也。……翏，高飛也，與木高意合。」

⑧甘瓠（ㄏㄨ）葫蘆。味甘可食者謂甘瓠。

累——繫掛。《釋文》：「纍，纏繞也。」

葫蘆在古代傳說中，既為生人、多子之象徵，又是合卺祭祖之禮器。此章以葫蘆起興，即取義子孫繁衍昌盛之古俗。舊解困於《序》說，多以樛木甘瓠喻士人攀附，實誤。

⑨綏——《鄭箋》：「綏，安也。」

⑩翩翩——飛貌。

雛（ㄓㄨㄟ）——又名祝鳩、鶝鶔、鵻鳻。《鄭箋》：「夫不，鳥之愨謹者，人皆愛之。」《詩經原始》：「雛性慈孝謹愨。」《中文大辭典》（臺灣）：「雛，孝鳥也。」《小雅·四牡》：「翩翩者雛，載飛載下。」乃以興孝子。推而言之，此章當以「翩翩者雛，烝然來思」興子女孝道、家庭安樂。舊解困於《序》說，以雛鳥喻賢者之來聚，實誤。

⑪來思——飛來。思，語氣詞。

⑫又——通「侑」，勸也。馬瑞辰《毛詩傳箋通釋》：「又，即今之『右』字，古『右』與侑、宥並通用。」

思——語詞。

題旨簡述

此篇為西周貴族宴饗賓客的祝福詩：一祝豐收，二祝多子，三祝子孫孝道、家庭安樂。其性質頗似《魚麗》而祝福面廣，蓋亦

燕饗通用之樂歌。

《詩序》:「《南有嘉魚》樂與(舉)賢也。太平之君子至誠,樂與賢者共之也。」後世學界宗此,多斟酌於舉賢、與賢之間,無定論。但整篇四章之內容,不見舉賢、與賢之意,蓋亦主觀之附會耳。

此詩共四章,第一、二兩章皆以「嘉魚」起興。兩章占全詩之半,自當爲全詩重點。而兩章之內容與結構,及其起興之方式,皆與《魚麗》(前三章)相似。由此可見,此兩章章旨亦以魚爲隱,祝豐收。詩詠「南有嘉魚,烝然罩罩」,總其意,游魚衆多之貌。這繁衍興旺的意象,同歷史積澱於羣體心理中的豐收欲求相融合,故其下文所詠,則亦祝賀宴飲:「君子有酒,嘉賓式燕以樂。」同《魚麗》大同小異。

歷代解此詩,多困於《序》《箋》所謂王者與賢之意,所以都弄錯了。如《鄭箋》:「烝,塵也。塵然,猶言久如也。南方水中有善魚,人將久如而俱罩之,遲之也。遲之者,謂至誠也。」季本《詩說解頤》:「罩可以取魚,嘉魚而罩罩,喩得賢者之多。」朱鶴齡《詩經通義》:「取魚必以其具,興燕賓必以其禮。」此皆以魚比賢者,以罩比求賢燕賓之具。全不明「嘉魚」之眞諦。

再看《詩集傳》:「君子有酒,則必與嘉賓共之,而式燕以樂矣。此亦因所薦之物(指與《魚麗》同),而道達主人樂賓之意也。」此雖未事穿鑿,而誤以嘉魚爲看饌,則實膚淺之見,仍昧於「嘉魚」之本義。

小雅・無羊①

原　詩	譯　文
爾牧來思，②	你的牧人都來了，
以薪以蒸，③	隨手打柴又拾草，
以雌以雄。④	獵來雌鳥與雄鳥。
爾羊來思，	你的羊羣跑來了，
矜矜兢兢，⑤	依著靠著往前跑,
不騫不崩。⑥	不奔不亂不虧少。
麾之以肱，⑦	牧人舉臂一揮手，
畢來既升。⑧	乖乖一齊入圈牢。
牧人乃夢：⑨	牧人做夢見奇蹟：
眾維魚矣，⑩	蝗蟲變魚人人喜，
旐維旟矣。⑪	龜蛇旐子變鷹旟。
大人占之：⑫	占夢大人來推算，
眾維魚矣，	蝗蟲變魚雨水歡，
實維豐年；	定有一個大豐年；
旐維旟矣，	龜蛇旐子變鷹旟，
室家溱溱。⑬	人口興旺滿家圓。

注　釋

①小雅——見《小雅・小弁》注①。

②爾牧——你的牧者。

　　思──語助詞

③以──採取。

　　薪──粗柴。

　　蒸──細柴。《鄭箋》:「粗曰薪,細曰蒸。」

④雌雄──姚際恆《詩經通論》:「雌雄字從隹,即鳥也。故以
　　雌雄言鳥。」以上兩句意思:牧者在放牧之餘。還順便拾取
　　些柴薪或獵取一些禽鳥。

　　一說:上兩句乃言放牧方法。薪、蒸皆草料,「以薪以蒸」
　　是為飼食以時,「以雌以雄」是為交合以時。

⑤矜矜(ㄐㄧㄣ)──小心翼翼貌。

　　兢兢──謹慎,怕失羣。

⑥騫(ㄑㄧㄢ)──虧損。《毛傳》:「騫,虧也。」一說:
　　騫,借為蹇,跛足。取高亨說。

　　崩──潰散。一說:羣羊生疾。

⑦麾(ㄏㄨㄟ)──指揮。《詩毛氏傳疏》:「以手曰招,以臂
　　曰麾。」

　　肱(ㄍㄨㄥ)──《毛傳》:「肱,手臂也。」

⑧畢──全。

　　既──盡。

　　升──進。《毛傳》:「升,入牢也。」一說:升於高處。

⑨牧人──放牧之人。一說:周朝牧官。

⑩衆──借為螽,蝗蟲。《毛詩傳箋通釋》:「此詩衆當為螽及
　　蟲之省借。螽,蝗也。蝗多為魚子所化,魚子旱荒則為蝗,
　　豐年水大則為魚,即蝗亦化為魚。」

　　維──乃。

⑪旐(ㄓㄠ)──畫著龜蛇的旗。

　　旟(ㄩ)──畫著老鷹的旗。

《詩集傳》：「旐，郊野所建，統人少；旟，州里所建，統人
多。」所以，旐旗變爲旟旗，乃人口興旺之兆。

⑫大（ㄊㄞ）人——卜官。《小雅・斯干》：「大人占之」。《詩
集傳》：「大，音太……大人，太卜之屬，占夢之官也。」
占（ㄓㄢ）——占卜、算卦。

⑬溱溱（ㄓㄣ）——即蓁蓁，茂盛。在此指人口興旺。

題旨簡述

此篇爲一牧歌，全詩四章，章八句，篇幅較長，從羊羣、牧
者、牧地之情形到有關生活習俗，都有具體生動之描寫。其所取
材，似爲一卿大夫之家的牧場，規模並不太大。從詩中反映的情
調及「室家溱溱」的占辭看，可能於采詩之後，經過潤色，終於
用之爲宮廷祈求豐年的樂歌。此其第三、第四章，主詠放牧歸來
及牧人夢魚夢旐祈求豐年和家室興旺的情景。

《詩序》：「《無羊》，宣王考牧也。」與詩文內容不符。

魚字辨證

此篇前章詠牧歸，後章詠占夢：夢魚以兆豐年，夢旐以兆人
旺。這裡單說夢魚。

周人算卦，花樣很多。此章所詠占夢，即《周易》所謂象占。
把牧人做的夢也具體記下來。這都是關於《詩經》時代之重要習俗
的記載。因此，它不僅是詩章，而且是重要史料。詩所謂「衆
（蟓、蝗蟲）維魚矣，實維豐年」，即蝗蟲變成魚，說明雨水
足，可以兆豐年。這顯然是前邊「總論」所言上古魚崇拜時期以
魚爲豐收神這一宗教觀念的積澱與遺傳。再參看《周易・中孚》卦
辭：「中孚，豚魚吉。」按李鏡池先生解釋：「是說行禮時心中
誠信，又有豚魚則吉。」（《周易通義》）可見這一類魚卦，涵括

面甚廣，不只主豐收，即在一般意義上也是一個吉卦。這就必須強調，這一章相當重要，凡解釋《雅》《頌》中這一類主豐收的魚字篇，是一把有用的鑰匙。而歷代解此詩，則全不知此義。如：

《毛傳》：「陰陽和則魚眾多矣。」此似言時政天道之美，然而不甚明確。《鄭箋》解釋云：「魚者，庶人之所以養也。今人眾相與捕魚，則是歲熟相供養之祥也。」此一般常識性猜測、無助於理解《詩經》。

《詩經通義》：「魚麗（疑爲「眾」字之誤）爲萬物盛多之象，故爲豐年；旟旐所以聚眾，故爲民庶。假微賤之夢通乎國計民生，豈常人思慮所及！」《詩經原始》：「末章忽出奇幻，尤爲匪夷所思。」「借占夢以爲豐年之兆耳。」按兩家言，有相似處，《通論》以魚眾代表萬物盛多，也是一種猜測，而《原始》僅僅指夢魚爲詩歌表現手法，則尤昧於古義。

至於當今論壇，亦多宗承舊注，無新解。

小雅・魚藻①

原　詩	譯　文
(一)	(一)
魚在在藻，②	魚在藻中游，
有頒其首。③	紛紛見魚首。
王在在鎬，④	周王在鎬京，
豈樂飲酒。⑤	安樂飲美酒。
(二)	(二)
魚在在藻，	魚在藻中游，

有莘其尾。⑥　　　　　　衆尾晃悠悠。
王在在鎬，　　　　　　周王在鎬京，
飲酒豈樂。　　　　　　安樂飲美酒。
(三)　　　　　　　　　(三)
魚在在藻，　　　　　　魚兒藻中棲，
依于其蒲。⑦　　　　　　蒲兒藏其體。
王在在鎬，　　　　　　周王在鎬京，
有那其居。⑧　　　　　　居處最安適。

注　釋

①小雅——見《小雅・小弁》注①。

②魚在在藻——魚兒棲在藻中。藻，水草。第二個「在」，作
「於」用。

③頒（ㄈㄣˊ）——衆多。《毛詩傳箋通釋》：「《韓詩》訓『頒』爲
『衆』。蓋讀『頒』爲『紛紛』之紛。」一說：大頭貌。

④鎬（ㄏㄠˋ）——西周王都，武王所建，在今陝西省西南部。

⑤豈樂——和樂。豈通愷，樂也。

⑥莘（ㄕㄣ）——衆多貌。一說：長貌。

⑦依——依靠，棲息之意。

　蒲——水草。

⑧有那（ㄋㄨㄛˊ）——那那，安逸貌。那，安閒。有，詞頭。

　居——住處。《詩集傳》：「那，安；居，處也。」

題旨簡述

此篇題旨，總言之，是一篇讚頌周王的詩，三章言之甚明。
然從整篇之意象構成著眼，則仍以祝賀豐收、祝萬物盛多爲實
質。這也才是詠歌周王安樂的真正內容與背景。詩文固然簡略，

此乃當時之民情風俗及語言環境所決定，聽之則知，讀之則明，毋須煩說。只是在兩千五百多年之後的今天，或以爲朦朧難知而已。《詩序》云：「《魚藻》，刺幽王也。言萬物失其性，王居鎬京，將不能以自樂，故君子思古之武王焉。」此所謂「反經以序」之法，甚無理，不足爲信。朱熹《詩集傳》云：「此夫子燕諸侯，而諸侯美天子之詩也。」後世多斟酌此說，值得參考。

魚 字 辨 證

此詩共三章疊詠，皆以「魚藻」爲興。其起興之方式、內容與結構，全同《魚麗》《南有嘉魚》之以魚起興部分，表現出一定的規律性。從這一規律性推知，其章旨、題旨亦必以魚爲隱而慶賀萬物之豐收。詩詠「魚在在藻，有頒其首」，「在藻」者，魚兒安適之態，「有頒」者，魚兒眾多之象，同上篇「南有嘉魚，烝然罩罩」所言游魚眾多、繁衍興旺景象相一致，所以其下文之「王在在鎬，豈樂飲酒」云云，則頗似《詩集傳》所謂「此天子燕諸侯」詩，正以豐收爲慶爲樂也。

歷代解此詩，除毛、鄭爲一派之外，紛紛無定論，然而無可取者，隨意猜測而已。如《毛傳》：「魚以依藻爲得其性。」《鄭箋》解釋云：「藻，水草也。魚之依水草，猶人之依明王也。明王之時，魚何處乎？處於藻。既得其性則肥充，其首頒然。此時人物皆得其所。」此皆從《詩序》取義，並以魚藻之關係，比人與明王之關係，不倫不類，殊不可信。

再看《詩集傳》：「言魚何在乎？在乎藻也，則有頒其首矣。王何在乎？在乎鎬京也，則豈樂飲酒矣。」《詩說解頤》：「今淺水生藻而魚在焉，露其頒然之大首……喻民之窮蹙窘迫也。幽王在鎬京，豈樂飲酒……而王獨樂，豈能久乎？」此一以魚之在藻比喻王在鎬京，取褒意；一以魚之在藻喻民之窮蹙窘迫，取貶

意。各說各的，亦皆出於猜測，昧於魚藻之本義。餘不贅。

小雅・苕之華①

原　詩	譯　文
(一)	(一)
苕之華，②	凌霄花兒盛開，
芸其黃矣。③	花兒朵朵正黃。
心之憂矣，	我心無限憂愁，
維其傷矣！④	又是那麼悲傷！
(二)	(二)
苕之華，	凌霄花兒盛開，
其葉青青。	葉兒一片青青。
知我如此，	早知如此生活，
不如無生！	不如乾脆無生！
(三)	(三)
牂羊墳首，⑤	母羊頭大身瘦，
三星在罶。⑥	星光照滿魚簍。
人可以食，	人們還可進食，
鮮可以飽！⑦	很少吃飽吃夠！

注　釋

　　①小雅──見《小雅・小弁》注①。

　　②苕（ㄊㄧㄠ或ㄕㄠ）──木名，又稱凌霄或紫葳，木質藤本，
　　　花黃赤色。

華——花。

③芸（ㄩㄣˊ）——茂盛貌，非衰敗貌。

芸其黃矣——《經義述聞》：「是苕華本有黃者，豈待將落而始黃哉？詩人之起興，往往感物之盛而嘆人之衰……物自盛而人自衰，詩人所以嘆也。」

④維其——何其。

⑤牂（ㄗㄤ）——母綿羊。《毛傳》：「牂羊，牝羊也。」

墳——大也。《詩集傳》：「羊瘠（瘦）則首大也。」

⑥三星——參星。或云，三指虛數，泛指星星。

罶（ㄌㄧㄡˇ）——即笱，捕魚簍。《詩集傳》：「罶，笱也。罶中無魚而水靜，但見三星之光而已。」

⑦鮮——少。

題旨簡述

此篇為荒年饑饉之詩。人民無法生活，歌此以抒悲愁！

《詩序》：「《苕之華》，大夫閔時也。幽王之時，西戎、東夷交侵中國，師旅並起，因之以飢饉，君子閔周室之將亡，傷己逢之，故作是詩也。」此意大體可取，只涉及具體人、事，難以作證。姚際恆《詩經通論》云：「此遭時飢亂之作，深悲其不幸而生此時也。」此說較為概括。

魚字辨證

此篇共三章，前兩章皆以苕華之茂盛，起興人生之枯萎，是為反襯起興，不多論。這裡單言第三章隱語起興：「三星在罶」：罶者，捕魚之笱；三星在罶者，笱內只見星光，自是無魚之象。前「總論」中明言，詩以多魚喻豐收，此笱無魚之象，自然必以喻荒年，正可謂反其意而用之。再加前一句「牂羊墳首」

（母羊頭大身瘦），連草也吃不夠，所以其下文云：「人可以食，鮮可以飽」，便正是飢餓的嘆息。《小雅‧魚麗》云：「魚麗于罶，鱨鯊。君子有酒，旨且多。」此慶豐收之詩也，與之相對照，一正一反，運用不同，意象亦大殊矣。

《毛傳》解此詩：「三星在罶，言不可久也。」《鄭箋》：「不可久者，喻周將亡，如心星之光耀，見於魚筍之中，其去須臾也。」此以魚筍星光比喻周室將亡，不合情理之至，全無可取。

《詩集傳》：「罶中無魚而水靜，但見三星之光而已。言飢饉之餘，百物凋耗如此，苟且得食足矣，豈可望其飽哉！」王圓照《詩說》：「舉一羊而陸物蕭索可知；舉一魚而水物之凋零可想。」此兩家皆合常識，有助理解題旨，然亦止於詞面之意義，不明「魚罶」真諦，也無以深知其詩味也。

當代諸公書，大多未作解釋。

周頌‧潛①

原　　詩	譯　　文
猗與漆沮！②	看那洋洋漆與沮！
潛有多魚。③	水深潛魚無其數。
有鱣有鮪，④	看那嘉魚鱣和鮪，
鰷鱨鰋鯉。⑤	還有鰷鱨鰋鯉魚。
以享以祀，⑥	今日用來供先祖，
以介景福！⑦	祈求保祐降洪福！

注　釋

①周頌——頌是「三百篇」中的一種類型，大都爲廟堂祭祀樂
歌，共包括《周頌》《魯頌》《商頌》三種，合稱《三頌》。《周頌》
大都是歌頌周王祖考的宗廟祭祀樂歌，另外也有些關於春夏
祈穀、秋冬報祭的祭歌或農事歌，有重要史料價值，大都產
於西周。共存詩三十一篇。

②猗（ㄧ）與——嘆詞，猶「猗兮」「猗歟」。

　漆、沮（ㄐㄩ）——西周二水名，都在陝西省。

③潛——深藏水底。一說：讀爲椮（ㄙㄢ），置水中供魚棲止
並且便於捕魚的枝條。

④鱣（ㄓㄢ）——大鯉魚。一說：鰉魚。

　鮪（ㄨㄟ）——鯉魚之一種。一說：鱘魚。

⑤鰷（ㄊㄧㄠ）鱨（ㄔㄤ）鰋（ㄧㄢ）——鰷，白鰷魚。鱨，黃
頰魚。鰋，鮎魚。

⑥享——奉獻祭品、祭祀。

　祀——祭。

⑦介——乞求、求助。

　景——大也。

題旨簡述

　　這是周王魚祭宗廟祈求豐收之詩。《詩序》：「《潛》，季冬荐
魚，春獻鮪也。」《毛傳》：「冬，魚之性定。春，鮪魚來。薦獻
之者，謂於宗廟也。」《詩集傳》：「《月令》：『季冬命漁師始
魚。天子親往，乃嘗魚。先薦寢廟。季春荐鮪於寢廟。此其樂歌
也。』」三家所言一致：季冬總荐魚，凡魚皆可荐，季春單荐鮪。
後世亦多承此說。然則此歌之爲用，冬春皆可通行。只是薦魚之

目的，三家未有明言，後世亦少有明言者。

此篇一章六句，詠周王以魚爲祭祈求景福之願望。景福者，
大福也。其實仍以生產豐收爲其主要內容，這是古代有天下者之
頭等大事。不豐收，這王室難保，何言景福！前篇《魚麗》詠：
「魚麗于罶……君子有酒……」此以獲魚興起君子之豐收。上篇
《魚藻》詠：「魚在在藻……豈樂飲酒」，此以多魚興起王室之豐
收。則此篇「潛有多魚‥‥以享以祀……」就正是以魚祭爲王室
求豐收。詩文不明言豐收，而實祈求豐收，完全合於規律。李光
地評《魚麗》云：「此必爲荐魚宗廟之後，燕飲之詩。」（《詩
說》），從這可說明《潛》詩與《魚麗》的內在聯繫。黃櫄云：「《魚
麗》言萬物盛多，可以告於神明。知《魚麗》之意則知《潛》之意
矣。」（李黃《毛詩集解》）朱鶴齡引王長志曰：「『潛有多魚』爲
豐預之徵，頌於廟宜矣。」（《詩經通義》）按兩家雖不知祭魚同
豐收之間的眞正關係，卻共同看出《潛》詩之祝求豐收的題旨，這
就十分可貴。

陳子展《詩經直解》云：「我國近古東北少數民族於冬春之間
亦有取魚爲祭設宴之禮俗，殆上古王者春獻鮪之殘遺？……此在
《舊五代史・馮道傳》、歷鶚《遼史拾遺》等書中均有可考者也。」
從這可進一步證明我中華民族這一魚文化之流長源遠及分布地區
之遼闊廣大。

「薪」字應用系列

一、總論

　　《詩經》篇章中言薪字，除用其薪柴供燃的本義外，主要在兼用其社會象徵義。其使用方法有二：

　　一，是同古代的薪燎之祭相聯繫，作美政、福民之象徵。所謂薪燎，就是在一些大祭儀式中燃積木以祭天神，祈求邦國興旺、生產豐足、人民安居，甚或征伐勝利等等。《周禮》這樣記載說：「以禋祀祀昊天上帝；以實柴祀日月星辰；以槱燎（積柴燎之）祀司中、司命、風師、雨師。」賈疏云：「此祀天神之三禮」，鄭注還說：「三祀皆積柴實牲體焉」。所謂實牲體，就是不但要把柴燎起，而且要柴上置禮牲，一並燎起敬天。這說明是很神聖的。而柴即薪。於是，經長期歷史之積澱，這薪燎之薪，便在羣體意識或詩的語言中賦有了天神賜福與王家美政的象徵義。《詩經》二雅中可以見此用例。

　　薪的第二個象徵義，是同男女家室相聯繫，以刈薪、錯薪、析薪、束薪等等用作婚娶之象。按古時婚娶必用燭，這有明確記載，例如孔子就說：「嫁女之家，三夜不熄燭，思相離也。」（《禮記・曾子問》）這是記一種用法。再如《儀禮，士昏禮》又說男子迎親，必有人「執燭前馬」。何謂執燭前馬？鄭玄作注云：「使徒役持炬火，居前照道也。」這就是說，古時嫁娶必在夜間

進行，即所謂「昏以為期」。持炬火照明，自有其實際之需要，亦同時是種儀式，燭火高照，通乎神明，可得福祐也。

那麼，這燭字與薪字，其間有何聯繫？要作一簡單說法，此燭即以薪為之。可以想像，最初的燭，就是繩兒束起的柴草。隨著社會的進步，才學會加上油脂。在《莊子‧養生主》云：「指（脂）窮於為薪。火傳也。」崔注云：「薪火，燋火也。」而燋即炬，炬即火把。故薪火就是火把。這《莊子》中的「指（脂）」，一向不得其解，其到聞一多先生，才說得十分明白：「朱桂曜曰：『此言脂（指）膏有窮，而火之傳延無盡……』按朱說是也。按古所謂薪，有爨薪，有燭薪，爨薪所以取熱，燭薪所以取光。古無蠟燭，以薪裹動物脂肪而燃之，謂之曰燭，一曰薪。」（《莊子內篇校釋‧內三養生主篇》）這就把薪、炬、燭、脂（指）的內在關係以及燭薪的製作，全都說清楚。由此可見，刈薪（砍柴）是為了析薪（劈柴），析薪是為了束薪（以薪裹動物脂肪而成之）。束薪乃燭薪之製成品，其目的，為取光（照明）也。古時無臘燭，古人謂薪，亦即後人之謂燭或謂炬耳。所以，經長期歷史之積澱，這燭薪的薪，及與其製作有關的刈薪、錯薪、析薪等等，在民間習俗和詩的語言中，便賦有了男女嫁娶的象徵義，或詠言與之有關的事件及情思了。今天讀《詩經》，難明這薪字的意義，而在《詩經》之時代，卻是很自然的，完全不用解釋。

習俗與觀念，都有時代性。隨著歷史的進程，都要有變化。有一些習俗觀念，似乎消失了，其實卻又以改變了的形態再現於生活中。現以「析薪」為例，聞一多就曾有這樣的發現：「樂府《白頭吟》曰：『郭東亦有樵，郭西亦有樵。兩樵相雅與，無親為誰驕。』樵即析薪之人，而析薪為娶妻之象。故下文曰：『淒淒重淒淒，嫁娶亦不啼，願得一心人，白頭不相離。』此古詩興義之

僅存者，可與『三百篇』互證也。」（《詩經通義》）請看，《詩經》時代的「析薪」觀念，直到漢代的樂府古辭中，還在延續著，只是形式有變化，「樵」字代替了「析薪」，變得更隱蔽，不易理解了。由此可見，一種民俗，一種觀念形態，有時具有一種奇妙的延續性，簡直難以思議。

依照上述原理，《詩經》凡以薪取興，用之於上述兩種觀念之象徵者，可得一較大系列。前者見用於《小雅》與《大雅》；後者見用於《國風》，時代似為晚些。現一併按順序逐例注釋欣賞如下：

二、篇目

周南‧漢廣　　　　　　豳風‧東山

周南‧汝墳　　　　　　小雅‧小弁

召南‧野有死麕　　　　小雅‧大東

邶風‧凱風　　　　　　小雅‧車舝

王風‧揚之水　　　　　小雅‧白華

鄭風‧揚之水　　　　　大雅‧棫樸

齊風‧南山　　　　　　大雅‧旱麓

唐風‧綢繆

周南‧漢廣①

原　詩	譯　文
(一)	(一)
南有喬木，②	南山有棵高高樹，
不可休思。③	只可遙看不可休。
漢有游女，	漢水之上有游女，
不可求思。	只可想思不可求。
漢之廣矣，	漢水滔滔寬又寬，
不可泳思。	要想游過如登天；
江之永矣。④	江水浩浩長又長，
不可方思！⑤	要想繞過是妄想！
(二)	(二)
翹翹錯薪，⑥	薪棵叢叢長得高，
言刈其楚。⑦	快斧砍來荊樹條。
之子于歸，⑧	有朝那女來嫁我，
言秣其馬。⑨	快將馬兒餵餵飽。
漢之廣矣，	漢水滔滔寬又寬，
不可泳思。	要想游過如登天；
江之永矣，	江水浩浩長又長，
不可方思！	要想繞過是妄想！
(三)	(三)
翹翹錯薪，	薪棵叢叢長得高，
言刈其蔞。⑩	快斧砍來蘆葦條。

之子于歸，	有朝那女來嫁我，
言秣其駒。⑪	快把駒兒餵餵飽。
漢之廣矣，	漢水滔滔寬又寬，
不可泳思；	要想游過如登天；
江之永矣，	江水浩浩長又長，
不可方思！	要想繞過是妄想！

注　釋

②周南——見《周南‧關雎》注①。

②南有——泛指一個方向。《詩經》的習慣用法。

　喬木——高大的樹木。

③休思——休息、止息。思，語助詞。

④永——長。

⑤方——筏、船。引申爲以筏渡水。

⑥翹翹（ㄑㄧㄠ）——高出、秀起之貌。

　錯薪——錯，雜亂。薪，野枝雜棵，可砍以爲薪者。

⑦刈（ㄧˋ）——割。

　楚——荊子棵。

⑧之子——那女子。

　于歸——出嫁。

⑨秣——餵牲口。秣馬，餵馬，暗示爲駕車迎親之意。

⑩蔞（ㄌㄨˊ）——蔞蒿，泛指雜草。雜柴。

⑪駒——少壯駿馬。

題旨簡述

　此篇爲江漢間情歌。江漢間風俗，女子喜遊，男子喜愛遊女而追求不易，不禁長歌抒懷，一邊詠遊女之難求，一邊又幻想迎

娶之事，同後世山歌相似，可以互相傳唱，不似具體的戀愛故事。

《詩序》云：「《漢廣》，德廣所及也。文王之道，被於南國，美化行乎江漢之域，無思犯禮，求而不可得也。」此純詩教之附會，無可信。因此篇自身之內容，即男女自由追求，就屬於「犯禮」之事，自當與詩教無關。

薪字辨證

此篇第二、三章，皆以「錯薪」起句，而接言「刈楚」、「刈蔞」。錯薪者，雜枝亂草，楚蔞者，荊棵蔞蒿，皆薪屬。故刈楚（蔞）亦即刈薪。前邊「總論」中明言，刈薪是爲了製薪（燭薪），製薪是爲了嫁娶。風俗上升爲觀念，故薪爲嫁娶之象。此篇不直言刈薪，而分言錯薪、刈楚（蔞），應視爲用法變化，曲折有趣而已。

歷代解「薪」字，不明此中眞諦，往往出以己意，便生許多誤解。如《鄭箋》：「楚，雜薪之中尤翹翹者，我欲刈取之，以喻衆女皆貞潔，我又欲取其尤高潔者。」按此以薪楚比女子，而楚其高潔者。後世以「翹楚」二字喻傑出喻優秀，蓋出於此。其實全乖詩意，亦逐漸爲後人不取。

再如《詩集傳》釋第二章：「以錯薪起興而欲秣其馬，則悅之至。以江漢爲比而嘆其終不可求，則敬之深。」此話似是而非，邏輯含混，不明確。但後世以「薪」爲秣馬飼料，便從此出，皆誤。例如姚際恆：「此兩章（二、三章）上二句皆爲秣馬，故云『刈』也。楚，薪類；蔞，蒭類。本言蒭而先言薪以興之，詩意如此。（《詩經通論》）另如聞一多：「刈楚與秣馬本爲一事」。（《詩經新義》）高亨：「楚……它的細枝嫩言可以餵馬。」（《詩經今注》）均不合燭薪本義。其實，即單以字義言之，朱熹

注「楚」字，也明言「木名，荆屬」，而木則不宜餵馬。高亨有鑑於此，隨釋云：「細枝嫩葉，可以餵馬。」那麼，看《小雅・車舝》之「析其柞薪」也是興嫁娶的，而「析柞」卻是劈柴，劈柴又何能餵馬？是非分而明矣。

方玉潤《詩經原始》：「殊不知此詩即爲刈楚、刈蔞而作，所謂樵唱是也。」此說獨出心意。但其所謂樵唱，似後世山歌一類，與前「總論」中聞一多所云漢樂府古辭言樵不相同，並不知析薪之本義。

周南・汝墳①

原　詩	譯　文
(一)	(一)
遵彼汝墳，②	沿著汝河走大堤，
伐其條枚。③	一路揚斧砍條枝。
未見君子，④	今日未見君子面，
惄如調飢。⑤	思念如渴又似飢。
(二)	(二)
遵彼汝墳，	沿著汝墳走大堤，
伐其條肆。⑥	一路揚斧砍新枝。
既見君子，	今日喜見君子面，
不我遐棄。⑦	果然不曾把我棄。
(三)	(三)
魴魚赬尾，⑧	魴魚尾巴紅又紅，
王室如燬。⑨	媒宮大會熱騰騰。

雖則如燬，   雖則大會熱騰騰，
父母孔邇！⑩   莫讓父母看不中！

注　釋

①周南──詳《周南‧關雎》注①。

②遵──沿著。

　汝墳──汝水大堤。汝水，源出河南省，入淮河。墳，堤防也。

③伐其條枚──與《周南‧漢廣》：「言刈其楚」「言刈其蔞」等皆爲伐薪之義。伐薪、析薪在《詩》中皆爲婚娶之象。詳見本系列「總論」。條，《說文》：「條，小枝也。」枚，《廣韻》：「枝，枚也。」

④君子──女子稱男。

⑤惄（ㄋㄧ）──憂思。

　調飢──朝飢。調通朝，《說文》引詩作朝，朝飢，在《詩經》情詩中謂男女相思之飢，作隱語。詳見「飢」、「食」字應用系列。

⑥肄──新枝、小枝。聞一多《詩經通義》：「《傳》曰『斬而復生曰肄』。案斬而復生之枝亦小枝。」伐其條肄，義同伐其條枚，亦伐薪、析薪之義，男女歡合之象。

⑦不我遐棄──不遐棄我。遐，遠。棄，忘懷。遐棄，久忘。《爾雅‧釋言》：「棄，忘也。」

⑧魴──魴魚。《說文》：「魴，赤尾魚也。」

　赬尾──赤尾。或云這是魴魚在交尾期的一種生理現象。詳見「魚」字應用系列本篇。

⑨王室──王有「大」意。王室即大室，即汝水旁的媒宮、大廟。詳見「魚」字應用系列，本篇注⑦，舊訓王室爲王

朝、朝廷，皆不取。

　　煖——《毛傳》：「煖，火也。」王室如煖，指媒神大廟中人
山人海，如火如荼的熱烈情景。

⑩父母孔邇——父母就在身邊。孔，甚。邇，近。此句言外之
意，是害怕父母干涉，惹父母不高興。

題旨簡述

　　此篇爲一戀歌，女子之辭。古時仲春之月，有大會男女之
俗，青年人在水邊歡會求偶、祭祀高禖（媒），祈求愛情。全詩
三章，首章言未見君子時，思如飢渴，第二、三章言見到君子時
之喜悅，卻又顧慮在媒宮（王室、上宮）的交歡中失去自制力，
惹父母不高興。舊解此詩，多誤解第三章「王室如煖」一句爲王
室動亂、朝政酷烈等等，由此而猜測紛紜，皆與詩旨不合。

薪字辨證

　　上篇言錯薪、刈楚，此篇言伐枚（一章）、伐肄（二章）而
不明言「伐薪」，似不屬「薪」字應用系列。一向論者，也少見
聯繫這薪字。其實這伐枚、伐肄，亦即《漢廣》之「刈楚」仍屬刈
薪之範疇，亦仍即婚娶或男女歡合之象。其下邊的「引起之辭」
云：「未見君子，惄如調飢」（一章）、「既見君子，不我遐
棄」（二章），皆上下對應一致。其結構，也略同《漢廣》，所不
同者，《漢廣》詠想像中的迎娶，此篇詠約會中的激情。所以未明
言「刈薪」，亦詩人運思用筆，隨情變化而已。

　　歷代解此詩，既不明此中眞諦，亦各紛紛猜測而已。例如
《詩集傳》：「伐其枚（幹曰枚）而又伐其肄（斬而復生曰肄），
則踰年矣。至是乃見其君子之歸，而喜其不遠棄我也。」這是在
枚、肄二字上作文章，從而推測此君子離家之時已經踰年。《詩

三家義集疏》：「言己之君子伐薪汝側，爲平治水土之用，勤勞
備至也。」這是說此女之丈夫在汝水伐薪修渠，十分勤勞。總
之，各說各的，旣不明「伐薪」之本義，也就漫無標準。不贅。

召南・野有死麕①

（全文見「茅」字應用系列）

原　詩	譯　文
野有死麕，②	野中打來死麕，
白茅包之。③	白茅包做禮品，
有女懷春，④	姑娘春心動了，
吉士誘之。⑤	吉士前來定親。
林有樸樕，⑥	林中伐來薪木，
野有死鹿。	野中打來死鹿。
白茅純束，⑦	白茅捆束成禮，
有女如玉！⑧	姑娘美好如玉！

注　釋

①召南──見《周南・關雎》注①。

②麕（ㄐㄩㄣ）──鹿之一種，似鹿而小，俗名獐。古俗以麕
鹿作聘禮。聞一多《詩經通義》：「《儀禮・士昏禮》：『納
徵，玄纁束帛儷皮』鄭注曰：『皮，鹿皮。』崔駰《婚禮文》
曰：『委禽奠雁，配以鹿皮。』……以《野有死麕》篇證之，婚
禮古蓋以全鹿爲贄，後世苟簡，始易以鹿皮。」

③白茅──茅之別名，即茅草。古時贈禮，以白茅包束表虔

誠、表貴重。詳見「茅」字應用系列。

④懷春——男女間情慾。

⑤吉士——美稱男子。

　誘——《毛傳》——《毛傳》:「誘,道也。」道,說也,求娶之意。

⑥樸樕(ㄆㄨˊㄙㄨˋ)——《毛傳》:「樸樕,小木也。」《詩三家義集疏》:「樸樕但供作薪」。薪爲嫁娶之象,詳見「總論」。

⑦純(ㄊㄨㄣˊ)——捆,包。《詩毛氏傳疏》:「純,亦束也。」《羣經平議》:「純束,謂以白茅束此樸樕及死鹿也。」

⑧如玉——指少女純潔如玉。

題旨簡述

此篇爲一情歌。姑娘長大了,有了意中人,男方以納徵(定親)之禮相贈。姑娘收下禮物,並悄悄地引他到家中聚會(第三章)。全詩三章,此其第一、二章,主詠吉士以薪、麕(鹿)等爲禮,以白茅包束相贈,姑娘美質如玉。

舊解多主此篇爲淫詩、刺淫詩,或主男女相會以禮、斥無禮等等,均詩教陳腐之談,無可取。

薪字辨證

此詩第一章詠白茅包麕作爲納徵(定親)之禮,甚爲易懂,因古俗以鹿麕作聘禮,以白茅作包束言之甚明,事有可據,詳見本篇注②③及「茅」字應用系列本篇。第二章先言「林有樸樕」,又接言「野有死麕」,兩句似連非連,則「樸樕」何所取義?一向紛紛無定論。其實所謂「樸樕」,仍屬一個「薪」字。

《毛傳》云：「樸樕，小木也。」既謂小木，則無非小條小枝之類，似應與上篇（《汝墳》）之「條枝」、《漢廣》之「錯薪」同指，取義亦應當一致。薪者，古婚禮所必備；鹿者，古聘所必需。兩句疊聯爲用、相對成文；自當平行爲義，故其第三句「白茅純（捆）束」亦應平等指言上兩句：既以白茅束薪（樸樕），亦以白茅捆鹿。捆鹿所以爲聘，首章已經明言；束薪所以爲燭，在詩爲婚娶之象，前「總論」也已言明，這就是「樸樕」之正解。只是換上個名稱，以「樸樕」代薪字，便造成困惑而已。歐陽修《毛詩本義》：「林有樸樕，猶可用以爲薪」，俞樾《毛詩平議》：「學者但知『白茅純束』止以『野有死鹿』言，而不知其兼以『林有樸樕』言，於是不得其解矣。」此兩家言，皆甚可取，有助理解詩文。

《鄭箋》最早誤解此詩，以「樸樕之中及野」爲死鹿之所在，影響後世，學者多從之。例如《詩說解頤》：「樸樕，小木名。鹿所隱蔽處也。」再如《詩經通論》：「『林中樸樕』，亦『中林』景象也。」皆不明樸樕眞諦。

朱鶴齡《詩經通義》：「麕鹿死在野外林中，必用白茅包之。以喻強暴之徒，不可使之迫近（有女）也。」這就尤爲陳腐，穿鑿附會。

聞一多《風詩類鈔》：「樸樕，小棗。」亦未得。

邶風・凱風①

原　詩	譯　文
(一)	(一)

凱風自南，②	大風南來呼呼叫，
吹彼棘心。③	吹亂棘薪嫩枝條。
棘心夭夭，④	棘薪搖搖又屈曲，
母氏劬勞。⑤	我們母氏最辛勞。
(二)	(二)
凱風自南，	大風南來呼呼叫，
吹彼棘薪。⑥	吹亂棘薪細枝條。
母氏聖善，⑦	母氏聖明又善良，
我無令人。⑧	我們德行皆不好。
(三)	(三)
爰有寒泉？⑨	寒泉流經在何處？
在浚之下。⑩	就在浚邑那一隅。
有子七人，	撫育子女共七人，
母氏勞苦。	我們母氏最勞苦。
(四)	(四)
睍睆黃鳥，⑪	黃鳥關關最親人，
載好其音。⑫	枝上傳來盡好音。
有子七人，	撫育子女共七位，
莫慰母心！	七位難慰母親心！

注　釋

①邶風──見《邶風‧谷風》注①。

②凱風──大風。舊訓凱風爲和風、長養之風，均誤。詳見
「風」、「雨」字應用系列。

③棘心──即棘薪。聞一多《詩經通義》：「棘之芒刺謂之心，
因之棘亦謂之心……合棘與心二字爲複合名詞，則曰棘薪。
詩一章曰『吹彼棘心』二章曰『吹彼棘薪』者，以其體言則曰棘

心，以其用言則曰棘薪，其實皆即棘耳。」

④夭夭——屈曲貌。聞一多《詩經新義》：「夭夭，謂棘受風吹
　而屈曲也。」《說文》：「夭，屈也。」

⑤劬（ㄑㄩˊ）——辛苦、勞苦。

⑥棘薪——棘之長成可以爲薪者。此棘薪與前篇《漢廣》之「錯
　薪」義同，皆包涵同婚娶家室有關的象徵義。

⑦聖善——明智、善良。

⑧令人——令，善。令人，善德之人。

⑨爰有——哪裡？何處？或訓發語詞。

　爰有寒泉？——此句後邊，應有「浸彼棘薪」或「毋浸棘
　薪」之句，合爲家室不安之象。聞一多：「寒泉乃承上章棘
　薪而言，亦謂薪爲泉所浸而受傷害，其不言浸者，文不具
　也。」詳見「薪字辨證」。

⑩浚（ㄐㄩㄣ）——衞國邑名，即今河南浚縣。另，聞一多
　說，浚兼有泥陷與渥地之意。

⑪睍睆（ㄒㄧㄢˇ ㄨㄢˇ）——黃鳥鳴聲，又作「間關」。《詩集
　傳》：「睍睆，清和圓轉之意。」

　黃鳥——黃雀。《詩經》篇章中出現黃鳥，多象徵分離或返
　歸。

⑫載好其音——鳴聲好聽。載，語助詞。

題旨簡述

　　此篇爲家事詩。這一家，父母有所不合，母方處境不利，家
室要發生變故，兒子們同情母方，似又無力挽回，自責莫慰母
心。

　　《詩序》：「《凱風》，美孝子也。衞之淫風流行，雖有七子之
母，猶不能安其室。故美七子能盡其孝道，以慰其母心，而成其

志耳。」此蓋出於詩教，無甚根據。從詩文內容看，這一家室變故，母方有可能離去，但非「淫風」之故，因其第二章明言：「母氏聖善，我無令人」，顯然是母方受到了委曲。方玉潤《詩經原始》云：「詩中本無淫詞，言外亦無淫意。讀之者方且悱惻沁心，嘆爲純孝感人，更何必誣人母過，致傷子心？」這是對的。

另：一說母親因家境貧寒，要求改嫁。或云，此孝事繼母、寡母之詩等等，亦均猜測之詞，只備一說。

薪字辨證

此篇前三章皆有一個「薪」字（明言或暗言），其特點是，分別與凱風、寒泉相聯繫，同前幾篇的「刈薪」、「析薪」有不同。前「總論」中明言，薪、刈薪、析薪等等皆爲婚娶之象；而凱風、大風則象徵離異或不安。（詳見「風」、「雨」字應用系列）此篇前兩章，一再詠凱風吹彼棘薪（心），其家室不安之象甚明，故而其下文詠：「棘心夭夭，母氏劬勞」、「母氏聖善，我無令人」，這明顯是母親受了委曲，兒女亦無可奈何了。詩意朦朦朧朧，似可解而不可解，格外令人尋思。

至於第三章，更是別具一格，只言寒泉兩句，不言一個薪字，不明興意何在。其實，此乃屬承前省略。前章言「凱風吹彼棘薪」，以興起「母氏劬勞」，此章言「寒泉在浚之下」亦興起「母氏劬勞」。很顯然，這「寒泉」之句的下邊，少掉了「浸彼棘薪」的言詞。薪者，照明之物，婚娶之象，利燥不利水，受到寒泉浸濕，自亦爲不安之象，與前章之「凱風吹薪」取同義，故亦興「母氏劬勞」也。請看《小雅·大東》第三章：「有冽氿泉，無浸穫薪。契契寤嘆，哀我憚人。」這就是「泉水浸薪」的完整結構，取義亦基本相同。所以聞一多《詩經通義》云：「疑本篇

（即本篇《凱風》）寒泉乃承上章棘薪而言，亦謂薪爲泉所浸而受傷害，其不言浸者，文不具也。」此話不錯。而一向解此詩，卻大多出於猜測，弄錯了。例如《毛傳》解此詩：「興也。南風謂之凱風，樂夏之長養。棘，難長養者。」「棘薪，其成就者。」《鄭箋》：「興者，以凱風喻寬仁之母。棘，猶七子也。」《詩集傳》：「南風，謂之凱風，長養萬物者也。……凱風比母，棘心比子之幼時。」「棘可以爲薪則成矣。然非美材，故以興子之壯大而無善也。」此三家如出一轍，皆以凱風比母、棘薪比子，給後世定下了基調。

再看當代諸公，例如《詩經今注》：「詩以凱風比母親，以棘心比七子，棘心不得凱風的溫暖，不能茂盛；七子不得母親的撫養，不能成長。」《詩經選》：「作者以『凱風』喻母，『棘』自喻。」《詩經直解》：「凱風，夏日長養萬物之風。詩人當是夏日見到鄉村風物，即興而作，感物造端之謂也。」從此三家看出，皆不出前賢窠臼。

聞一多《詩經通義》解此詩：「棘受風吹而傾屈，喻母受父之虐待。」又云：「薪謂母，風謂父。風薪對舉，亦以喻夫妻也。」按聞氏於四十年前獨闢徯徑，自成一家言，啓示後學不少。然如以此理套給第三章，則必泉爲父、薪爲母，便覺不易圓通。所以，以我之見，還是朦朧些好，只要意識到風吹薪、泉浸薪皆屬於家室不安之象，就合於分寸了。

王風・揚之水①

原　詩	譯　文
(一)	(一)
揚之水，②	河水急急奔，
不流束薪。③	不流一束薪。
彼其之子，④	想起那人兒，
不與我戍申。⑤	不來同戍申。
懷哉懷哉！⑥	思念又思念！
曷月予還歸哉！⑦	何日是歸辰！
(二)	(二)
揚之水，	河水急急去，
不流束楚。⑧	不流一束楚。
彼其之子，	想起那人兒，
不與我戍甫。⑨	不來同戍呂。
懷哉懷哉！	思念又思念！
曷月予還歸哉！	何日上歸途！
(三)	(三)
揚之水，	河水急急去，
不流束蒲。⑩	不流一束蒲。
彼其之子，	想起那人兒，
不與我戍許。⑪	不來同戍許。
懷哉懷哉！	思念又思念！
曷月予還歸哉！	何日上歸途！

注　　釋

①王風——東周王畿的詩歌。周平王東遷之後都洛邑（也叫王
　城），仍維持周天子名義，但失去統轄衆諸侯的力量，只能
　在洛邑周圍一小片地方行施權力。這一方圓的歌，被尊稱王
　風。一共十一篇。

②揚之水——水流湍急之貌。揚，激揚。

③束薪——束柴。從發生學意義講，束薪應即燭薪，古婚禮照
　明必備。行之日久，約定俗成，凡束薪、刈薪、析薪等等，
　在《詩經》語言中皆成爲婚娶、家室之象徵。

③彼其之子——那個人。指妻子。彼、之，複指代詞。其，語
　氣助詞。

⑤戍——守衞。

　申——姜姓侯國，在今河南省唐河縣境，春秋時爲楚所滅。
　申侯乃平王母舅。

　「不與我戍申」，指妻子不同來戍申。按此，主人公應爲軍
　官之屬，如只是一個戍卒，便不會產生帶家屬的念頭。

⑥懷——思念。

⑦曷——何。

　予——我。

⑧束楚——義同「束薪」。楚，荆草或荆棵之屬。

⑨甫——讀爲呂，亦姜姓國。故址在今河南南陽縣境。春秋時
　爲楚國所滅。

⑩束蒲——義同「束薪」「束楚」。蒲，蒲草或蒲柳。

⑪許——亦姜姓國，故城在今河南許昌。亦爲楚所滅。

題旨簡述

此戍人思歸之詩。平王東遷之後，王室微弱，南方的楚國日益強大。位於王畿南邊的申、甫、許等幾個姜姓國時常受到侵犯。王室派人防守，時間長了，戍人思念家室。據《竹書記年》記載，有平王三十一年（公元前七三八年）「楚人侵申」及三十六年「王人戍申」之事。概言之，可視爲此詩的時代背景。

《詩序》云：「《揚之水》，刺平王也。不撫其民，而遠屯戍於母家（申侯爲平王之母舅），周人怨思焉。」按當時周室之形勢，戍申乃邊防大事，繫乎周室安危，未必全是爲母家，至於又戍甫、戍許等等，係同時？或先後？或換防？均無可考。詩人詠歌，含糊其詞，三章疊詠，互文見義，無從細究。

薪字辨證

此詩三章疊詠，皆以揚之水不流束薪（楚、蒲）起句，以興起戍人對妻室的懷念。前面《凱風》言凱風吹薪、寒泉浸薪，以興起家室之不安或分離，此篇反其意而用之，言揚水不流束薪，束薪不爲所流，則家室安然無事，妻子在家，雖不能同來戍所甘苦共享，但夫妻情意甚好，戍人懷歸心切，亦家室平寧之意也。這完全合乎邏輯。但，束薪之爲物，喜燥避濕，本應自得其所，而爲何同揚之水並提？至今難得其解，鈎稽不得。據日本《萬葉集》所載古詩中，有投枝爲占之詠，例如：「日落渡津，柘枝漂逝；枝阻魚梁，勸君莫失。」這是說，柘枝隨水流漂，柘枝就要丟失；柘枝被魚梁阻住了，就要趕快抓住，不要錯過良機。把此同《揚之水》相對照：柘枝者，薪也；枝阻魚梁者，不流束薪也。字裡行間，含蓄著類似的契機。因此，日人白川靜就據以推論中國古代早有以束薪、束楚投河以占逆順的風俗。（見臺灣《詩經研

究論集》裴普賢《詩經的研究與欣賞》）這很令人深思，值得進一步研究。而且其中也竟有「魚梁」二字，而「魚梁」在《詩經》情歌中皆為婚娶之象（詳見「魚」字應用系列）那麼，枝阻魚梁，勸君莫失」，按照我們的解釋，就應有雙重的象徵義，算是雙重吉兆了。

　　古人詠詩，本是一種天籟，一切出於自然。而後世解此，卻大多憑空猜想，穿鑿附會，紛紛紜紜。如《鄭箋》：「激揚之水至湍迅，而不能流移束薪。興者，喻平王政教煩急，而恩澤之令不行於下民。」《詩毛氏傳疏》：「激揚之水流漂草木，興平王用頻急之政，疾趣遠戍，視民如草芥然。」《讀風偶識》：「細玩詩詞，但為傷王室之微弱……故以揚水喻王室，以束薪之流喻諸侯之不肯敵王所愾。」當今《詩經今注》：「詩以小水流不動束薪比喻東周國弱，無力幫助別國。」按自漢至當今四家，詞語各有差異，但無非以揚水喻王室，以束薪喻草民、喻諸侯等等，不出一個思路。

　　再看聞一多《詩經通義》：「蓋水喻夫，薪喻妻，夫將遠行不能載妻與俱，猶激揚之水不能負束薪以俱流也。」按聞氏此解，應算是最接近薪字本旨的，但又嫌於鑿實，不易同其他詩章相圓通，例如《鄭風·揚之水》，同以「不流束薪」起興，但未言丈夫外出，無需「載妻與俱」，則「浮束薪以俱流」便無著落。而且，束薪者，草木為之，宜燥不宜水，更不宜大水沖漂，如真的與揚之水「俱流」，豈不大殺風景！

鄭風·揚之水①

原　詩	譯　文
(一)	(一)
揚之水，②	河水急速速，
不流束楚。③	不流一束楚。
終鮮兄弟，④	家中少兄弟，
維予與女。⑤	咱倆一家主。
無信人之言，	且莫聽謠言，
人實迋女！⑥	騙你當糊塗！
(二)	(二)
揚之水，	河水急急奔，
不流束薪。	不流一束薪。
終鮮兄弟，	家中少兄弟，
維予二人。	只有咱倆人。
無信人之言，	且莫聽謠言，
人實不信！⑦	他們無誠信！

注　釋

①鄭風——鄭國詩歌。西周宣王時，封其弟姬友於鄭，是爲鄭
桓公。鄭國領地，原在今陝西華縣西北。後桓公之子武公建
國於東方，仍稱鄭，地域在今河南中部一帶，都城即今之新
鄭。鄭風共二十一篇，皆係東周作品，多情歌。

②③揚之水，不流束楚——詳見《王風·揚之水》注②③。

④終──既、已。

　鮮──少。

⑤予──我。

　女──你。

⑥迋（ㄍㄨㄤ）──借爲誑、欺騙。

⑦信──誠實。

題旨簡述

　　此丈夫勸妻（一說：妻勸夫）無信謠言之辭。勸告的理由是：我家缺少兄弟，人單勢孤，只咱倆過日子，要彼此信賴，不要輕聽謠言，害我家室。

　　《詩序》解此詩：「《揚之水》，閔無臣也。君子閔忽（鄭昭公名忽）之無忠臣良士，終以死亡，而作是詩也。」《鄭箋》解釋云：「忽（鄭昭公）兄弟爭國，親戚相疑，後竟寡於兄弟之恩……作此詩者，同姓臣也。」此兩家皆不可信，《詩義會通》駁之最簡明：「莊公之子（鄭昭公兄弟）至多，而詩稱終鮮兄弟，其爲非忽（昭公）固至明也。」

　　聞一多解此詩：「（丈夫）將與妻別，臨行勸慰之辭也。」（《風詩類鈔》）但詩中無丈夫遠行或夫妻告別之意，與《王風・揚之水》不同。且《王風・揚之水》，亦乃思家之辭，非告別之詩。

薪字辨證

　　此篇兩章，仍以「揚之水，不流束薪（楚）」起興，用法與《王風・揚之水》略同。所不同者，上篇「不流束薪（楚）」乃興起對婚姻生活的回顧與思念；此篇「不流束薪（楚）」在興起對婚姻生活的篤愛與維護：夫妻一家，不信謠言，不畏風浪，才可

共享安樂。兩者都建立在一個共同心理經驗的基礎上，是以小異而大同也。歷代解此詩，與《王風‧揚之水》略似，仍多穿鑿附會。如：

《鄭箋》：「激揚之水，喻忽（鄭昭公）政教亂促；不流束楚，言其政不行於臣下。」此配合《詩序》之辭，以揚之水喻亂政，束楚喻臣下。與解釋《王風‧揚之水》略似。

《詩經原始》：「竊疑此詩不過兄弟相疑，始因讒間，繼乃悔悟，不覺愈加親愛，遂相勸勉：以為根本之間不可自殘，譬彼弱水難流束薪。」此以弱水難流束薪比兄弟相殘徒自消耗力量。亦顯為猜測之詞，完全昧於詩義。

聞一多《詩經通義》：「夫將遠行，慰勉其妻」此保持與《風詩類鈔》同調，然而細按詩文，未見有丈夫遠行之意。且詩旨主在避謠，同夫妻告別無關。

齊風‧南山①

原　詩	譯　文
(一)	(一)
南山崔崔，②	南山巍巍高又大，
雄狐綏綏。③	雄狐一身毛撒撒。
魯道有蕩，④	入魯大道平坦坦，
齊子由歸。⑤	齊子由此嫁魯家。
既曰歸止，⑥	既已由此嫁魯家，
曷又懷止？⑦	為何回齊又找他？
(二)	(二)

葛屨五兩，⑧	葛布鞋子配爲倆，
冠緌雙止。⑨	禮帽穗子雙結花。
魯道有蕩，	入魯大道平坦坦，
齊子庸止。⑩	齊子由齊嫁魯家。
既曰庸止，	旣已由此嫁魯家，
曷又從止？⑪	爲何回齊又找他？
(三)	(三)
蓺麻如之何？⑫	如何來種麻？
衡從其畝。⑬	先將田壟縱橫耙。
取妻如之何？	如何娶妻子？
必告父母。⑭	必將實情告爹媽。
既曰告止，	旣告爹媽娶了她，
曷又鞠止！⑮	何又憑袖縱欲亂國家！
(四)	(四)
析薪如之何？⑯	如何劈薪柴？
匪斧不克。⑰	不用斧頭劈不開。
取妻如之何？	如何娶妻子？
匪媒不得。	不請媒人娶不來。
既曰得止，	旣請媒人娶了來，
曷又極止！⑱	何又憑她縱欲釀成災！

注　釋

①齊風——見「魚」字應用系列《齊風・敝笱》注①。

②南山——齊國山名，又名牛山。

　崔崔——山高大貌。

③雄狐綏綏——狐在古時爲瑞應、婚娶之象；綏綏，多毛貌。

　一向訓狐爲邪媚之象，皆誤。詳見「狐」字應用系列。

④魯道──由齊國通往魯國的大道。

　有蕩──平坦貌。有，助詞。

⑤齊子──齊國之女，指文姜。

　由歸──由此道出嫁去魯國。

⑥止──語末助詞。

⑦曷──同「何」、怎麼。

　懷──回來。《鄭箋》：「懷，來也。」一說：懷念。

⑧葛屨──葛布鞋。

　五兩──配伍成雙。五通伍。兩，一雙。一說：「葛屨五兩」為「葛屨兩止」之誤寫。

⑨冠綏（ㄇㄨㄟˊ）──繫帽的纓，帽帶。

　雙止──一對。

⑩庸──用。與上章「由」字同義。《詩集傳》：「庸，用也。用此道以嫁於魯也。」

⑪從──指從齊襄公，與上章「懷」字同義。

⑫蓺麻──種麻。麻、菅等皮部纖維經漚漬治理之後，可為衣物備婚禮。此章以蓺麻興婚事，也是當時民俗。詳見「茅」字應用系列附「麻」字篇系列。

⑬衡從──即橫縱、橫豎。

⑭必告父母──古禮娶妻先告父母。父母死，則告廟或告神主。

⑮鞠（ㄐㄩˊ）──通鞫，窮、極。《毛傳》：「鞠，窮也。」指魯桓公使文姜得窮其欲。《詩集傳》：「魯桓公既告父母而娶妻矣，又何為使之窮其欲而至此哉！」

⑯析薪──薪、析薪在詩中均為婚娶之象，詳見「總論」。

⑰匪──非。

　克──勝。

⑱極──窮，與鞠同義。

此篇諷刺齊襄公與其同父異母妹文姜通淫。魯桓公三年，桓公娶齊文姜爲夫人；十八年，桓公與文姜訪齊，聞知文姜與齊襄公私通，便斥責文姜，文姜以告齊襄。齊襄公羞怒，計設宴請桓公，待宴畢桓公辭去時，命力士彭生駕車、搤桓公死於車中。

《詩序》云：「《南山》，刺襄公也。鳥獸之行，淫乎其妹。大夫遇是惡，作詩而去之。」按《序》、詩相合，不誤。但此詩語氣是責文姜（前二章）與魯桓（後二章）的，全詩未提齊襄公一字，而襄公在其中焉。

此詩第一、三、四章分別與「狐」字、「麻」字、「薪」字應用系列相聯繫。按「薪」字應用系列居前，在此錄其全詩。

此詩四章，各有一組興句，各涵自己的象徵義，又均同婚姻相聯繫。這裡單說第四章，以「析薪如之何？匪斧不克」起興，初讀之下，很像個一般比喻，以析薪非斧不克，喻娶妻非媒不得，然而這只是淺解。因爲這裡的「析薪」，同《周南・漢廣》之「刈薪」、「刈楚」爲一義。前「總論」中明言，刈薪是爲了析薪，析薪是爲製薪。薪者，婚禮所備；薪，析薪等等，皆爲婚娶之象。所以，這「析薪如之何？」的深層涵義，本就聯結在婚姻上。所以，如僅是簡單地視此爲一個比喻，或一個普通的推理結構，便無以眞正地欣賞此「析薪如之何」的詩意。而歷代解此詩，則大都只見其斧媒間的比喻法，或硬是穿鑿附會而已。如：

《毛傳》：「此言析薪必待斧乃能也。」「此言取妻必待媒乃得也。」此解釋斧薪的比喻義，但解而等於無解，只復說原句一

遍。

　　《詩說解頤》：「婦人以執爨爲事，故以析薪起興，而言析薪可以用斧裁斷，而娶妻則必以正禮，聽媒妁之言。」這是既誤析薪之事爲執炊之事，又附會以斧裁薪比「正禮」。

　　《詩毛氏傳疏》：「析薪待斧，以興娶妻待媒。」《詩經原始》：「蓺麻興告父母以臨之，析薪興媒妁以鼓之，而無如魯桓之懦而無志也。」《詩經今注》：「詩以劈柴必須用斧，比喻娶妻必須有媒人。」此三家一意，皆著眼斧薪媒妻之比，亦昧於析薪之本義。

唐風 · 綢繆①

原　　詩	譯　　文
(一)	(一)
綢繆束薪，②	繩兒密纏束束薪，
三星在天。③	三星閃閃正黃昏。
今夕何夕？	今晚是個啥夜晚？
見此良人！④	見此可喜一良人！
子兮子兮，⑤	哎呀呀，哎呀呀，
如此良人何！	看你把良人怎麼親！
(二)	(二)
綢繆束芻，⑥	繩兒密纏束束草，
三星在隅。⑦	三星閃閃在天角。
今夕何夕？	今晚是個啥夜晚？
見此邂逅！⑧	良人在此不費找！

子兮子兮，	哎呀呀，哎呀呀，
如此邂逅何！	看你把良人怎麼好！
（三）	（三）
綢繆束楚，⑨	繩兒密纏束束楚，
三星在戶。⑩	三星閃閃在當戶。
今夕何夕？	今晚是個啥夜晚？
見此粲者！	良人在此美如玉！
子兮子兮，	哎呀呀，哎呀呀，
如此粲者何！⑪	看你把良人怎對付！

注　釋

①唐風──唐國詩歌。周成王封其弟姬叔虞於唐之故墟，稱唐
　侯。其領域約相當於今山西中部，主要在汾水流域一帶。以
　後改稱晉國。初時建都於翼（山西翼城縣南），以後遷都數
　次，亦均在山西境內。唐風共存詩十二，大都東周作品。

②綢繆（ㄔㄡ ㄇㄡ）──細密纏結、捆束。
　束薪──古婚禮照明之炬，即燭薪，亦簡稱薪，在詩作男女
　婚娶之象。詳「總論」。

③三星──參星座，由三顆星組成。《毛傳》：「三星，參也。
　三星在天，可以嫁娶矣。」

④良人──愛人、好人。男女可以互稱。

⑤子兮子兮──嗟茲，嘆詞。王引之《經義述聞》：「《詩》曰
　『子兮』，猶曰『嗟子乎』『嗟茲乎』也。」一說：指稱新人──
　你呀你呀！

⑥束芻（ㄔㄡ）──義同束薪。芻，柴草，亦同爲製作束薪之
　材料。

⑦隅──角落，天空一角。

⑧邂逅（ㄒㄧㄝˋㄏㄡˋ）──《經典釋文》作「解覯」，當是其本字。解，悅也；覯，遇見也。合解：歡悅的會見。此處可作名詞，指可愛者、可愛的人。

⑨束楚──義同束薪、束芻。楚，荊條之類，亦製作束薪材料。

⑩戶──門也。古以單扇曰戶、雙扇曰門。

⑪粲（ㄘㄢˋ）者──俊美之人。男女可以互稱。

題旨簡述

此篇為賀新婚、鬧喜房之詩。但一向解說不一，如情人夜間相會說、新婚夫婦相得自喜說等等無定論。而細味詩文，其中戲謔、逗弄之詞，均像第三者口吻，不似初戀或新婚者身分。

《詩序》云：「綢繆，刺晉亂也。國亂則婚姻不得其時焉。」朱子《辨說》駁《詩序》：「此但為婚姻者相得而喜之詞，未必為刺晉國之亂也。」陳子展《詩經直解》駁《辨說》：「彼雖不為詩教所蔽，而謂為昏姻者相得而喜之詞。世間豈有新婚夫婦喜至發狂，而自相解嘲，資人笑噱，至於如此者乎？謬已。」

《詩經原始》：「此賀新婚耳」，《詩經直解》：「蓋戲弄新夫婦通用之歌。」皆可取。

薪字辨證

此篇三章疊詠，皆以「綢繆束薪（芻）」起興，以引起下文之婚事。上篇《南山》言析薪，是燭薪製作之準備；此篇言束薪，應為燭薪之製成品，已經捆束就當，可以使用了。綢繆者，細密纏束之意，既可謂製作之方法，亦可謂束薪之外形。一切準備就序，三星照在當戶，婚禮就在進行，新婚夫婦合歡，賀婚者前來，戲謔取鬧一番。前「總論」有言，薪、刈薪、析薪、束薪等

等皆作婚娶之象，而從此詩觀之，這「綢繆束薪」應是最正面基本的用法。

後世解此詩，曲解誤會亦不少，如：

《毛傳》：「綢繆，猶纏綿也。……男女待禮而成，若薪楚待人事而後束也。」此以薪楚待束比喻男女待禮，顯係強爲附會，全無根據。

季本《詩說解頤》：「束薪、束楚以綢繆其所居，上可以見三星，則非富家深密之室矣。」此誤束薪爲修補房屋之所用，自更遠離詩義。

朱鶴齡《詩經通義》：「《疏》：『綢繆者束薪之狀』。《蘇傳》：『合異姓以爲婚姻，如錯取衆薪以束之耳。』蓋薪之爲物，釋之則解，必綢繆固之而後可望其合也。」此以束衆薪比喻合異姓，尤見穿鑿附會。

今人《詩經選》：「詩人似以束薪纏綿比喻婚姻。」《詩經全譯》：「〈束薪〉以薪芻緊束，比喻夫婦同心，情意纏綿。」此皆未出前賢規範。

豳風・東山①

（全詩見「風」、「雨」字應用系列）

原　詩	譯　文
我徂東山，②	我自從軍去東山，
慆慆不歸。③	歲月悠悠不團圓。
我來自東，	今自東山回家轉，
零雨其濛。④	一路小雨意綿綿。
鸛鳴于垤，⑤	墩上鸛兒鳴不住，

婦嘆于室。	妻在室中聲聲嘆。
洒掃穹窒，⑥	灑掃房舍補牆洞，
我征聿至。⑦	盼我征人把家還。
有敦瓜苦，⑧	想那胡蘆肥又大，
烝在栗薪。⑨	掛在栗薪圓又圓。
自我不見，	自從你我兩分手，
于今三年。	於今整整已三年。

注　釋

①豳風——見「魚」字應用系列《豳風·東山》注①。

②徂（ㄘㄨ）——往、去。

　東山——山名，據考即魯國蒙山，在今山東省曲阜縣境內。

　《孟子·盡心上》：「孔子登東山而小魯」蓋即此山。

③慆慆（ㄊㄠ ㄊㄠ）——時間長久。

④零雨——落雨。詩以風雨喻男女歡合與婚娶。詳見「風」、「雨」字應用系列。

　濛——雨細小貌。

⑤鸛（ㄎㄨㄢ）——長頸小鳥，似鶴，善於在水邊食魚。《詩經》情詩中言魚、鳥兒食魚，皆喻婚姻或求偶。此句以「鸛鳴于垤」興起下句之「婦嘆于室」，也是同類的興結構。詳見「魚」字應用系列。

　垤（ㄉㄧㄝ）——小土堆。

⑥穹窒（ㄑㄩㄥ ㄓ）——塞住牆上的洞隙。穹，洞。窒，堵塞。

⑦聿——有行將之意。語助詞。

⑧敦——圓圓的形狀。

　瓜苦——即瓜苦、瓜瓠、胡蘆。古時結婚行合巹之禮，切瓠

　　爲兩瓢，夫婦各執一瓢盛酒漱口。詳見「匏」、「瓠」字應
　　用系列。
　⑨栗薪──義同析薪或柞薪，皆男女婚娶之象，詳見「總
　　論」。

題旨簡述

　　此篇爲征人還鄉之詩。征人歸來，一路上濛濛細雨，思想萬
千。全詩四章，詳見「風」、「雨」字應用系列。此其第三章，
主詠征人想像自己的妻子正在爲思念自己而悲傷。

　　《詩序》云：「《東山》，周公東征也。三年而歸，勞歸士，大
夫美之，故作是詩也。」按此與詩文內容、情調均不符，故不可
信。但可大體視周公東征爲此詩之時代背景。

薪字辨證

　　此章「有敦瓜苦，烝在栗薪」之句也有一個薪字，然而既非
束薪，亦非析薪或刈薪，與以上諸篇之用法有不同，故一向甚爲
費解，論者爭議紛紜。或說栗薪爲苦葉、爲柴堆；或說爲木架、
爲栗樹柴；或說栗薪即束薪，至今無定論。我意，此章栗薪之解
釋，以保持同上述諸篇言薪相統一之觀念爲妥。此栗薪所興起的
下文，雖未明言婚姻，卻仍屬對婚姻生活的聯想與反思，同上述
諸篇之用法無異義。《鄭箋》云：「栗，析也」（古栗裂同聲、析
裂同義），意爲栗薪即析薪。《詩義會通》云：「栗可爲薪，故曰
栗薪。猶云『樵彼柞薪』也。」（按《小雅・車舝》言「析其柞
薪」，未言「樵彼柞薪」。）此兩家解字不同，然而可通其義。
栗薪通析薪，則析薪爲婚娶之象；栗薪猶柞薪，則柞薪亦婚娶之
象。（參見本系列《小雅・車舝》）皆變而不離其宗，不離這個薪
字。把章尾的四個詩句聯起來，就是想起那圓圓的大葫蘆，掛在

栗薪上，便感嘆自結婚離家，已經三年不見，而心情無限激動
了。這就是主人公先想起栗薪，而後想起了婚姻，仍然以薪作為
婚娶之象。而必須指明的是，同這關聯在一起的「瓜苦」（瓠
瓜、葫蘆），也恰是古婚禮用為合巹之物（詳見注⑧及「匏」、
「瓠」字應用系列），詩人把匏、薪這兩個象徵物聯用，本是十
分敏感而親切的，可後世讀者讀之，由於年代久遠，民俗隔膜之
故，便大都不知其義了。例如：

《詩集傳》：「栗，周土所宜木，與瓜苦皆微物也。見之則
喜，則其行久感深可知矣。」按此作一般性體會，言離鄉日久，
見到家鄉事物，便覺親切而動情，這完全可以理解，但既不知其
民俗，亦無以知其真諦。

《毛詩傳箋通釋》：「栗，藩蓋一聲之轉。《廣韻》藩蓼同
字……蓼，辛苦之菜也。以苦瓜乃在於苦蓼之上，猶我之心苦
而事又苦。」按此可備一說，卻總屬穿鑿之詞，無可取。

今人《詩經直解》：「那一團團的瓜已老的苦了，好久就在許
多木架上蔓延。」這裡譯栗薪為木架，顯然遠離本義；且瓜苦乃
是葫蘆，亦非瓜之老苦者。

小雅 · 小弁①

原　　詩	譯　　文
鹿斯之奔，②	鹿兒尋偶覓羣時，
維足伎伎。③	四足速速跑得急。
雉之朝雊，④	野雞清晨勾勾早，
尚求其雌。	雄雞尚知呼雌雞。

警彼壞木，⑤	我如一株腫病樹，
疾用無枝。⑥	病葉稀少又無枝。
心之憂矣，	滿懷憂思說不盡，
寧莫之知！⑦	此情此境有誰知！

相彼投兔，⑧	看那兔兒誤投網，
尚或先之。⑨	尚有善者把它放。
行有死人，⑩	大路旁邊有死骨，
尚或墐之。⑪	尚有善者去埋葬。
君子秉心，⑫	君子居心應忠厚，
維其忍之。⑬	忍心棄我理不當。
心之憂矣，	滿懷憂思說不盡，
涕既隕之！⑭	涕泗漣漣自哀傷！

君子信讒，	君子偏喜信讒言，
如或酬之。⑮	如吃敬酒盞連盞。
君子不惠，⑯	君子對我無情義，
不舒究之。⑰	性急不把事理參。
伐木掎矣，⑱	伐木宜用大繩拽，
析薪杝矣。⑲	析薪要順紋理砍。
舍彼有罪，⑳	撇開罪人不查問，
予之佗矣！㉑	全將罪名加於俺！

莫高匪山，㉒	那邊不高不是山，
莫浚匪泉。㉓	這邊不深不是泉。
君子無易由言，㉔	君子發言須謹慎，
耳屬于垣。㉕	隔牆有耳人心險。

無逝我梁，㉖　　　　　莫要到我魚梁走，

無發我笱。㉗　　　　　莫要開我捕魚簍。

我躬不閱，㉘　　　　　自身尚且不見容，

遑恤我後！㉙　　　　　哪裡還得顧身後。

注　　釋

①小雅——見「魚」字應用系列本篇注①。

②斯——助詞。

　奔——指鹿兒覓羣求偶，《毛詩傳箋通釋》：「蓋言鹿者從其羣，見前有鹿，則飛行以奔之。與雉求其雌取興正同。」

③伎伎（ㄑㄧˊ）——奔貌。《毛詩傳箋通釋》：「伎伎，實速行之貌。」

　維——助詞。

④雉（ㄓˋ）——野雞。古以爲瑞應之鳥，多以喻男女相求、家室美滿。詳見「雉」字應用系列。

　朝——早晨。

　雊（ㄍㄡˋ）——雉鳴聲。

⑤壞木——壞借爲「瘣」（ㄏㄨㄟˋ），瘣木即病木，樹幹生腫塊，無枝葉。《說文》《玉篇》引《詩》皆作「瘣」。

⑥用——猶「而」。

　句意：壞木病而無枝。壞木無枝，不可以爲薪，薪者婚娶之象，故壞木無枝乃婚姻不利之象。

⑦寧——乃、竟。

　莫之知——無人知道。之，助詞。

⑧相（ㄒㄧㄤˋ）——看、視。

　投兔——投網之兔。

⑨尙——猶、還。

或——有人。

先——開放。《毛詩傳箋通釋》：「《廣雅》：『先，始也。』義
與開近。《禮記》：『有開必先』，先即所以開也。開創謂之
先、開放赤謂之先。先之，即開其所塞也。」

之——它，指兔，代名詞。

⑩行（厂ㄤ）——道路。

⑪墐（ㄐㄧㄣ）——通「殣」，掩埋死者。

⑫君子——在此指丈夫。

　秉心——持心、用意。秉，持也、拿也。

⑬維其——何其。

　忍之——忍心、殘忍。之，助詞。

⑭涕——眼淚。《毛傳》：「自目曰涕，自鼻曰泗。」（《陳
風‧澤陂》注）。

　既——猶「乃」。

　隕（ㄩㄣ）——墜落。

⑮如或——好似有人。

　醻——同酬，勸酒、敬酒。指丈夫聽信讒言如同接受別人的
勸酒。

⑯惠——愛、仁愛。一說：惠通慧，智慧。

⑰舒——緩慢。一說：可引申爲寬恕。

　究——考察。

⑱伐木——殺樹，亦即刈薪，同下邊析薪句同義。

　掎（ㄐㄧ），向一邊牽引，拉拽。

⑲析薪——劈柴。劈柴是爲了製薪（燭薪，即火把），古婚禮
必備。《詩經》以刈薪、析薪喩婚娶，詳見「總論」。

　扡——通「杝」，順木頭紋理劈柴。

⑳舍——放過，丟開。

㉑予——我。

　之——代「罪」字。

　佗（ㄊㄨㄛˊ）——加。　句意：加罪於我。

㉒莫高匪山——沒有不高的山。　一說：匪訓彼，意指沒有比那山再高的。

㉓莫浚匪泉——沒有不深的泉。《毛詩後箋》：「山高泉深，莫能窮測也。以喻人心之險，猶夫山川。」

㉔無——毋。

　易——輕率。

　由——於。

㉕屬（ㄓㄨˇ）——接連、貼近。

　垣（ㄩㄢˊ）——牆。

㉖毋逝我梁——不要到我魚梁去。其象徵義，戒喻丈夫之新妻不准來壞我家室。魚梁，捕魚之攔水壩，詩以捕魚喻求偶，詳見「魚」字應用系列總論及《邶風·谷風》等篇。

㉗毋發我笱——不要開我捕魚簍。笱，有倒鬚的捕魚籠，魚進不可復出。此句象徵義，同上句「毋逝我逝」。亦詳見「魚」字應用系列。

㉘躬——身，自己。

　閱——容，愛。

㉙遑（ㄏㄨㄤˊ）——何暇。

　恤——憂慮。

題旨簡述

此篇為棄婦之詩。棄婦的丈夫因為聽信讒言，輕易把她拋棄。她唱出了滿腹愁怨。全詩八章，篇幅甚長，此錄其後半篇，自五至第八章：詠言個人的愁怨、丈夫的忍心、處事不講情理，

及自己對身後事的無奈。

舊解多以此詩為棄子詩：或言周幽王信褒姒棄太子宜臼；或言尹吉甫信後妻逐前妻之子伯奇等等，皆係出於誤解，不得詩旨。其實，此《小弁》一詩中，可作為棄婦詩的內證不少，可以不假外求而詩義自明。例如第五章所言「雉之朝雊，尚求其雌」，明明為棄婦之怨；（詳見「雉」字應用系列）第八章所言「無逝我梁，無發我笱」，則尤為棄婦詩通例（詳見魚字篇系列「總論」及《邶風・谷風》《小雅・何人斯》）。至於第七章所言「伐木掎矣，析薪扡矣」等等，亦仍是關於婚娶之事的隱語，更與棄子事無關，下面就要證明的。

薪字辨證

關於篇中的「薪」字，共有兩處要說。一是第七章的「伐木掎矣，析薪扡矣」：伐木者，砍樹也、刈薪也，刈薪與析薪同義，前「總論」中明言，皆為婚娶之象。「伐木掎矣」者，砍樹要用繩子拉；「析薪扡矣」者，劈柴順紋理砍。合兩句為一義，處事要合情合理。此出於一個受委曲的棄婦之口，其暗示要求丈夫持家有道、善待妻室、正確處理婚姻，是十分明顯的。再看第五章「菀彼壞木，疾用無枝」：壞木者，薪之病也；疾用無枝者，不堪為薪也。前「總論」中明言，薪為婚娶之象，則病薪不利婚姻。此出於一個受傷的棄婦之口，其中暗示著是象徵著她的無可奈何的悲哀，也是不難理解的。兩章用法不同，此薪之隱藏義不變。而歷代解此，卻大多只見兩處用法的表面的比喻義，再加圍於那個傳統的解題——棄子說，便只好穿鑿附會，越說越遠了。如：

《毛傳》：「伐木者掎其巔，析薪者隨其理。」這是毛氏初解，只限詞字本義。《鄭箋》解釋說：「掎其巔者，不欲妄踣之。

扡，謂觀其理也，必隨其理者，不欲妄挫折之，以言今王之遇太子（宜臼）不如伐木析薪也。」再看《詩集傳》：「言王（幽王）惟讒是聽……曾不加惠愛（宜臼）……伐木者尚掎其巔，析薪者尚隨其理，皆不妄挫折之。今乃捨彼有罪之譖人，而加我以非其罪，曾伐木析薪之不若也。」再看《詩三家義集疏》：「（尹吉甫）由不愛伯奇（吉甫前妻之子）之故，聞讒即逐，不復舒緩糾察之。譬伐木者必以繩曳其顛，析薪者必順其理，今橫見枉害，乃伐木析薪之不如乎？」從此三家看出，詞句有所不同，但無非以伐木析薪為比，並同棄子說相聯繫，自當然不得其旨也。至於解釋第五章，──壞木無枝，亦大都相應地把壞木比逐子（宜臼或伯奇），此不贅。

小雅・大東①

原　詩	譯　文
小東大東，②	大東小東皆窮邦，
杼柚其空。③	機上織絲都剝光。
糾糾葛屨，④	葛鞋穿腳不耐冷，
可以履霜？⑤	如何用來踐冰霜？
佻佻公子，⑥	西方公子特傲佻，
行彼周行。⑦	得意揚揚周道上。
既往既來，⑧	既往又來不停息，
使我心疚！⑨	令人煩惱又心傷！
有冽氿泉，⑩	泉水旁流冷森森，

無浸穫薪。⑪	且莫浸濕這樺薪。
契契寤嘆，⑫	長夜憂愁不成寐，
哀我憚人。⑬	哀我勞人太苦辛。
薪是穫薪，⑭	把此樺薪用爲薪，
尚可載也。⑮	尚可載回好保存。
哀我憚人，	哀我勞人太辛苦，
亦可息也。⑯	也該歇歇把腰伸。

注　釋

①小雅——見「魚」字應用系列《小雅·小弁》注①。

②小東大東——指東方諸侯國。周本土在陝西中部，以陝西爲華，今河南之地爲近東，山東、安徽、江蘇等地即爲遠東。鄭玄箋《魯頌·閟宮》：「大東，極東。」惠周惕《詩說》：「小東大東，言東國之遠（大）近（小）也。」高亨《詩經今注》：「小東和大東都是東部兩個地區的俗名，今不可考。」《閟宮》云：「遂荒大東，至於海邦」從這兩句看，《今注》可備一說。自商滅亡之後，凡小東大東之地以前屬於商朝的地盤，都由周人接管統治。

③杼柚（ㄓㄨ ㄓㄨˋ）——織布梭子和機軸。亦即織機之代稱。柚爲軸之俗字。《詩集傳》：「杼，持緯者也。柚，受經者也。」句意：這織帛織布的原料都被剝奪光了。

④糾糾（ㄐㄧㄡˇ）——繩索交錯纏繞之貌。屨上的絇（屨頭上的裝飾）和綦（繫屨的繩）都是繩索纏繞的。余冠英：「絇是一條絲線打的帶子，從屨頭彎上來，成一小紐，超出屨頭三寸。絇上有孔，從後跟牽過來的綦便由這孔中通過，又繞回去，交互地繫在腳上。」（《詩經選·葛屨》）。
葛屨（ㄐㄩˋ）——用葛布製的鞋。

⑤可——「何」之假借。高亨《詩經今注》:「可,讀爲『何』」。《詩集傳》:「言東方大小之國,杼柚皆已空矣,至於以葛屨履霜。」

⑥佻佻(ㄊㄧㄠ)——輕佻。《詩集傳》:「佻,輕薄不耐勞苦之貌。」

公子——西周貴族子弟。

⑦周行——即周道。行,道路。這是一條從宗周鎬京(西安)通往成周洛邑以東的專用官道,同周王朝對東方諸國的用兵及經濟侵奪有著密切關係。參見「魚」字應用系列《檜風‧匪風》「題旨簡述」部份及注④。

⑧旣——已然之詞。旣往,旣來,去了又來了,往來不息。

⑨疚(ㄐㄧㄡ)——病,憂慮不安。

⑩有洌(ㄌㄧㄝ)—— 有,形容詞頭。洌,冷。《毛傳》:「洌,寒意也。」

氿(ㄍㄨㄟ)——從側面流出之泉水。《毛傳》:「側出曰氿泉」。

⑪無浸——毋浸,不要浸。

檴薪——樺薪。《鄭箋》:「檴,落木名也。」《毛詩傳箋通釋》:「《釋文》:『鄭,落木名也,字則宜作木旁。』……是檴即樗之或體。今俗所謂樺樹也。《凱風》詩:吹彼棘薪;《東山》詩:烝在栗薪;《車舝》詩:析其柞薪;《白樺》詩:樵彼桑薪。凡言薪者,多兼木言。故《箋》知經文穫爲檴之假借。」

⑫契契(ㄑㄧ ㄑㄧ)——憂苦貌。

寤嘆——睡不著直嘆息。 寤,醒貌。

⑬憚(ㄉㄢ)—— 勤勞、勞苦。《經典釋文》:「憚,亦作癉。」

⑭薪是穫薪──第一個薪作動詞。

　句意為：把這些穫薪作薪用。

⑮尚可載也──尚可載運他處保存備用。

⑯息──休養生息。

題旨簡述

　　此篇為怨刺詩。西周自滅商之後，把東方的原商王畿及商之附屬國都變成周之侯國。賦稅、勞役都很重，剝削很殘酷。東人不堪其苦，作此詩以為刺。全詩六章，篇幅較長，此其第二、三兩章，詠言東方人民被剝奪殆盡，希望能得到休養生息的機會。

　　《詩序》：「《大東》，刺亂也。東國困於役而傷於時，譚大夫作是詩以告病焉。」按此說基本可從，譚本齊地一小國、產絲。所謂之譚大夫，也許有其來歷，亦即此詩之作者。

薪字辨證

　　此詩前一章直詠東國之人已被剝奪殆盡，杼柚其空，是為賦。後一章，兩言穫薪（樺薪）以興起勞人（憚人）之悲哀，希望生活好轉，是為興，然而同以前詩篇言薪詠婚娶詠家室不相同，一向也最難解釋，眾說紛紜。其實，前「總論」中所言，古時凡薪燎之薪，皆暗示天神賜福，作美政與安康之象，就正好與此詩相聯繫。也可與作者譚大夫之身分相一致。但仍須補充一點，即前邊《凱風》《揚之水》諸篇所用之水薪結構，在此仍然有效。這就是，薪者，利燃之物，宜燥不宜濕，詩凡言以泉浸薪、以水流薪等等，便轉為憂患之象了。例如此章言「有冽氿泉，無浸穫薪」，就隱隱包涵著憂患臨身的恐懼，所以下文詠「契契寤嘆，哀我憚人」，上下文意一致。如又言：「薪是穫薪，尚可載也」，此中隱隱包涵著對美政安福的祈求，所以下文詠「哀我憚

人，亦可息也」，上下文意一致。兩個半章皆興體，這就是興體疊用了。而後世解此詩，因昧於此中真諦，也就只好臆測或妄加附會而已，如：

《鄭箋》：「穫，落木名也。既伐而斬之以為薪，不欲使氾泉浸之，浸之則將濕腐不中用也。今……哀其民人之勞苦者，亦不欲使周之賦斂小東大東極盡之，極盡之則將困病，亦猶是也。」按此把氾泉浸薪比喻東國之病困，似也合於情理，卻昧於「泉薪」之本義。其影響後世如嚴粲《詩緝》：「穫薪以供爨，必曝而乾之，然後可用。若浸之於寒冽之泉，則濕腐而不可爨矣。喻民當撫恤之，然後可用。若困之以暴虐之政，則窮悴而不能勝矣。」再如陳奐《詩毛氏傳疏》：「『浸穫薪』與『哀憚人』一喻一正，作對文。」此皆小異大同如鄭氏。

至於當代諸公，如高亨《詩經今注》：「穫薪，砍下的柴草。木柴被水浸濕，就不易燃燒了。比喻人民不堪再受剝削。」余冠英《詩經選》：「『薪是穫薪』……連下文就是說若要把穫薪當薪來使用，還可以用車子載往別處，以免繼續被水浸。對疲勞的東人也該讓他息一息，否則就不堪役使了。」此仍不出前賢窠臼。

請再看聞一多：「『有冽氾泉，毋浸穫薪』薪亦喻女子。《箋》謂氾泉浸薪，即濕腐不中用。今謂氾泉害薪，蓋以喻婦人之勞苦，而下文曰『哀我憚人』即謂此婦人。」（《詩經通義》）按聞氏解詩，一直把「薪」字與男女婚娶相聯繫，啟示後人甚多，而在此仍以薪字喻婦人，卻未察該薪字另一種象徵義了。

小雅・車舝①

（全詩見「飢」、「食」字應用系列）

原　詩	譯　文
陟彼高岡，②	登上高岡樹森森，
析其柞薪。③	我把快斧砍柴薪。
析其柞薪，	我把快斧砍柴薪，
其葉湑兮。④	滿樹葉子綠蓁蓁。
鮮我覯爾，⑤	今日新婚實在好，
我心寫兮！⑥	不再愁思盡歡心！
高山仰止，⑦	仰望高山高入雲，
景行行止。⑧	大道寬闊向前進。
四牡騑騑，⑨	四馬驕驕行不止，
六轡如琴。⑩	六股絲繮似絃琴。
覯爾新昏，⑪	今日與你新婚配，
以慰我心！	相親相愛慰我心！

注　釋

①小雅——見「魚」字應用系列《小雅・小弁》注①。

②陟（ㄓ）——登、上。

　　岡——山陵。

③柞——柞櫟，橡樹之一種。

④湑（ㄒㄩ）——茂盛。

⑤鮮——善、好。　一說：斯，此時。

覯（ㄍㄡˋ）──通媾，男女結合。

爾──你。

⑥寫──舒暢、喜悅。

⑦仰止──仰望。止，語尾助詞。

⑧景行（ㄏㄤˊ）──大道。　景，大；行，道路。

⑨四牡（ㄇㄨˇ）──四匹駕車的雄馬。四即駟，古謂一乘，一車四馬。

騑騑（ㄈㄟ）──馬行不止。

⑩六轡（ㄆㄟˋ）如琴──六條馬韁繩排列有如琴絃。

⑪昏──古「婚」字。

題旨簡述

此燕爾新婚之詩，詠迎娶新娘過程中的喜悅。全詩五章，此其第四、五兩章，詠言見到新娘時的歡樂。

《詩序》：「《車舝》，大夫刺幽王也。褒姒嫉妒，無道並進，讒巧敗國，德澤不加於民。周人思得賢女以配君子，故作是詩也。」此附合之詞，不可信。

《詩說解頤》：「此君子得賢妻而自慶之辭也，其體似風。」此說甚好。

薪字辨證

此詩前一章以「析其柞薪」起興，以興起下文的婚娶之事。所謂析其柞薪，也就是以柞為薪而析之，亦仍如以上諸篇所言析薪也。而析薪為婚娶之象，故其下文詠言「鮮我覯爾，我心寫兮！」上下文意一致。此組興句之特點，除言析薪之外，還於上下文中又言「陟彼高岡」，又言「其葉湑兮」，宛然一幅生動的寫實圖景。這就似賦似興，似可解而不可解。然而，此時的抒情

主人公卻止忙於迎娶，決不會中途上山去砍柴。所以，這仍然是個興體，朱熹亦注「興也」。

後世經師解此，多誤在《詩序》上，而以《鄭箋》爲代表，如：「登高岡者必析其木以爲薪。析其木以爲薪者，爲其葉茂盛，蔽岡之高也。此喩賢女得在王后之位，則必闢除嫉妒之女，亦爲其蔽君之明。」按此以高岡喩君主、柞葉喩妒女（蔽高岡、蔽君明），而柞幹卻立於高岡（即君主）之上，豈不欺君尤其！附會爲比，就越比越亂了。

小雅・白華①

原 詩	譯 文
樵彼桑薪，②	砍束桑薪當燭燒，
卬烘于煁。③	燎起行灶把明照。
維彼碩人，④	只因又添一碩人，
實勞我心！⑤	害我日夜受煎熬！
鼓鐘于宮，⑥	深宮日日擊洪鐘，
聲聞于外。	我在宮外仍聞聲。
念子懆懆，⑦	想起那人我心碎，
視我邁邁！⑧	那人待我羽毛輕！

注　釋

①小雅——見「魚」字應用系列《小雅・小弁》注①。

②樵——打柴、刈薪。

桑薪——桑之可爲薪者。此句「樵彼桑薪」與《車舝》之「析
其柞薪」，其結構、涵義均同。

③卬——我。

烘——燎、燒。

煁（彳ㄣ）——《鄭箋》：「烓竈，用照事物而已。」《詩集
傳》：「無釜之灶，可燎而不可烹飪也。」

④碩人——高大俊美之人。《鄭箋》：「碩，大也。妖大之人，
謂褒姒也。」

⑤勞——憂勞、愁苦。

⑥鼓鐘——打鐘、敲鐘。

⑦懆懆（ㄘㄠˇ ㄘㄠˇ）——《說文》：「懆，愁不安也。」

⑧邁邁——不愉快、不高興。《毛傳》：「邁邁，不說（悅）
也。」一說：輕慢之意。于省吾《詩義解結》：「邁邁係蔑蔑
之借字，邁蔑雙聲，並屬明紐。」

題旨簡述

此篇籠統講是一首棄婦怨。具體講，古今學者多視爲周幽王
寵褒姒，申后被黜後的自傷之詞。《詩序》云：「《白華》，周人刺
幽后也。幽王取申女以爲后，又得褒姒而黜申后……周人爲之作
是詩也。」按此詩之內容、情調，大體與《詩序》合。歷代多從此
說。按《鄭箋》意，章中以「之子」指幽王、「碩人」指褒姒。全
詩八章，篇幅較長，此錄其第四、第五兩章，詠申后被逐之後，
日夜煎熬，宮外聞鐘，心神不安。

薪字辨證

此詩前一章興句：先言樵彼桑薪，又言卬烘于煁，用法與前
幾篇有異，歷代亦難有其解。關於「樵彼桑薪」，其實與上篇

《車舝》之「析其柞薪」同義，易柞爲桑，其析薪之義不變，仍爲
婚娶之象。關於「卬烘于煁」，卬者我也，烘者燎也，煁者照明
之灶也。合兩句之意，樵彼桑薪乃燎於行灶之中，仍不出燃薪爲
燭之意，亦仍婚娶之象徵或象徵有關婚情之反思也。故其下文
云：「維彼碩人，實勞我心！」上下文意一致。歷代解此詩，既
昧於此中本義，也同時誤在這煁竈上。如：

　　《鄭箋》：「桑薪，薪之善者也，我反以燎於炷竈，用照事物
而已。喻王始以禮取申后，申后禮儀備，今反黜之，使爲卑賤之
事，亦猶是。」《詩集傳》：「桑薪宜以烹飪，而但爲燎燭，以比
嫡后之尊，而反見卑賤也。」按兩家皆以桑薪烹飪爲貴、用於燎
燭爲賤，以比申后之失位。其影響後世至今，學界仍多承此說，
實爲一種誤解。

大雅・棫樸①

原　　詩	譯　　文
(一)	(一)
芃芃棫樸，②	棫樹樸樹密成林，
薪之槱之。③	砍來燎燒好祭神。
濟濟辟王，④	君王儀態眞莊重，
左右趣之。⑤	左右歸趨共一心。
(二)	(二)
濟濟辟王，	君王嚴謹又端莊，
左右奉璋。⑥	左右趨附捧玉璋。
奉璋峨峨，⑦	羣臣捧璋禮儀重，

髦士攸宜。⑧　　　　英才效力有法章。

(三)　　　　　　　　(三)

淠彼涇舟，⑨　　　涇水飛舟向前進，

烝徒楫之。⑩　　　衆槳划行一條心。

周王于邁，⑪　　　周王號命要征戰，

六師及之。⑫　　　堂堂整整是六軍。

(四)　　　　　　　(四)

倬彼雲漢，⑬　　　銀河橫空長又廣，

為章于天。⑭　　　星光燦爛作天章。

周王壽考，⑮　　　周王承運享高壽，

遐不作人！⑯　　　造作良才有將相。

(五)　　　　　　　(五)

追琢其章，⑰　　　既雕既琢有華章，

金玉其相。⑱　　　金玉其質美無雙。

勉勉我王，⑲　　　我王勤勉知自強，

綱紀四方。⑳　　　紀綱井井保四方。

注　釋

①大雅──見「魚」字應用系列《小雅‧小弁》注①。

②芃芃（ㄆㄥˊ ㄆㄥˊ）──草木茂盛貌。

　棫（ㄩˋ）樸──叢生之木。棫，又名白桵，叢生有刺。樸，棗棘之類。

③薪之──取木為薪。作動詞。

　槱（一ㄡˇ）之──《廣韻》：「槱，積木燎以祭天也。」

④濟濟──莊敬美好之貌。

　辟──君王。辟，君。

⑤趣──趨之借字。趣附，伴隨。

⑥奉璋（ㄓㄤ）──奉，捧。璋，圭之一半，古代一種禮器，用於朝聘、祭祀等。頂端作斜銳角形。

⑦峨峨──盛壯、隆重。

⑧髦（ㄇㄠ）──英才、俊士。

攸宜──所宜。

⑨淠（ㄆㄧ）──舟行貌。

涇舟──涇水之舟。

⑩烝徒──眾徒。烝，眾。

楫──划船。

⑪于邁──《鄭箋》：「于，往。邁，行。」

⑫六師──六軍。《毛傳》：「天子六軍」。

及之──隨從他。

⑬倬（ㄓㄨㄛ）──廣大，光明。

雲漢──銀河。

⑭章──文章，文彩。

⑮壽考──長壽。 考，老，年紀大。

⑯遐（ㄒㄧㄚ）──同「何」。 一說：遠也。陳奐：「按此乃不警，警也；不盈，盈也之例。遐不作何，遠作何也。」

⑰追（ㄉㄨㄟ）琢──雕刻。 追通雕；琢，刻。

⑱相──本質。

《毛傳》：「追，雕也。金曰雕，玉曰琢。相，質也。」

⑲勉勉──勤勉不懈之貌。

⑳綱紀──治理，法則。 綱，網之大繩，綱舉目張。紀，別理絲縷，絲理而後可用。

題旨簡述

此歌頌周王美政之詩。前兩章頌文治，第三章頌武功，第四

章頌作人，第五章總言綱紀四方。

《詩序》：「《棫樸》，文王能官人也。」按此指文王臣子各任其事，不算遠離本旨，但總觀全詩內容，卻不只限於作人，乃包括周王全部文治武功。至於是否確屬言文王事，亦僅出於猜想，並無確證。另有論者以為此專指文王祭天伐崇事，然細味全文內容亦不合。高亨《詩經今注》云：「這是一首歌頌周王及其大臣的詩。」此說較穩妥可用。

薪字辨證

此詩第一章以「芃芃棫樸，薪之槱之」起興，以興起下文的「濟濟辟王，左右趣之。」前「總論」中明言，《詩經》言薪的第一個象徵義，是同薪燎祭天相聯繫，以象徵天神賜福、王家美政。而此詩言薪言槱，便屬此種用例，比前邊《大東》篇的「毋浸穫薪」用法更加明確而直接。薪之者，燎木以為薪也；槱之者，槱燎也，古吉禮之一，《鄭箋》云：「至祭皇天上帝及三辰，則聚積（薪）以燎之。」這是說，薪之亦即槱之，詞複而義同也。那麼，此是否實指正在進行的祭天儀式？卻未必。請參照「薪之槱之」的上文，乃是「芃芃棫樸」。芃芃者，生長茂盛之貌；棫樸者，柘棘之叢生也。含兩句而言之，便不像實寫祭天，而是寫一種心境，取其象徵義。所以其下半章「濟濟辟王，左右趣之」云云，便正寫周王的威儀與美政，上下文意一致，同前總論所言正合。而歷代解此詩，則大多昧此真諦，如：

《毛傳》：「槱，積也。山木茂盛，萬民得而薪之；賢人眾多，國人得用繁興。」這是以山木茂盛誤比賢人眾多，為後世定下基調。其影響所及如：《詩經通義》（朱鶴齡）：「《疏》：棫木叢生，喻賢人眾多，薪槱喻引而置之于位。」再如《詩義會通》：「歐陽公云：棫樸茂盛，採之以備薪燎，喻文王養育賢才，以充

列位。而王威儀濟濟然，左右之臣趨而事之，以見君臣之盛也。」按兩家稍有不同，但以棫樸（薪）之盛喻賢才之多則一致，皆係宗承《毛傳》。

《詩經今注》：「槱，堆積薪柴，點火燒起。這是寫周王出師前，燒柴祭司中（祿神）司命風神雨神等。」按此以「薪之槱之」爲實際之祭天儀式，而且單爲出師，似亦與詩義不符。

大雅·旱麓①

原　　詩	譯　　文
(一)	(一)
瞻彼旱麓，②	擡頭遙望旱山麓，
榛楛濟濟。③	密密叢叢榛與楛。
豈弟君子，④	君子和樂又平易，
干祿豈弟。⑤	品行自得享天祿。
(二)	(二)
瑟彼玉瓚，⑥	玉瓚明潔好祭神，
黃流在中。⑦	黍酒甜甜溢清芬。
豈弟君子，	君子和樂又平易，
福祿攸降。⑧	自有福祿降其身。
(三)	(三)
鳶飛戾天，⑨	老鷹舉翼在高天，
魚躍於淵。	魚兒游泳在深淵。
豈弟君子，	君子和樂又平易，
遐不作人。⑩	培育良才盡掃藩。

(四)

清酒既載，⑪
騂牡既備。⑫
以享以祀，⑬
以介景福。⑭

(四)

清酒甘醇擺起來，
紅牛爲牲供起來。
獻祭天神共享用，
祈求洪福降下來。

(五)

瑟彼柞棫，⑮
民所燎矣。⑯
豈弟君子，
神所勞矣。⑰

(五)

柞棫密密一大片，
砍來燎燒好祭天。
君子和樂又平易，
天神賜福亦靈驗。

(六)

莫莫葛藟，⑱
施于條枚。⑲
豈弟君子，
求福不回。⑳

(六)

葛藤蔓延葉子稠，
爬滿樹枝樹梢頭。
君子和樂又平易，
不以邪道把福求。

注　釋

①大雅──見「魚」字應用系列《小雅·小弁》注①。

②旱麓──旱山之腳。旱山在今陝西漢中的南鄭縣。麓，山腳。

③榛楛（ㄓㄣ ㄏㄨˋ）──皆叢生灌木。《廣雅·釋木》：「木叢生曰榛」。

楛，又名赤荊。

濟濟──衆多、茂盛。

④豈弟（ㄎㄞˇ ㄊㄧˋ）──後世作「愷悌」，和善、平易之貌。

⑤干祿──求福。一說：干祿即千祿。《毛詩傳箋通釋》：「干祿與百福對言。干祿疑千祿形近之訛。此詩『干祿豈弟』

及《假樂》詩『干祿百福』，干皆當作千百之千，傳訛已久，遂以干字釋之耳。」

⑥瑟（ㄙㄜ）──鮮潔貌。一說：玉之紋理。

玉瓚（ㄗㄢ）──古人祭祀時的舀酒器具，玉柄，銅勺。

⑦黃流──用黑黍和鬱金草釀成的酒。《鄭箋》：「黃流，秬鬯也。」《釋文》：「以黑黍米搗鬱金草取汁而煮之，和釀其酒，其氣芳香調暢，故謂之秬鬯。」

⑧攸──猶「乃」「所」。

⑨鳶──老鷹。

戾──至、到。

鳶飛戾天，魚躍於淵，似暗示物各有所，用以興起下文，培用人材亦多有所。

⑩遐不作人──見上篇《棫樸》注⑯。

⑪載──設、置。

⑫騂牡（ㄒㄧㄥ ㄇㄨˇ）──赤色公牛。周人尚赤，以赤牲為祭品。

⑬享──祭祀。

⑭介──借為匄，祈求。

景──大。

⑮瑟──茂盛、衆多。

柞棫──柞，亦名蒙子樹，常綠灌木，有刺。棫，亦名白桵、叢生有刺。

⑯民──人。

燎──同「尞」，《說文》：「尞，柴祭天也。」

⑰勞（ㄌㄠ）──保祐、慰勞。

⑱莫莫──茂盛。

葛藟（ㄌㄟˇ）──葛藤。

⑲施（一）──蔓延。

條──樹枝。一說：木名，山楸。

枚──小樹枝。

《鄭箋》：「葛也，藟也，延蔓於木之枝本而茂盛，喻子孫依緣先人之功而起。」馬瑞辰《傳箋通釋》：「詩以葛藟之延蔓于條枝，興福祿之歸君。」

⑳回──違、違背。《鄭箋》：「不回者，不違先祖之道。」一說：回，邪也。求福不回，求福不以邪道。

題旨簡述

此歌頌周王有德、神靈賜福，又善於培養人才之詩。

《詩序》：「《旱麓》，受祖也。周之先祖世修后稷公劉之業，大王王季申以百福干祿焉。」此蓋猜測之詞，無所根據。方玉潤斥之為：「不知作何夢囈」。

《詩集傳》：「此亦詠歌文王之德」。這太統籠，且指定詠文王，亦無所據。方玉潤責之為：「亦殊泛泛。」

高亨《詩經今注》：「這首詩敍寫君子祭神求福得福，並讚美君子有德，能培育人材。」此較穩妥可用。

薪字辨證

此篇第五章，以「瑟彼柞棫，民所燎矣」起興，以興起下文之「豈弟君子，神所勞矣」。這同上篇《棫樸》首章之「芃芃棫樸」起興完全同一結構、同一內涵。「瑟彼柞棫」亦即「芃芃棫樸」，皆指薪燎之木生長蓬蓬茂密，顯示一種心境。而「民所燎矣」亦即「薪之橎之」（《棫樸》），皆言薪燎祭天也。因此，也就以同樣的象徵義，興起下文之天神賜福與美政。「豈弟君子，神所勞矣」偏重天神賜福，「濟濟辟王，左右趣之」（《棫樸》）

偏重王者美政。兩者內部相聯，無美政即無賜福，無賜福亦無美
政。君子亦即辟王。

再說第一章，以「榛楛濟濟」起興，以興起下文的「豈弟君
子，干祿豈弟」。這同第五章「瑟彼柞棫」的興結構也是基本相
似，只少一個「燎」字或「薪之」（《棫樸》）。然而自漢至今，
無人注意深究。意者，「榛楛濟濟」亦即「瑟彼柞棫」，亦即
「芃芃棫樸」（《棫樸》），皆言灌木或小樹叢生茂密，亦皆難成
大材而宜供薪燎祭天之木也。而其下文的「豈弟君子，干祿豈
弟」，卻又是既言美政又言天祿，把上篇的「濟濟辟王」及第五
章（本篇）「神所勞矣」都已涵括在內了。因此，其結論就是：
此首章「榛楛濟濟」亦同是薪燎祭天之用例，同賦有天神賜福、
王者美政的象徵義，只是更隱蔽其辭，不易識破而已。而歷代解
此詩，卻只憑臆測附合，皆昧於此中眞義，如：

《鄭箋》：「旱山之足，林木茂盛者，得山雲雨之潤澤也。喻
周邦之民，獨豐樂者，被其君德教。」又「柞棫之所以茂盛者，
乃人燒燎除其旁草，養治之，使無害也。」按此皆以榛楛柞棫之
茂盛喻周民被其君德教，顯係穿鑿附會。

季本《詩說解頤》：「榛似栗而小，楛似荊而赤，皆賤木，而
人灌溉之所不及也。濟濟，滋濡齊盛之貌……言旱麓之榛楛，本
不須人力之灌溉，而自然有濟濟之盛，以喻人之生理自不能遏
也。蓋君子有豈弟之德則福祿隨之，是以豈弟而干祿也。」又
「柞棫小木，非美材。長育之久，至於茂盛，則民得以爲薪燎而
以事神。況君子有豈弟之德，積久而能作人，豈不足以爲神所勞
乎？」按此以榛楛柞棫長育之久而有濟濟之盛，以比君子積德之
久而有干祿神勞。這就比《鄭箋》提了一格，而且以自己所謂之
「賤木」、「非美材」比君子，自尤其不倫不類。

朱鶴齡《詩經通義》：「《呂記》：榛楛喻君子。榛楛得麓而茂

盛,喻君子承先祖而受福。」此又以榛楛喻君子,卻又以旱麓喻先祖。別是一種附會。

黃焯《毛詩鄭箋平議》:「柞棫之衆,即首章『榛楛濟濟』之義,榛楛多,柞棫衆,皆以興文王受福之盛……此章之義,蓋謂物產蕃庶,財用富足,而民有所養,故君子得以樂易,而爲神所勞也。」按此以榛楛多、柞棫衆比文王受福之盛,簡直不可理解。榛楛柞棫本皆微木賤材,不足代表國家物產之蕃庶。(如《大雅・皇矣》就明言「柞棫拔矣,松柏斯兌」,意指拔除雜棵,松柏長得高大。)而竟以比文王之受福,豈不荒唐極矣。

當代諸公如《詩經今注》《詩經直解》等,均無解。

「飢」、「食」字應用系列

一、總論

　　飢，餓飯之意；食，進餐或給食之意。飢而則食，食而則飽，這是一般常識，無須討論的。然而在《詩經》中言飢、食，除用其上述之本義外，卻在很多情形下兼用一個特殊的隱藏義——情欲之飢、情欲之食。皆男女之大欲也。用聞一多的話，就說的更赤裸：「案古謂性的行為曰食，性欲未滿足時之生理狀態曰飢，既滿足後曰飽。」(《詩經通義》) 推究這語義的源起，大概還須同前邊的「魚」字應用系列相聯繫。前邊說過，西安半坡母系氏族社會的初民們，是把祭魚、食魚同生殖繁衍聯在一起的。她們以為只要多食魚，就可把魚的強大生殖力轉化到自己身上。並稱男女結合就是食。自此而後，隨著歷史發展，到了父系氏族社會和匹偶婚姻社會，這「食」字仍與男女之生殖、婚姻、配偶聯繫著，並且同飢字相對應，成為男女歡合與否的代名詞了。

　　至於此類詩篇的用例，在《詩經》本身可找到一大系列，互以為證，不假外求的。例如《周南・汝墳》首章，是詠一女子在汝墳邊等候情人未至，詩云：「未見君子，惄如調（朝）飢」，這裡「朝飢」之飢明明即情慾之飢，無可否認的。再如《唐風・有杕之杜》，是寫一女子盼望與情人相會的，詩云「中心好（愛）之，曷飲食之？」這裡「飲食」之食明明即情欲之食，也是無可

否認的。都詳見後面篇例，不贅。

　　《楚辭·天問》中，有一段大禹與涂山氏的傳說：「禹之力獻
功，降省下土方，焉得彼涂山女而通之于台桑？閔妃匹合，厥身
是繼，胡維嗜欲同味，而快朝飽？」這是說，大禹以勤力獻功，
帝堯派禹去治水，遇到涂山氏，便私合于台桑之地了。同時，提
出了疑問。關於最後兩句，王逸這樣注解：「（這位聖人）何特
與眾人同嗜欲，苟欲飽快一朝之情乎？」這是按原文「朝飽」二
字作注的，飽快一時之情，自當為情欲之飽，恰可與上述《詩經》
「朝飢」相對合。另此「朝飽」二字，亦許為「朝飼」之誤，理
由是這「飽」與上文「繼」字不押韻。（聞一多說）而「朝飼」
亦即「朝食」，上下文意不變。所以聞一多評王逸注云：「雖據
誤字為說，但不曰飽腹而曰飽情，卻抓著屈原的意思了。屈原用
『朝食』二字，意指通淫，則《詩》中『朝食』的意義可以類推了。正
如朝飢可省為飢，朝食也可省為食。」關於這一段論證，我們說
明兩點：一是這屈原的《天問》，年代稍晚於《詩經》，然而這傳說
的語言，卻是從古代傳下的，這「朝飽」「朝食」的語義，恰可
與《詩經》相對證。二是聞一多指屈原用「朝食」二字指通淫，我
們今天換個詞，只稱為男女情欲或男女結合也就可以了。

　　再值得一提的是，這古老的「飢、食」觀念，直到漢朝以
後，還在文獻中延續著。例如《漢書·外戚傳》：「房與宮對
食」，《注》載應劭說曰：「宮人自相與為夫婦名對食」。再如六
朝樂府《子夜歌》：「誰能思不歌？誰能飢不食？日冥當戶倚，惆
悵底不憶？」再如《隋遺錄》：「（煬帝）每依簾視（薛）絳仙，
移時不去，顧內謁者云：『古人云秀色若可餐。如絳仙，真可療
飢矣！』」請看這三例中言食言飢，均可與上述《楚辭》及《詩》義
互證，是一明二白的。這都說明什麼？歷史是社會羣體創造的，
個人無法杜撰。事物有源就有流，明源可以知流，知流也可明

源。聞一多談到上述「房與宮對食」的例子時候說,有了這條證據,他自信關於《詩經》之「飢、食」的探討,可成「鐵案」了。(《高唐神女傳說之分析》)

《詩經》篇章中言飢、食,用法十分變化。在一篇章中,有的單言飢或單言食,有的則飢食連言。有的用意明顯,一眼可以看出;有的則用意隱蔽,不但不易識別,而且不易說明。茲於《國風》《小雅》中一共錄得十一篇,逐次論證注釋如後。

二、篇目

周南・汝墳　　　　陳風・衡門

衛風・氓　　　　　陳風・株林

王風・君子于役　　曹風・候人

王風・丘中有麻　　小雅・采薇

鄭風・狡童　　　　小雅・車舝

唐風・有杕之杜

周南・汝墳①

（全詩見「薪」字應用系列）

原　詩	譯　文
遵彼汝墳，②	沿著汝墳走大堤，
伐其條枚。③	一路揚斧砍條枝。
未見君子，④	今日未見君子面，
惄如調飢。⑤	憂思殷殷似朝飢。
遵彼汝墳，	沿著汝墳走大堤，
伐其條肄。⑥	一路揚斧砍條枝。
既見君子，	今日喜見君子面，
不我遐棄。⑦	果然未曾把我棄。

注　釋

①周南——見「魚」字應用系列《周南・關雎》注①。

②遵——沿著。

汝墳——汝水的大堤。墳，堤岸。

③伐其條枚——砍伐樹枝，義同伐薪。伐薪在《詩經》爲婚娶之

象。詳見「薪」字應用系列。

④君子——女子美稱男方。

⑤惄如——聞一多《詩經通義》：「惄如猶惄然」。惄，猶思

貌。

調飢——即朝飢。《說文》引作「朝飢」。男女相思之隱語。

肄（一）——新枝、小枝。

伐其條肄，義同「伐其條枚」。

⑦不我遐棄——不遐棄我。遐，遠。棄，忘。

《爾雅·釋言》：「棄，忘也。」遐棄，久忘。

題旨簡述

此為一篇戀歌，古時在仲春之月，有大會男女之俗，青年人在水邊歡會、求偶、祭高禖（媒），祈求愛情、幸福。全詩三章，皆為女子之詞，此其章第一、二章：一詠未見到男方時思念如渴；二詠已見到男方後思想平靜下來，心情愉快。舊解此詩多與誤釋第三章為王室動亂相聯繫，皆誤。

飢字辨證

首章前兩句先以「伐其條枚」起興，以興起下文的「未見君子，惄如調（朝）飢」。先說何謂條枚？條枚者，薪也，伐其條枚者，伐薪也。伐薪乃婚娶之象，（詳見「薪」字應用系列）所以這句子一開始，便暗示了此章的婚姻或愛情主題，與第三、四句的男女情思相吻合。第四句「惄如朝飢」，惄者，憂思也，思而未得，是謂朝飢，亦即相思之飢。如只按一般害餓的感覺去理解，表面也似可通，其實不是真通，也不能欣賞其情味。

聞一多《詩經通義》云：「案古謂性的行為曰食，性欲未滿足時之生理狀態曰飢……本篇曰：『未見君子，惄如調飢』，惄如猶惄然。未見君子而稱飢，是飢亦作性欲言。』這裡只評其一句，根據《詩經》實際，易「性欲」二字為「情欲」或「情思」似較穩妥。而歷代解此詩，皆不明飢字真諦，如：

　　《鄭箋》:「未見君子之時,如朝飢之思食。」姚際恆《詩經
通論》:「妙喻」。方玉潤《詩經原始》:「寫出無限渴想意。」
等等。此皆一般常識性理解,其實未曾理解也。至於當代諸公,
亦大都宗承舊說,不贅。然而《詩經直解》云:「按調飢,猶《楚
辭·天問》言朝飽,隱喻男女性愛滿足與否。」這是承聞一多觀
點解釋最好的。

衛風·氓①

原　詩	譯　文
桑之未落,	桑葉青青未曾落,
其葉沃若。②	光色潤澤枝葉繁。
于嗟鳩兮,③	叫聲斑鳩聽我說,
無食桑葚。④	見了桑葚莫貪饞。
于嗟女兮,	叫聲姑娘聽我說,
無與士耽!⑤	見了男人莫貪纏。
士之耽兮,	男人為著尋歡樂,
猶可說也。⑥	說丟就丟不再管。
女之耽兮,	女人要是纏進去,
不可說也。	要想利索難上難。
桑之落矣,	桑樹落葉是秋天,
其黃而隕。⑦	枯黃散亂一大片。
自我徂爾,⑧	自從出嫁來你家,
三歲食貧。⑨	三年甚少有合歡。

淇水湯湯，⑩　　　　　淇水浩浩任流去，

漸車帷裳。⑪　　　　　車帷漉漉濕一半。

女也不爽，⑫　　　　　我做妻子沒差錯，

士貳其行。⑬　　　　　你當丈夫心已變。

士也罔極，⑭　　　　　男人作事沒定準，

二三其德。⑮　　　　　口是心非把人騙。

──────────

注　釋

①衛風──見「魚」字應用系列《衛風・竹竿》注①。

②沃若──義同沃然。《詩集傳》：「沃若，潤澤貌。」

③于（ㄩ）嗟──感嘆詞。

　鳩──斑鳩。《毛傳》：「鳩，鶻鳩也。食桑葚過，則醉而傷
　其性。」鶻鳩即斑鳩，此以喻女子，戒不要沈醉於愛情而不
　清醒。

④桑葚──桑之果實，味甜可食。

⑤士──男子。

　耽（ㄉㄢ）──沈溺於玩樂。《詩毛氏傳疏》：「凡樂過其節
　謂之耽。」

⑥說──讀爲脫，解脫。

⑦隕（ㄩㄣˇ）──落。指桑葉黃落。

⑧徂（ㄘㄨˊ）──去、到。徂爾，到你家。

⑨食貧──愛情貧困。食，男女情欲之隱語。

⑩淇──河水名。

　湯湯（ㄕㄤ ㄕㄤ）──水勢盛大貌。

⑪漸──浸濕。

　帷裳──車上的布幔，車圍子。車之有圍，如牀之有帳。

　《毛傳》：「帷裳，婦人之車也。」

⑫不爽——沒差錯。爽，錯，過失。

⑬貳其行——行為前後不一。貳，不專一。一說：二（貳）為
　　貳之誤字。貳即忒，與爽同義。（王引之《經義述聞》）

⑭罔極——無常。引申為不可測。極，定、準。

⑮二三其德——三心二意，行為不端。

題旨簡述

　　此篇為棄婦詩。全詩六章，篇幅較長，棄婦自述其婚姻悲劇
的全過程，娓娓動人。此錄其第三、四兩章。第三章詠女子嫁人
要謹慎，女人與男人不同。第四章詠婚後家室不和，男子變心，
二三其德。

　　《詩序》：「《氓》，刺時也。宣公之時，禮義消亡，淫風大
行，男女無別，遂相奔誘，華落色衰，復相棄背。或乃困而自
悔，喪其妃偶。故序其事以風焉。美反正，刺淫泆也。」按《序》
意硬把此事與衛宣公醜行及所謂淫風大行相聯繫，甚牽強無根
據。此本正式婚姻，男子負心，是他品德不良，女子遭棄，則應
值得同情，不能籠統謂「刺淫泆也」。《詩集傳》承《序》意謂此棄
婦為淫婦，可謂謬種流傳，方玉潤《詩經原始》：「《氓》，為棄婦
作也」，此較公正可取。

食字辨證

　　前邊「總論」中明言，《詩經》情詩中言「飢、食」，乃暗示
男女之大欲。結合此詩之性質，請研究後一章「三歲食貧」之句
應當作何解釋？一向解此詩，皆言「食貧」即缺糧，或云丈夫窮
了於是拋棄妻子，等等。然而細繹詩文，丈夫先「抱布貿絲」，
其後又以車迎娶，本來就不窮。而此婦之棄，也是坐帷車走的，
坐車就要用馬。帷車坐得起，馬也養得起，怎說無飯吃？如丈夫

眞窮得無飯吃，女家很富有，丈夫又怎敢拋棄她？而且此女又勤
勞、能吃苦，也沒有什麼過錯，由此可見，這裡所謂「食貧」，
並非缺食無穿，而正是上篇《汝墳》所謂「朝飢」了。前「總論」
引聞一多云：「案古謂性的行爲曰食，性欲未滿足時之生理狀態
曰飢。」此女自結婚之後，丈夫便二三其德，不再給她愛情，當
然就是「食貧」或「朝飢」了。

歷代解此詩，大都一個調子，如：

《鄭箋》：「我自是往之女（汝）家，女（汝）家之穀食，已
三歲貧矣。言此者，明已之悔，不以汝今貧故也。」《詩集傳》：
「遂言自我往之爾家，而值爾之貧，于是見棄，復乘車而度水以
歸。復自言其過不在此而在彼也。」《毛詩傳箋通釋》：「食貧猶
居貧」。按三家語言各異，然皆訓「食貧」爲貧窮無二致。再看
當代諸公：

《詩經今注》：「食貧，受窮吃苦。」《詩經選》：「食貧，過
貧窮的生活。」皆宗承前賢舊說，特試作此新解，與方家共同討
論。

王風・君子于役①

原　　詩	譯　　文
(一)	(一)
君子于役，②	丈夫服役去遠方，
不知其期，③	不知限期有多長，
曷至哉？④	幾時才能回家鄉？
雞棲于塒，⑤	雞兒都來上窩了，

日之夕矣，⑥	眼看太陽落山旁，
羊牛下來。	羊牛急急下山崗。
君子于役，	丈夫服役去遠方，
如之何勿思？⑦	怎不日夜把人想？
(二)	(二)
君子于役，	丈夫服役去遠方，
不日不月，⑧	沒年沒日度時光，
曷其有佸？⑨	幾時團聚在一堂？
雞棲于桀，⑩	雞兒都來上架了，
日之夕矣，	眼看太陽落山旁，
羊牛下括。⑪	羊牛急急下山崗。
君子于役，	丈夫服役去遠方，
苟無飢渴？⑫	難道不知把我想？

注　釋

①王風——見「薪」字應用系列《王風・揚之水》注①。

②君子——指丈夫。

　于役——服役去了。于，往。

③期——歸期，期限。

④曷至哉——何時回家啊。曷，何時。至，來到。

⑤棲（ㄑㄧ）——禽鳥宿窩。

　塒（ㄕ）——雞窩，《毛傳》：「鑿牆而棲曰塒」。

⑥夕——日暮。

⑦如之何——怎麼、怎能。

⑧不日不月——無日無月，沒有定期。

⑨其——助詞。

　有——再。《鄭箋》：「有，又也。」

佸（ㄎㄨㄛ）——相會。《毛傳》：「佸，會也。」有佸，再
會、再團圓。

⑩桀——木樁。供雞宿用。

⑪括（ㄎㄨㄛ）——到來。《毛傳》：「括，至也。」亦通
「佸」，有聚會之意。

⑫苟——尚、或許，表希望之意。

飢——男女情慾之隱語。見「總論」。

題旨簡述

此篇爲征婦詩。丈夫服務在外，歸無定期，妻子思念不已。
周自平王東遷後，社會動亂，徭役繁重，此詩用一個服役者妻子
之口反映了當時的人民痛苦。

《詩序》：「君子于役，刺平王也。君子行役無期度，大夫思
其危難以風焉。」朱子《辨說》駁之：「此國人行役而室家會之之
辭。《序》說誤矣。其曰平王，亦未有考。」

按詩中稱君子，應指征婦之夫。征婦自養雞羊，自非富貴之
家，猜可屬士一類家庭。

食字辨證

此詩語言，通篇曉暢如說話。其末尾「苟無飢渴」一句，較
前篇之「三歲食貧」（《衞風‧氓》）似更屬於常識性問題：君子
服役在外，日夜奔忙，應不至挨飢受渴乎？正因如此，一向解此
詩，也就同解前篇「食貧」（《衞風‧氓》）之句一樣，解之爲缺
食乏水了。然而這只是詞表義，並非詞底之眞諦。請細審此詩之
結構：兩章全部疊詠，兩章尾部對舉。前章詠：「君子于役，如
之何勿思？」後章後「君子于役，苟無飢渴？」則「如之何勿
思？」與「苟無飢渴」對舉。那麼，這就很明顯，前者爲想念之

情思，後者乃情欲之飢渴。前者明言，指自己；後者暗言，問丈夫。這才是兩章之正解。否則，如單解後者為缺糧缺水，那就同前者失配，失去了對舉的意義。

此章之另一特點是，既不言「朝飢」，亦不單言「飢」，而是聯言「飢渴」，貌似一般性詞語，這就更不易識別，說得越明白，反而不明白，無人注意，同上篇「食貧」一樣，瞞過了歷代學人。如：

《鄭箋》：「苟，且也，且得無飢渴，憂其飢渴也。」《詩集傳》：「君子行役之久，不可計以日月……亦庶幾其免于飢渴而已矣。此憂之深而思之切也。」此後世之最有代表性的解法。

《詩義會通》：「舊評云：苟無飢渴，《後漢書》所謂『萬里之外，以身為本。歸則不敢忘矣。』」這是一種闡發，而仍訓「飢」為缺食，不出毛鄭窠臼。

《詩說解頤》：「苟無飢渴，言苟且以免於飢渴而不甘飲食，見其思之深也。」這是說征婦勉自己不甘於飲食，一心思夫之歸。此則尤其誤解，不見解「飢」無新意，倒把「飢渴」的人身弄錯了。

王風・丘中有麻①

原　詩	譯　文
(一)	(一)
丘中有麻，②	坡上有麻一大片，
彼留子嗟。③	劉家之子正當年。
彼留子嗟，	劉家之子正當年。

將其來施施！④　　　　　　請來與我結良緣！

㈡　　　　　　　　　　　　㈡

丘中有麥，⑤　　　　　　　坡上有麥長得齊，

彼留子國。⑥　　　　　　　劉家之子正可喜。

彼留子國，　　　　　　　　劉家之子正可喜，

將其來食！⑦　　　　　　　請來與我共進食！

㈢　　　　　　　　　　　　㈢

丘中有李，⑧　　　　　　　坡上有李綠蓁蓁，

彼留之子。⑨　　　　　　　劉家之子正可親。

彼留之子，　　　　　　　　劉家之子正可親，

貽我佩玖！⑩　　　　　　　贈我佩玉定終身！

注　釋

①王風——見「薪」字應用系列《王風・揚之水》注①。

②丘——土丘，高坡之地。

　麻——纖維可以織布。古時麻織品用途甚廣，包括一些重要
　婚禮用品，因此麻在《詩》中也多以喻婚姻。詳見「茅」字應
　用系列附「麻」字篇。

③留子——即劉氏之子。劉氏為當時周王朝一家貴族，世襲為
　大夫，有人封為公。聞一多：「留，古劉字」。《毛氏傳箋
　通釋》：「留、劉古通用，薛尚功《鍾鼎款識》有劉公簠，阮
　元《積古齋鍾鼎款識》作留公簠。一說：留，即遲留，緩緩來
　遲。

　嗟——助詞。

④將——請、願。

　施施——疑衍一個施字。《顏氏家訓・書證》：「江南舊本即
　單為施」。聞一多《風詩類鈔》：「古書說『天施地生』，又說

『陽施陰化』，就是這施字的正解。」可證這「施」，即男女
歡合、交接之意。一說：施即喜悅。《詩集傳》：「施施，喜
悅之意。」

⑤麥——古之美食。在此亦愛情象徵物，《鄘風‧桑中》云：
「爰采麥矣，沫之北矣。云誰之思，美孟弋矣。」用法與此
處略似。

⑥國——從上章「彼留子嗟」句對照，此「國」亦應為助詞。
一說：子嗟、子國，兩人名，不甚可取。姚際恆《詩經通
論》：「嗟、國字，只同助詞。」

⑦食——隱指男女大欲，詳見「總論」。

⑧李——愛情象徵物。古男女聚會有投果相贈擇友之俗，例如
《衛風‧木瓜》：「投我以木李，報以之瓊玖。匪報也，永以
為好也。」兩篇用法不同，而象徵之義相同。

⑨之子——那人。應指前兩章之留子。

⑩貽（ㄧˊ）——贈。

佩玖（ㄐㄧㄡˇ）——古時男女青年佩戴的玉石飾物。男方多
以贈女方為定情信物。

玖——黑色美石。《釋文》引《說文》：「玖，石之次玉，黑色
者。」聞一多《風詩類鈔》：「總歸是合歡以後，男贈女以佩
玉。」

題旨簡述

　　此為一篇戀歌。姑娘在丘旁等候情人來會，那情人終於來於
了，合歡之後，贈她一塊佩玉。

　　《毛傳》：「《丘中有麻》，思賢也。莊王不明，賢人放逐，國
人思之，而作是詩也。」這意思是說，周莊王為君不明，把子
嗟、子國等幾個賢人放逐了。國人思念這些賢人，而作此詩。然

詩中不見此意，顯係穿鑿附會。

朱子《辨說》：「此亦淫奔者之詞，語意不莊，非賢者之意。《序》亦誤矣。」此可見朱子眼力，只「淫奔」二字不可取。

此篇爲一情歌，第二章「將其來食」，應當作爲理解？一向解此詩，也是按尋常句理會：請他前來共進餐。然而要引起疑問：爲什麽男女幽會，且在丘野間進行，條件十分不便，還得共同進餐？所以，凡這一類「食」字，仍如前「總論」所言，並非實指吃飯，而乃男女之大欲，兩性之台歡也。

另看此篇結體，三章回環疊詠，三個尾句是對應的、相通的。第一章：「彼留子嗟，將其來施施！」何謂「施」？聞一多云：「古書說『天施地生』，又說『陽施陰化』，就是這施字的正解。」（《風詩類鈔》）這眞是，一語道破天機。首章一個施，次章一個食，完全同一涵義，哪裡談吃飯的事！所以其末章云：「彼留之子，貽我佩玖！」男贈女以佩玉，此乃定情之贈，大事解決了。

歷代解此詩，如《毛傳》：「子國復來，我乃得食。」這是按《詩序》所謂子國放逐，國人思之而言，只有子國復回，我才得吃的。再看《詩集傳》：「束食，就我而食也。」這是指婦人對其「與與私者」而說的。再看《詩經今注》：「食（sì）通飼，給人以食物吃。」這是說一個沒落貴族生活困難，求得親友幫助，給了一點吃的。按三家解題很分歧，而解「食」基本一致：吃的或給吃的。未明此中眞諦。

鄭風‧狡童①

原　　詩	譯　　文
(一)	(一)
彼狡童兮，②	那個小滑頭啊，
不與我言兮，③	不再與我搭言，
維子之故，	爲了你的緣故，
使我不能餐兮！④	使我不能進餐！
(二)	(二)
彼狡童兮，	那個小滑頭啊，
不與我食兮。⑤	不肯與我對食。
維子之故，	爲了你的緣故，
使我不能息兮！⑥	使我不能寢息！

注　　釋

①鄭風——見「薪」字應用系列《鄭風‧揚之水》注①。

②狡——狡猾。狡童，小滑頭。一說：狡通佼，壯美之貌。

③言——言歡、謀愛。《衞風‧氓》：「既見復關，載笑載
言。」

④餐——進餐、吃飯。

⑤食——隱語。指男女情欲。直至漢代，史載宮人自相與爲夫
婦還隱稱「對食」，詳見「總論」。

⑥息——寢息，安睡。

題旨簡述

此爲一篇戀歌。一個墜入情網的姑娘，因男方對他冷淡而深感痛苦。詩共兩章，直抒胸臆，無拘無束。

《詩序》：「《狡童》，刺忽也。不能與賢人圖事，權臣擅命也。」這是說鄭國昭公（名忽）昏庸，只顧重用權臣而不相信賢者，詩人作詩以刺之，並稱昭公爲狡童。很顯然，這是穿鑿附會，與詩文內容不符。

《詩集傳》：「此亦淫女見絕而戲其人之詞。」按朱氏直指此爲男女之詩，不誤。只其斥「淫女」「戲其人」云云，則不取。詩中情意深切，詠言失戀痛苦，亦不見「戲其人」之意。

魚字辨證

此篇爲情歌，女子之情意，躍然紙上。首章詠：「不與我言兮，使我不能餐」；後章詠：「不與我食兮，使我不能息」。兩章疊詠，文辭對舉。何謂「言」？當然是謀愛之言，「載笑載言」之言，「來即我謀」之言。那麼，何謂「食」？言、食相對舉，自必爲謀愛之食、交歡之食，同吃飯無關繫。

再同上一篇相參照：《丘中有麻》詠：「彼留子國，將其來食」，本篇詠：「彼狡童兮，不與我食兮。」一個請其來食，一個不與我食，用法完全相同，所指亦同爲一事。內證、旁證都有，無可懷疑了。

歷代解此詩，大概無一例外解食爲吃或吃東西。如：

《毛傳》解「食」字：「不與賢人共食祿」。這是承《詩序》所言指昭公不能與賢人共食朝廷奉祿。雖然不是指吃飯，但是一個涵義，一個用法。

《詩經通論》：「『不與我食』，此句難通，蓋以世無人怨不我

食者。」又云：「其『不與我食』，只順下湊合成文。勿爲所瞞，方可謂之善說詩。」這是姚氏不理解而誤指此句難通、硬湊合。不理解之原因，即以誤指食字爲進餐。

當代諸公書，如《詩經今注》：「不與我食，指不和我在一起吃飯。」《詩經直解》：「不和我共食啊！」皆不出前賢窠臼。

唐風・有杕之杜①

原　詩	譯　文
(一)	(一)
有杕之杜，②	一株杜梨孤單單，
生于道左。③	生在門外大路邊。
彼君子兮，	不知我那君子哥，
噬肯適我？④	願否相會來這邊？
中心好之，⑤	打從心底我愛他，
曷飲食之？⑥	何時與他共合歡？
(二)	(二)
有杕之杜，	一株杜梨孤單單，
生于道周。⑦	生在門外路轉彎。
彼君子兮，	不知我那君子哥，
噬肯來遊？⑧	願否遊樂來這邊？
中心好之，	打從心底我愛他，
曷飲食之？	何時與他共合歡？

注　釋

①唐風──見「薪」字應用系列《唐風‧綢繆》注①。

②杕杜（ㄉㄧˋ ㄉㄨˋ）──挺立的棠梨樹。杕，特出之貌。杜，
　棠梨。《說文》：「牡曰棠，牝曰杜。」聞一多《風詩類鈔》：
　「古人說牡曰棠，牝曰杜，果然如是，杜又是象徵女子自己
　的暗話。」

③道左──道路的左邊。古人以東為左。旁指道旁。

④噬（ㄕ）──猶「斯」，句首發語詞。

　適我──來我處，來我處玩。

⑤中心──心中。

　好之──喜歡他。好，愛。之，他。

⑥曷──何不、何。

　飲食（ㄧㄣˋ ㄙˋ）──暗示男女合歡。

⑦道周──道路拐彎處。《毛傳》：「周，曲也。」一說：道周
　即道右，《韓》詩作「右」。

⑧遊──玩聚。

題旨簡述

　　此為一篇戀歌，詠一女子墜入情網後切盼同對方幽會、合
歡。

　　《詩序》：「《有杕之杜》，刺晉武公也。武公寡特，兼其宗
族，而不求賢以自輔焉。」這是說晉國的武公（晉國之歌即唐
風），孤傲不仁，不知用賢，詩人作歌呼喚求賢。後世學界宗
此，影響甚大。但這全是附會，不合詩意，把一首戀歌歪曲了。

食字辨證

此篇兩章，回環疊詠，共用一個尾聲：「中心好之，曷飲食之？」此篇之整體思路，同前篇《丘中有麻》略似，前篇以「有麻」起興，興起那一位留（劉）子，此篇以「有杜」起興，興起這一位君子，最後共同落腳在一個「食」上。前者言「將其來食」，意在請來交歡；此篇言「曷飲食之」，自然不會例外，皆男女之大欲也。只此篇不易找有關明顯內證，便較難說明而已。其實，那「中心好之」一句，也已說得明白。所謂「中心好之」，就是心中愛他，因為中心愛他，就盼同他交歡，意思上下一貫，再加《有麻》作參照，也就可以理解了。而歷代解此詩，大都昧此古義，如：

《鄭箋》：「君子之人，至於此國，皆可來之我君所……何但飲食之，當盡禮極歡之待之。」這是承《詩序》之意，詠言要以飲食善待君子之來。給後世定下基調。再看《詩集傳》：「此人好賢而恐不足以致之……然其中心好之，則不已也，但無自而得飲食之耳。」《詩經今注》：「這是統治階級歡迎客人的短歌」，又云「曷，何也。此句言拿什麼招待他呢？」此兩家仍同一調，說法稍有不同，而解食為吃飯則一，招待賓客。

《詩經直解》：「全篇為乞食者之歌。」「心裡懷好意於他，何不拿飲食給他？」這是說一位君子要周濟乞者，仍然解食為吃飯。

從以上四家看出，解題之失誤不同，卻同誤一個關鍵字。只要理解這關鍵字，解題可能都對了。這一個字，遮蓋多少祕密。

陳風‧衡門①

（全詩見「魚」字應用系列）

原　詩	譯　文
衡門之下，②	衡門之下一席地，
可以棲遲。③	可以盤桓任游息。
泌之洋洋，④	泌水洋洋深又廣，
可以樂飢。⑤	釣來魚兒可療飢。
豈其食魚，⑥	難道人們要吃魚，
必河之魴？⑦	必須吃那河之魴？
豈其娶妻，	難道人們要娶妻，
必齊之姜？⑧	必須娶那齊之姜？

注　釋

①陳風——見「魚」字應用系列《陳風‧衡門》注①。

②衡門——城門名。一說：淺陋之門。

③棲遲——棲息、盤桓。

④泌（ㄅㄧ）——泉水。

　洋洋——盛大。

　一說：泌即鮣（ㄅㄧ）魚。洋洋，多貌。

⑤樂——借為「療」。

　療飢——隱稱男女情慾之事，詳見「總論」。

⑥食魚——男女合歡之隱語。詳見「魚」字應用系列。

⑦河——黃河。

鲂——鳊魚，魚之美者。

⑧齊姜——齊國及其宗族之女之統稱。當時名門貴族。

題旨簡述

此篇爲抒情小曲，或即一篇幽會詩，歌唱平民式擇偶原則，不希罕名門貴族。

《詩序》：「《衡門》，誘僖公也。願而無立志，故作是詩以誘掖其君也。」《鄭箋》解釋云：「賢者不以衡門之淺陋，則不游息於其下，以喻人君不可以國小則不興治致敎化。」此爲勸陳僖公立志說，全無根據。

《詩集傳》：「此隱居自樂而無求者之詞」，此說影響亦大，然亦附會之詞，無可取。全詩三章，詳見「魚」字應用系列，此其第一、二章。

飢字辨證

此篇有兩處隱語：首章言「樂（療）飢」，次章言「食魚」。「食魚」詳「魚」字應用系列，這裡單說「樂飢」。「樂飢」者，解餓也。此「樂飢」之前邊一句：「泌水洋洋」，卻不易與「樂飢」相聯繫。有人說，吃不上飯的窮人，泌水也可喝飽。這沒有說服力。聞一多有云：「洋洋的泌水，其中多魚，故可以療（樂）飢。」（《高唐神女傳說之分析》）這就合情合理。然而這只是解釋構成隱語的條件，而作爲隱語之內涵，則仍如前「總論」所言，乃男女之情飢或大欲也。

此篇結構特點，是前章言樂飢，後章言食魚。而食魚爲娶妻之象，則樂飢與食魚爲一事，聯在一起了。前者以爲賦，後者以爲興，亦變化靈活巧思可愛也。

歷代解此詩，只因這一個飢字，弄出多少誤會，如：

　　《鄭箋》：「飢者，不足于食也。泌水之流洋洋然，飢者見之，可飲以療飢，以喻人君愍願，任用賢臣，則政教成，亦猶是也。」這是以飲水療飢，喻人君任賢臣，政教成。

　　《詩集傳》：「此隱居者……言衡門雖淺陋，然亦可以游息。泌水雖不可飽，然亦可以玩樂而忘飢也。」這是說隱者玩水可以忘飢。

　　《詩經選》：「清水解餓，當然是誇張之辭，和一、二兩句都表示自甘貧陋。」這是把泌水療飢視為一種修辭法。

　　《詩經今注》：「此二句言鯡魚（訓泌為鯡魚）很多，可以治療飢餓。」此訓泌為鯡可為一家之言，但仍視此詩為隱士之作。

　　以上四家，語言各異，皆昧於一個飢字，便統把題旨解錯了。

陳風 · 株林①

原　　詩	譯　　文
(一)	(一)
胡為乎株林，②	他為何事去株林，
從夏南？③	難道是為找夏南？
匪適株林，④	他自有事去株林，
從夏南！	不是為了找夏南！
(二)	(二)
駕我乘馬，⑤	套我四馬駕上車，
說于株野。⑥	要到株林去安歇。
乘我乘駒，⑦	套我四駒駕上車，

朝食于株！⑧　　　　　莫誤朝食到株野！

注　釋

①陳風──見「魚」字應用系列《陳風・衡門》注①。

②胡為──幹什麼？胡，何。為，幹、作。

　乎──於。

　株林──夏氏之食邑，故城在今河南省西華縣夏亭鎮北。邑
　外有林，故稱株林，夏姬所居。

③從──追求、跟隨。

　夏南──陳大夫夏御叔之子，名徵舒，字子南。夏南為夏子
　南之省。《詩三家義集疏》：「詩但云夏南，未言夏南母，語
　自含蓄，且留得下文一轉，此正風人立言之善。」

④匪──非、不是。

　適──往、去。

　按此句應與下句連讀。《鄭箋》：「匪，非也。言我非之株
　林，從夏南之母為淫佚之行，自之他耳。」《毛詩傳箋通
　釋》：「下二句當連讀，謂其非適株林從夏南也，言外見其
　實淫于夏姬。此詩人立言之妙。」

⑤駕──把馬套在車上、乘坐。

　我──代靈公。

　乘（ㄕㄥˋ）馬──古代一車四馬為乘。

⑥說（ㄕㄨㄟˋ）──通稅，停車休息。

⑦乘（ㄔㄥˊ）──坐、駕。

　乘駒──義同乘馬。駒，少壯駿馬。

⑧朝食──男女情事之隱語。

題旨簡述

　　此詩諷刺陳靈公與大夫夏御叔之妻夏姬私通。夏姬，鄭穆公之女，出嫁之後生子夏徵舒，即夏南。夏御叔死後，陳靈公和大夫孔寧、儀行父皆通於夏姬，車馬往來，肆無忌憚，甚至公開取笑、侮辱夏南。後來靈公被夏南射死，孔寧、儀行父逃往楚國。楚派兵入陳殺夏南，夏姬也飄泊外出，最後流落晉國。事載《左傳・宣公九年、十年》

　　《詩序》：「《株林》，刺靈公也。淫於夏姬，馳驅而往，朝夕不休息焉。」朱子《辨說》云：「陳風，獨此篇為有據。」

食字辨證

　　此篇共兩章，第二章以陳靈公口吻自供其醜行，以「朝食于林」句結束。株，即株林或株野，夏姬食邑之處，詩一字不言夏姬，但言「朝食」而已。那麼，此「朝食」指言何事？無須多說，自然指陳靈公淫夏姬事，亦即前「總論」所言男女情欲之事。

　　聞一多曾專為此詩作考云：「這詩的本事是靈公淫于夏姬，古今無異說。我以為『朝食』二字即指通淫。……屈原用『朝食』二字，意指通淫，（《楚辭・天問》篇，詳見「總論」）則《詩》中『朝食』的意義可以類推了。」這也就是結論。

　　歷代解此，多訓「朝食」如字，以為無須深究，完全昧於古義。如：

　　《鄭箋》：「君親乘君乘馬……以至株林，或稅舍焉，或朝食焉。又責之也。」《毛詩正義》：「何故乘我君之乘車，早朝而食于株林之邑乎？」《北京大學先秦文學史參考資料》：「朝食于株，到株邑去吃早飯。」《詩經今注》：「朝食，吃早飯。」皆失

之。

曹風・候人 ①

（全詩見「魚」字應用系列）

原　詩	譯　文
維鵜在梁，②	鵜鶘輕輕鳥梁飛，
不濡其咮。③	不撈魚兒不沾嘴。
彼其之子，④	那人不解人情意，
不遂其媾！⑤	不能合歡結婚配！
薈兮蔚兮，⑥	興雲靄靄聚益多，
南山朝隮。⑦	朝虹駕在南山坡。
婉兮孌兮，⑧	可愛嬌嬌一少女，
季女斯飢！⑨	滿懷相思正飢渴！

注　釋

①曹風——見「魚」字應用系列《曹風・候人》注①。

②鵜（ㄊㄧˊ）——鵜鶘，水鳥。

　梁——攔魚壩。

③濡（ㄖㄨˊ）——浸濕。

　咮（ㄓㄡˋ）——鳥嘴。

④彼其之子——他這個人，仍指候人。彼，其，同之。重疊性
　代詞。

⑤遂——順。

　媾（ㄍㄡˋ）——婚媾。男女結合曰媾。聞一多《風詩類鈔》：

「所候者終不來，故曰不遂其媾。」

⑥薈蔚（ㄏㄨㄟˋ ㄨㄟˋ）──《毛傳》：「薈蔚，雲興貌。」

⑦朝隮──朝虹。主雨之象。詳見「風」、「雨」字應用系列。

⑧婉孌（ㄨㄢˇ ㄌㄩㄢˇ）──美好貌。

⑨季女──少女，姊妹之最小者。

飢──情慾不能滿足之隱語。

題旨簡述

此詩詠一位少女，熱愛著一位武士，武士不解其情，使她飢渴不安。全詩四章，詳見魚字篇系列，此其第三、四兩章。

《詩序》云：「《候人》，刺近小人也。共公遠君子，而好近小人焉。」此皆附會之辭，與詩歌內容不合。詳見「魚」字應用系列此詩解題。

飢字辨證

此篇共三處隱語，彼此相關聯。一是第二、三章的隱魚字（不言魚而實言魚），以鵜鶘無意捕魚象徵求偶不利（詳見「魚」字應用系列）。二是第四章興句隱雨字（不言雨而實言雨）和章尾一句之言「飢」。雨者，男女交歡之象，所謂「南山朝隮」，亦即南山朝虹，而朝虹主雨。（見注⑦，亦詳見「風」「雨」字應用系列）那麼，用朝虹主雨而起興，則所興起的下文亦必屬男女之情事，這是必然之法則。所以此「季女斯飢」之飢，則實為季女之情欲，這是無可否認了，同餓飯全無關係。

聞一多這樣說：「目前我們要檢驗的是這個『飢』字。解詩者因為昧於古人語言中照樣也有成語，往往把一句詩照字面硬講去，因而鬧出笑話來，這裡的『季女斯飢』便是一例。說遇著荒

年,最遭殃的莫過於少女,因爲女弱於男,禁不起挨餓,而少女尤甚。天下有這樣奧妙的道理嗎?其稱男女大欲不遂爲『朝飢』,或稱爲『飢』,是古代的成語。」(《高唐神女傳說之分析》)這算把問題說清了。而歷代解此詩,大都折衷於《詩序》,解題既誤,而解詞自必與解題相一致,也就當然失誤。如:

《鄭箋》:「天無大雨,則歲不熟,而幼弱者飢。猶國之無政令,則下民病困。」《詩集傳》:「季女婉變自保,不妄從人,而反飢困,言賢者守道,而反貧賤也。」此皆以「季女斯飢」亦即季女挨餓比喻下民病困或賢者之貧賤。可謂爲傳統解法。

《詩經直解》:「四章。言候人之季女忍受飢餓。」《詩經今注》:「季女,少女,指被大官先霸佔後拋棄的貧家少女。從全篇詩意來看,這個少女似即候人的女兒。」《詩經選》:「這一章寫候人值勤到天明,看見南山朝雲,惦記小女兒在家沒有早飯吃。」此皆訓「季女斯飢」爲候人(或貧家)少女忍飢挨餓沒餓吃。這算是當代解法。也仍是昧於古俗。皆失之。

小雅・采薇①

原　詩	譯　文
(一)	(一)
采薇采薇,②	說采薇呀道采薇,
薇亦作止。③	地裡薇芽已出土。
曰歸曰歸,④	說歸去呀道歸去,
歲亦莫止。⑤	又是一年歲將暮。
靡室靡家,⑥	說有家呀實無家,

玁狁之故。⑦	都爲玁狁把仗打。
不遑啟處，⑧	晝夜匆匆無休息，
玁狁之故。	都爲玁狁把仗打。
(二)	(二)
采薇采薇，	說采薇呀道采薇，
薇亦柔止。⑨	春苗出土柔又嫩。
曰歸曰歸，	說歸去呀道歸去，
心亦憂止。⑩	想起家室愁又悶。
憂心烈烈，	憂心烈烈似火燒，
載飢載渴。⑪	飢渴害我苦難熬。
我戍未定，⑫	戰鬥奔波無定止，
靡使歸聘。⑬	有誰回家把信捎。
(三)	(三)
采薇采薇，	說采薇呀道采薇，
薇亦剛止。⑭	薇莖已堅葉子老。
曰歸曰歸，	說歸去呀道歸去，
歲亦陽止。⑮	轉眼十月又來到。
王事靡盬，⑯	戰事頻仍難得完，
不遑啟處。⑰	日日從公不得閒。
憂心孔疚，⑱	我心憂愁眞痛苦，
我行不來。⑲	此行離家難歸還。
(四)	(四)
彼爾維何？⑳	光采奪目那是啥？
維常之華。㉑	車帷飾花一朵朵。
彼路斯何？㉒	又高又大那是啥？
君子之車。㉓	領兵將官君子車。
戎車既駕，㉔	兵車出動勢赫赫，

四牡業業。㉕　　　　　四馬雄健又驕桀。

豈敢定居，㉖　　　　　豈敢安居有疏忽，

一月三捷。㉗　　　　　一月之中報三捷。

(五)　　　　　　　　(五)

駕彼四牡，㉘　　　　　四匹雄駿已駕起，

四牡騤騤。㉙　　　　　威武雄壯聲嘶嘶。

君子所依，㉚　　　　　君子乘在戰車上，

小人所腓。㉛　　　　　小卒隨車作掩蔽。

四牡翼翼，㉜　　　　　四匹雄駿多整齊，

象弭魚服。㉝　　　　　魚皮箭袋象牙弭。

豈不日戒，㉞　　　　　豈敢一日不警戒，

玁狁孔棘。㉟　　　　　玁狁出沒甚緊急。

(六)　　　　　　　　(六)

昔我往矣，㊱　　　　　回首昔日從軍時，

楊柳依依。㊲　　　　　楊柳依依惜別離，

今我來思，㊳　　　　　於今解甲歸來日，

雨雪霏霏。㊴　　　　　雨雪紛紛催歸急。

行道遲遲，㊵　　　　　道路悠悠長漫漫，

載渴載飢。　　　　　　遙望家室渴又飢，

我心傷悲，　　　　　　我心傷悲無處訴，

莫知我哀！　　　　　　四顧茫茫有誰知！

注　釋

①小雅——見「魚」字應用系列《小雅・小弁》注①。

②薇（ㄨㄟˊ）——豆科植物，又名巢菜，俗稱野豌豆，冬季生
　芽，春季成長，嫩苗可食。

③亦——同「已」。

作止──作,生出。止,語尾詞。

④曰歸──歸,回家。曰,發語詞。

⑤歲───一年為一歲。

　　莫──暮之本字。歲暮,一年末晚。

⑥靡室靡家──沒室沒家。長年在外服役,如同無家。靡,沒有。王安石《詩義鈎沈》:「《讀書記》:『靡室靡家』。王氏曰:『男本有室,而女有家。今男靡得以室為室,女不得以家為家。』」

⑦玁狁(ㄒㄧㄢˇ ㄩㄣˊ)──西周時北方的一個民族。春秋稱北狄;秦漢時稱匈奴。《毛傳》:「玁狁,北狄也。」《鄭箋》:「北狄,今匈奴也。」

⑧不遑──沒時間,顧不上。

　　啓居──啓,跪坐,古人習於跪坐。居,安坐。啓居,休息。

⑨柔──春天薇莖柔嫩。

⑩烈烈──憂思貌。指思念家室強烈。

⑪載──語助詞。

　　飢渴──男女情歌之隱語。

⑫戍(ㄕㄨˋ)──駐守、征伐。

　　未定──沒定止,沒有完了。

⑬靡使歸聘──沒有使者回鄉,伐我問候家室。靡,沒。使,使者。聘,問候、訪求。

⑭剛──堅硬。指薇菜長成後變老變硬。

⑮陽──農曆十月。《鄭箋》:「十月為陽」。十月間薇菜變老硬。

⑯王事──王室之事。此指戰爭。

⑰啓處──義同啓居。《鄭箋》:「處,猶居也。」

⑱孔疚（ㄐㄧㄡˋ）——很痛苦。很，孔。疚，病苦。

⑲來——返、歸。

⑳彼——那。

　　爾——通「薾」，華美、茂盛。《說文》引《詩》作「薾」。

　　維何——是什麼？維，語助詞。

㉑維常——「帷裳」之假借。帷裳，古代之車帷，亦作裳帷。或訓常爲常棣，指車帷之飾花乃是常棣之花。

　　華——古花字。

㉒路——車高大貌。《爾雅·釋詁》：「路，大也。」「彼路」與「彼爾」對舉，路、爾皆形容詞。

　　斯何——猶維何？斯，語助詞。

㉓君子之車——領兵將官之車。

㉔戎——兵車、戰車。

　　旣——已。

　　駕——驅車前進。

㉕四牡（ㄇㄨˇ）四匹駕車的雄馬。牡，雄獸。業業，高大、強壯。

㉖定居——安居。義同啓居。

㉗三捷——三次勝利。三，泛言多數。一說：捷，接之借字，三捷，即多次接戰。

㉘四牡——指四牡所拉的戰車。

㉙騤騤（ㄎㄨㄟˊ）——強壯、威武貌。《毛傳》：「騤騤，強也。」《說文》：「騤騤，馬行威儀也。」

㉚依——依乘。

㉛小人——兵卒。

　　腓（ㄈㄟˊ）——隱蔽。《毛傳》：「腓，辟（避）也。」《詩毛氏傳疏》：「小人謂徒兵。辟，辟於車下也。」古代車戰，

將帥在車上指揮，步卒隨車前進，並借車身以避矢石。

㉜翼翼——行列齊整貌。

㉝象弭（ㄇㄧˇ）——弓兩端縛絃部位稱弭。以象牙爲之者稱象弭。

魚服——服，借爲箙，即箭袋。用鯊魚皮製做者稱魚服。或謂箭袋呈魚狀，或袋上飾以魚麟者稱魚服。

㉞日戒——時時戒備。

㉟孔棘——十分緊急。孔，很。棘，通「亟」、「急」。

㊱昔——過去。

往——離家出征。

㊲依依——楊柳柔弱隨風不定貌。或訓：盛貌。《毛詩傳傳箋通釋》：「依依，猶殷殷，殷亦盛也。」

㊳來思——歸來，回家。思，語助詞。

㊴雨雪霏霏——雨雪交加紛紛然。霏，盛貌。

㊵遲遲——《毛傳》：「遲遲，長遠也。」思歸心切，雨雪紛紛，故覺行道之長遠。或訓遲遲爲遲緩，不甚切合詩意。

㊟ ㊟ ㊟ ㊟ 題旨簡述

此篇爲戍邊戰士思鄉回鄉之作。全詩六章，內容豐富，詠歌戰爭之艱苦、勝利，以及對遠離家室的強烈思念與不安。此篇之戰爭背景，至今無確證，大概在周宣王時，曾有過征伐玁狁的勝利，《小雅》中的《出車》《六月》等篇，都明言周宣王時大將南仲和尹吉甫平定玁狁的功勳，可估計皆爲同時期作品。

《詩序》云：「《采薇》，遣戍役命也。文王之時，西有昆夷之患，北有玁狁之難，以天子之命將率，遣戍役以守衛中國。故歌《采薇》以遣之……」按查歷史記載，文王無伐玁狁事，且詩文無遣戍內容，故不可信。

飢字辨證

此詩整篇題旨，爲戍邊士兵思鄉。全詩六言「歸」、二言「來」，來亦即「歸」，皆不出室家重聚、夫妻團圓之意。第二與第六兩章，同詠「載飢載渴」，按詩中言「飢食」規律，亦男女情思之隱語。

第二章，「曰歸曰歸，心亦憂止」。曰歸曰歸者，望夫妻之團聚也。爲此而憂，憂團聚之不易也。而緊接下一句（頂針格）：「憂心烈烈，載飢載渴」，則兩個「憂」字同義，且與「飢渴」同指。憂夫妻團圓之不易，指夫妻情思之難熬。「飢渴」仍作隱語。

第六章，共有兩處隱語：一處「雨雪霏霏」，一處仍「載飢載渴」。雨雪霏霏者，男女交歡之象。（例如《邶風・北風》：「北風其喈，雨雪其霏。惠而好我，攜手同歸。」詳見「風」「雨」字應用系列）下文緊接是：「行道遲遲，載渴載飢」，則「渴飢」與「雨雪」相暗合，仍夫妻團聚交歡之飢渴也。前篇《王風・君子于役》詠：「君子于役，苟無飢渴」，與此處言「飢渴」同。

歷代解此詩，皆解「飢渴」如字。

《鄭箋》：「則飢則渴，言其苦也。」（二章）「猶飢猶渴，言至苦也。」（六章）季本《詩說解頤》：「載飢載渴，謂奔走道塗而不得及時飲食也。」再看當代兩家，北京大學《先秦文學史參考資料》：「此言行軍途中，又飢又渴。」《詩經今注》：「像弨魚服是作者刻劃將帥們的闊綽，也是和自己的載飢載渴作對比。」按以上古今四家，說法互有不同，然解「飢渴」爲餓飯無二致，也曾未引起疑注。試特提供此篇，供方家共討論焉。

小雅・車舝①

原　詩	譯　文
(一)	(一)
間關車之舝兮，②	車輛輾轉響格格，
思變季女逝兮。③	爲娶淑女去迎接。
匪飢匪渴，④	不是爲飢與爲渴，
德音來括。⑤	娶來淑女有美德。
雖無好友，⑥	誰說沒有同心伴，
式燕且喜。⑦	今喜佳期享安樂。
(二)	(二)
依彼平林，⑧	平林密密好一片，
有集維鷮。⑨	羣雉飛來鳴且歡。
辰彼碩女，⑩	姑娘端淑身材好，
令德來教。⑪	修成令德來相伴。
式燕且譽，⑫	今喜佳期安且樂，
好爾無射。⑬	一心愛你永不厭。
(三)	(三)
雖無旨酒，⑭	誰說咱家無美酒，
式飲庶幾。⑮	且請開懷飲大杯。
雖無嘉殽，⑯	誰說咱家無佳肴，
式食庶幾。⑰	且請開懷嘗嘗味。
雖無德與女，⑱	誰說咱們不恩愛，
式歌且舞。	載歌載舞永相陪。

㈣　　　　　　　　　　　　㈣
陟彼高岡，⑲　　　　　　　登上高岡樹森森，
析其柞薪。⑳　　　　　　　我把快斧砍柴薪。
析其柞薪，　　　　　　　　我把快斧砍柴薪，
其葉湑兮。㉑　　　　　　　滿樹葉子綠蓁蓁。
鮮我覯爾，㉒　　　　　　　今日新婚實在好，
我心寫兮！㉓　　　　　　　不再愁思盡歡心！

㈤　　　　　　　　　　　　㈤
高山仰止，㉔　　　　　　　仰望高山高入雲，
景行行止。㉕　　　　　　　大路寬闊向前進。
四牡騑騑，㉖　　　　　　　四匹雄駿行不止，
六轡如琴。㉗　　　　　　　六股絲繮似弦琴。
覯爾新婚，㉘　　　　　　　今日與你新婚配，
以慰我心！　　　　　　　　相親相愛慰我心！

注　釋

①小雅──見「魚」字應用系列《小雅・小弁》注①。

②間關──輾轉進行貌。《毛傳》:「間關，設舝也。」一說:
間關，車舝之聲。《毛詩傳箋通釋》:「間關言貌而不言聲，
當從《毛傳》為是。」

舝（ㄒㄧㄚˊ）──同「轄」，古代車軸兩頭的金屬鍵，多以
青銅為之，插在軸之兩端，用以控制車轂，不歪不脫。

⑧思──發語詞。

孌──嬌美。

季女──少女。

逝──往、行。指迎娶。

④匪飢匪渴──不是為飢為渴。此隱語，指男女情慾。

⑤德音——美德。以此代稱季女。

括（ㄎㄨㄛ）——猶佸，會合，成婚。《毛傳》：「括，會也。」一說：括，約束。言以德音來相約束。

⑥雖——《廣雅·釋詁》：「雖，豈也。」

好友——即好逑。好，匹儔，妻子，見《關雎》注⑤。友，伴侶，亦指妻子，如《邶風·匏有苦葉》：「人涉卬否，卬須我友。」

⑦式——發語詞。

燕——安樂。

⑧依——草木茂盛。古依、殷同聲。殷，盛也。依即殷之假借。

平林——平原上的樹林。

⑨集——羣鳥落樹。

維——語詞。

鷮（ㄐㄧㄠ）——雉之一種，又稱鷮雉。「雉」在詩為婚娶之象，詳見「雉」字應用系列。

⑩辰——善良貌，指美德。

碩女——美女。碩，高大貌，古以高大為美。

⑪令德——美好的德行。令，善。句意指那位淑女與我互相切磋。

⑫且譽——且樂。譽，同豫，快樂。

⑬好爾無射——愛你無厭倦。好，愛。爾，你。射（ㄧ）通「斁」，厭棄。

⑭旨酒——美酒。旨，美味。

⑮庶幾——表希望之詞。在此可訓為：一些。

⑯嘉殽——美好菜肴。

⑰食——隱語，指男女情欲。

⑱與女──和你。與,相與或對於。女,汝。

⑲陟(ㄓˋ)──登、上。

　　岡──山陵。

⑳析──砍、劈開。

　　柞──柞櫟,橡之一種。古以析薪喻婚姻,詳見「薪」字應

　　用系列。

㉑湑(ㄒㄩˇ)──茂盛。

㉒鮮──善、好。在此指新婚美好。一說:鮮訓「斯」,指此

　　時。

　　覯(ㄍㄡˋ)──通「媾」,男女結合。

　　爾──你。

㉓寫──心情舒暢、喜悅。

㉔仰止──仰望。止,語尾助詞。

㉕景行(ㄏㄤˊ)──大道。景,大。行,道路。

㉖四牡──四匹駕車的雄馬。

　　騑騑──馬行不止貌。

㉗六轡(ㄆㄟˋ)──六條馬韁繩排列有如琴弦。

㉘昏──古「婚」字。

題旨簡述

　　此篇為燕爾新婚之詩,詠歌迎娶新娘過程中的喜悅。

　　《詩序》:「《車舝》,大夫刺幽王也。褒姒嫉妒,無道並進,

讒巧敗國,德澤不加于民。周人思得賢女以配君子,故作是詩

也。」此附會之辭,不可信。

　　《詩集傳》:「此燕樂新婚之詩」。《詩義會通》:「詩明言為

新婚作,其詞和雅,無嗟怨之意。」《詩說解頤》:「此君子得賢

妻而自慶之辭也,其體似風。」三家皆有可取,以《解頤》較勝。

飢字辨證

此詩共五章，詠歌新婚過程之喜悅。第一第三兩章，分別以飢、食爲隱語。

第一章，「匪飢匪渴，德音來括。」譯此兩句爲白話：不是爲飢與爲渴，娶來淑女有美德。以今日觀察讀之，頗覺不合邏輯。爲什麼下句言娶淑女而上句言飢言渴？風馬牛不相及。其實這最合邏輯，因爲此飢渴二字仍爲情欲之隱語，與前些篇言飢渴義同。

第三章，「雖無嘉殽，式食庶幾。」譯此兩句爲白話：誰說咱家無佳肴，且請開懷吃個飽。這從字面看，似乎順理成章，無可深求。其實這是雙關語，所謂「式飲式食」，恰與首字之「匪飢匪渴」相照應，實男女交歡之象，同前些篇：「彼留子國，將其來食！」（《王風・丘中有麻》）以及「中心好之，曷飲食之！」（《唐風・有杕之杜》）等等，可以互相爲證。

歷代解此詩，大都訓「飢、食」如字，昧於此中眞義，如：

《鄭箋》：「時讒巧敗國，下民離散，故大夫汲汲欲迎季女，行道雖飢不飢，雖渴不渴，覬得之而來，使我王更修德敎、合會離散之人。」（第一章）「諸大夫覬得賢女以配王，於是酒雖不多，猶用之燕飲，殽雖不美，猶食之。」（第三章）此皆承《詩序》作箋，訓「飢、食」爲害餓吃飯，爲後世定下基調。

《詩集傳》：「匪飢也，匪渴也，望其德音來括，而心如飢渴耳。」（第一章）「言我雖無旨德、嘉殽、美德以與女，女亦當飲食歌舞以相樂也。」（第三章）《詩說解頤》：「貫韡于軹以往迎者，非以飢渴之故而資其養也。特以德音之善而欲其來會耳。」此兩家解題因已有了不同，而解「飢食」如故，仍同《毛傳》、《鄭箋》。

　　再看當代諸公，《詩經今注》：「此二句作者自言我已不飢不渴，因已娶得有德的妻子。」《詩經直解》：「也不是飢、也不是渴，望有善言來相制約。」此皆緊依詩文譯釋，怕失去詩文原意，但仍不能說明爲何娶了妻子不飢渴。

「風」、「雨」字應用系列

一、總論

　　《詩經》篇章中言風雨，除用於其本義之外，更主要的是兼用為社會生活的象徵義，並且也構成一個這方面的風雨應用系列。此風雨兩者的象徵義是重疊交插的，又各有不同的層次與指向，意象比較複雜。

　　關於雨，早在漁獵時代的初民觀念中，就被認為是女性象徵，祭魚求雨是一項古老的生殖崇拜儀式。到農業社會時代以後，古人在逐漸地完善著自己的觀念，視雨為天地交感之象。曾子說：「天地之氣和則雨」，《周易・解卦・象傳》說：「天地解而雷雨作」，都是一個意思。古人把天地之道與人道相聯繫，例如《周易・歸妹・象傳》說：「歸妹，天地之大義也。天地不交，而萬物不興。歸妹，人之終始也。」這是說，男女結合與天地交感相互應。這種觀念式認識，經長期歷史積澱，就自然而然地，視雨為男女結合之象或男女婚姻的徵兆了。《周易・睽》卦中記有這一段爻辭：「睽孤。見豕負塗。載鬼一車：先張之弧，後說（脫）之弧。匪寇，婚媾。往，遇雨，則吉。」（《睽・上九》）這是說，古人搶婚或求婚，遇豕（豬）遇雨則吉。為何又遇豕則吉？豕與雨有何聯繫？根據聞一多考證，這「豕」就是奎星，奎星就是雨師，雨師主管下雨。所以說，遇豕遇雨則吉。（見《周

易義證類纂》）這種雨主婚姻或男女歡合的觀念，還可以倒過來
使用，男女歡合亦主雨。傳說商朝大旱，商湯禱雨於桑林，而桑
林就是祭高禖、會男女的地方。直到漢代，據《春秋繁露》記載，
凡求大雨之禮，都「令吏民夫婦皆偶處」。這雖屬愚昧之行為，
但看出在古人觀念中，把男女歡合與下雨是緊密聯在一起的。這
反映在《詩經》的篇章系列中，可說相當普遍，都可互以為證。然
而卻有個層次，暴雨超常，便具有破壞性，又於婚姻不利，這是
很微妙的。

關於風，情形也較複雜。從古人對風候的記載和表現的心理
特徵看，人們畏大風，喜祥風。例如《尚書》載：「周公居東二
年，天大風，禾盡偃，大木斯拔。王啓金縢之書，還周公，天乃
返風，禾盡起。」《國語》載：「海鳥爰居，止於魯東門之外，三
日。展禽曰：今其有災乎？是歲也，海多大風。」而《孝經‧援
神契》則云：（王者）德至八方，則祥風至。」《尚書大傳》亦
云：「舜將禪禹，八風修通。」又云：「久矣天無烈風迅雨，意
中國有聖人乎？」這都證當時民俗認為，大風象徵災難，而祥風
則象徵王者有德、人民安居樂業。至於聯繫到婚姻，《左傳‧襄
公二十五年》記有這一段故事：齊大夫崔杼欲娶寡婦棠姜。占：
「遇困（☲）之大過（☱）」。（困卦變成了大過卦，自下向上
數第三爻）陰爻變成了陽爻）陳文子說：「夫從風，風隕妻，不
可取也。」這意思是說，困卦原是夫妻結合之象（上卦為兌，兌
為少女，是妻；下卦為坎，坎為中男，是夫。）而坎卦變為巽
卦，巽者風也，即夫要從風，而妻在風上，風是吹落萬物的，婚
姻不利。當然，這是指大風。從這一個故事，可看出風在古人觀
念中的神祕地位。

總之，從《詩經》言風言雨情形看，有時單言風言雨，有時風
雨連言。有時不言雨而言暴（瀑、急雨）、雪、霾、虹、雷等

等，但總離不開雨義。其所象徵的婚情（包括相思、求愛、歡合、離異等等）也有時朦朧、模糊，不太容分辨。大體言之，可以說一般言風、雨，可象徵男女之相思或歡合，大風、急雨，則暗示愛情波折。至於陰、霾、雷、虹等等，也總以用法的不同與詩文之具體情節相聯繫。而單言大風、飄風，就預示離別、離異或轉喻某種災難或象徵某種權威（如王者、權臣）了。

查《詩經》言風雨詩約共二十三篇，其言雨包括言暴、霾、雷、虹、隮、蝀及風雨連言者十五篇，其單言風者八篇。茲按風、雅、頌順序，逐篇論釋如下。

二、篇目

召南・殷其雷　　　　　曹風・候人

邶風・綠衣　　　　　　豳風・東山

邶風・終風　　　　　　小雅・采薇

邶風・凱風　　　　　　小雅・出車

邶風・谷風　　　　　　小雅・何人斯

邶風・北風　　　　　　小雅・蓼莪

鄘風・蝃蝀　　　　　　小雅・四月

衛風・伯兮　　　　　　小雅・谷風

鄭風・蘀兮　　　　　　小雅・漸漸之石

鄭風・風雨　　　　　　大雅・卷阿

齊風・敝笱　　　　　　大雅・桑柔

檜風・匪風

召南・殷其雷①

原　詩	譯　文
(一)	(一)
殷其雷，②	殷殷雷聲響南天，
在南山之陽。③	響在南山山之前。
何斯違斯？④	爲何遠離家室去，
莫敢或遑。⑤	公務繁忙不敢閒。
振振君子，⑥	君子忠誠又老實，
歸哉歸哉！⑦	快快回家樂團圓！
(二)	(二)
殷其雷，	殷殷雷聲南天響，
在南山之側。	響在南山山之旁。
何斯違斯？	爲何遠離家室去？
莫敢遑息。⑧	公務纏身只是忙。
振振君子，	君子忠誠又老實，
歸哉歸哉！	快快回家樂安康！
(三)	(三)
殷其雷，	殷殷雷聲南天響，
在南山之下。	響落南山山下方。
何斯違斯？	爲何遠離家鄉去？
莫敢遑處。⑨	公務纏身忙又忙。
振振君子，	君子忠誠又老實，
歸哉歸哉！	快快回家聚一堂！

注　釋

①召南──見「魚」字應用系列《召南‧何彼穠矣》注①。

②殷──雷聲。

　其──語助詞。

③山之陽──山的南面。

④何斯違斯？──為何此人離開了此地？前一個斯代人，後一個斯代地。違，《說文》：「離也」。

⑤莫敢或遑──不敢稍有閒暇。莫，不。遑，閒暇、懈怠之意。

⑥振振──忠誠老實貌。《毛傳》：「信厚也」。

⑦歸哉──回家吧。

⑧遑息──閒暇、休息。

⑨遑處──閒暇、居息。

此篇為思夫之辭，夫丈遠役未歸，心中思念不已。

《詩序》云：「《殷其雷》，勸以義也。召南之大夫，遠行從政，不遑寧處，其室家能閔其勤勞，勸以義也。」按此謂大夫遠役，不為誤。而閔勤勸義云云，皆係多餘之辭。故而《詩集傳》云：「婦人以其君子從役于外而思念之，故作此詩。」後世多從此說。

㊁㊛㊙㊚

此詩三章疊詠，皆以「殷其雷」起興，以興起下文婦人對丈夫的思念。初讀之，此「南山其雷」云云，同婦人思婿之事不覺有何聯繫，然而雷、雨相聯繫。雷者，欲雨之先聲；雨者，則男

女歡合之象。聞雷思雨，思雨亦即思人。雷聲作為雨兆，仍然落在人事上。前「總論」引《暌》卦云，求婚遇雨則吉。這裡非求婚，卻不出婚姻生活範疇，思離別、求合歡也。言雨以喻思義，本已隱藏其義，此言雷而不言雨，中間隔一層，正如聞一多說，更「是積極的增加興趣」了。而歷代解此詩，都在雷聲上著意，只好臆測而已。如：

　《鄭箋》：「雷以喻號令。於南山之陽，又喻其在外也。召南大夫以王命施號令於四方，猶雷殷殷然發聲於山之陽。」此承《詩序》之意，以雷聲喻召南大夫遠行從政施號令，顯係臆測之辭，不可信。家室既怨其遠役，亦且盼其速歸，哪還顧得上這些！

　《詩說解頤》：「婦人聞雷聲隱然初發，謂其能動物也，故以起興而言君子遠行從役，不敢或遑，其心亦必聞雷而振動思歸矣。」《毛詩傳箋通釋》：「蓋以雷聲之近而可聞，興君子之遠而難見。」聞一多《風詩類鈔》：「婦人孤居，聞雷驚怖，望其夫速回有以慰己也。」此亦皆從雷聲作文章，說法各異，但皆不能說明雷聲與懷人之間的必然聯繫。

邶風 · 綠衣①

原　　詩	譯　　文
(一)	(一)
綠兮衣兮，②	一見綠衣心悽悽，
綠衣黃裏，③	綠衣黃裏都穿起。
心之憂矣，	我心憂愁說不盡，

曷維其巳！④　　　　　不知何時得平息！

㈡　　　　　　　　㈡

綠兮衣兮，　　　　　一見綠衣心悽悽，
綠衣黃裳。⑤　　　　綠衣黃裳都穿起，
心之憂矣，　　　　　我心憂愁說不盡，
曷維其亡！⑥　　　　何時忘卻得平息！

㈢　　　　　　　　㈢

綠兮絲兮，　　　　　一見綠絲心悽悽，
女所治兮。⑦　　　　絲絲皆你親手治。
我思古人，⑧　　　　我思故人眞賢德，
俾無訧兮！⑨　　　　助我作人無過失！

㈣　　　　　　　　㈣

絺兮綌兮，⑩　　　　粗葛細葛身上衣，
淒其以風。⑪　　　　風兒吹來意淒淒。
我思古人，　　　　　我思故人眞賢德，
實獲我心！⑫　　　　一言一行皆合意！

注　釋

①邶風——見「魚」字應用篇系列《邶風·谷風》注①。

②綠兮衣兮——綠衣啊！《詩毛氏傳疏》：「綠兮衣兮，言綟衣兮也。……上兮字爲語助。」

③綠衣黃裡——綠外衣，黃裡衣。黃裡衣亦即下衣。聞一多《詩經通義》：「此裡爲在裡之衣，即裳，非袷衣之裡也。此章衣與裡爲二，猶下章衣與裳爲二。衣在表，裳在裡，衣短裳長，短不能掩長，故自外視之，衣在上，裳在下，此章曰『綠衣黃裡』以內外言之，下章曰『綠衣黃裳』以上下言之，裡之與裳，寧有二事哉？」按《鄭箋》釋「裡」爲夾衣之裡，

誤。

④曷維其巳——何時才得平息。曷，同何。維，句中語氣詞。
已，停止。

⑤裳——下衣。《鄭箋》：「裳，男子之下服。」

⑥亡——通「忘」。

⑦女——汝。

治——治理。《詩集傳》：「治，謂理而織之也。」

⑧古人——故人。古，通故。在此指妻子。古詩「新人雖言
好，未若故人姝。」故人指妻子。

⑨俾——使、令。

訧（一ㄡˊ）——過失。

俾無訧兮，《鄭箋》：「使人無過差之行，心美之也。」

⑩絺（ㄔ）——細葛布。

綌（ㄒㄧˋ）——粗葛布。

⑪淒——寒涼。另，興雲亦曰淒。《說文》：「淒，雨雲起
也。」此整句亦可解為風而欲雨之貌。詩以風雨喻相思。

⑫獲——得。

題旨簡述

此篇為思念妻室之詩。生離亦或死別，不得而知。聞一多
《風詩類鈔》云：「綠衣，感舊也。婦人無過被出，非其夫所願。
他日夫因衣婦舊所製衣，感而思之，遂作此詩。」按聞氏解此為
「感舊」詩，甚覺合情合理，然其感舊之原因很多，只云：「無
過被出」，卻也猜測而已。

《詩序》云：「《綠衣》，衛莊姜傷已也。妾上僭，夫人失位，
而作是詩也。」此謂衛莊姜原為衛莊公夫人，因莊公惑於嬖妾，
夫人失位，因而作詩。然歷史只記有「莊姜美而無子」一事，無

莊姜失位之說。而《毛傳》《鄭箋》承《序》意，皆以綠色主賤而為衣、黃色主貴而為裡，以比貴賤失位，實穿鑿附會不可信。

　　全詩四章，分別以衣、裡、絲、綌等婦人所製物品以興起對婦人之思念。而其第四章獨增「淒其以風」一句，則此「淒其以風」應當作何解釋？其同下一句「我思古（故）人」又是什麼關係？不少論者以綌綌為衣穿著涼爽有風作解釋，但不能說明為何涼爽有風就必「我思古人」。如果不涼爽，就會忘記古（故）人嗎？可見這「涼爽」云云，不能說明問題。而且，這「綌兮綌兮，淒其以風」兩句，本是各自為意的，不能合二為一，硬說綌綌可以生風。意者，前「總論」中明言詩以風雨喻相思、喻歡合，有時單言風言雨，有時風雨連言，而此章，就是單獨言風的。俗云風為雨伴，風雨本就相連，而且此中一個淒字，按照《說文》正解，也就是雲雨欲起之貌，這就不但言風，而且暗含有雨了。古人作詩，自有古人之觀念與心態，我們今天可以不理解，然而這是事實。《鄭風・風雨》云：「風雨淒淒，雞鳴喈喈。既見君子，胡云不夷！」這是以風雨淒淒之象，以興男女之歡合，理解這一篇，兩篇也都理解了。

　　歷代解此詩，有的則穿鑿附會，有的則按字解字，都不能說明問題。如：

　　《鄭箋》：「綌綌可以當暑，今以待寒，喻其失所也。」「古之聖人制禮者，使夫婦有道，妻妾貴賤各有次序。」《詩集傳》：「綌綌而遇寒風，猶己之過時而見棄也。」此皆承《詩序》之意，以綌綌之擋寒比夫人失位，全屬穿鑿附會。

　　再看《詩經今注》：「此寫作者身穿葛布衣裳，面對涼風。」「她在世時，我覺得寒，她就給我加衣了。」《詩經選》：「淒，

涼意。這兩句是說絺綌之衣使人穿著感到涼爽。」按兩家觀點不同，一說涼風寒人，一說穿著涼爽，但均以當今心理解詩，不能說明問題。

邶風・終風①

原　詩	譯　文
(一)	(一)
終風且暴，②	旣是刮風又急雨，
顧我則笑。③	滿臉鬼笑朝我覷。
謔浪笑敖，④	嬉語狂態多放肆，
中心是悼！⑤	使我心中很著苦！
(二)	(二)
終風且霾，⑥	下雨刮風夾著土，
惠然肯來。⑦	希其惠然來與語。
莫往莫來，⑧	如今竟然不來往。
悠悠我思！⑨	綿綿悠思心中苦！
(三)	(三)
終風且曀，⑩	風吹陰雲黑糊糊，
不日有曀。⑪	陰來陰去無好雨。
寤言不寐，⑫	輾轉反覆難成寐，
願言則嚏！⑬	思來噴嚏打不住！
(四)	(四)
曀曀其陰，	陰雲滿天黑糊糊，
虺虺其雷。	雷聲轟轟不見雨。

寤言不寐，⑭　　　　　輾轉反覆難成寐，

願言則懷！⑮　　　　　想來想去不盡苦！

注　釋

①邶風——見「魚」字應用系列《邶風・谷風》注①。

②終——王引之《經義述聞》：「終，猶既也。」

　暴（瀑）——急雨，《說文》引作瀑，并訓：「疾雨也。」

③顧——看。

　笑——戲弄，嬉皮笑臉。

④謔（ㄋㄩㄝ）——以言相戲。

　浪——風騷，放肆。

　敖——傲之借。

⑤悼——悲傷。

⑥霾（ㄇㄞ）——《說文》：「風雨土也」。

⑦惠然——和順地。惠，順也。

⑧莫——不。

⑨悠悠——《集傳》：「思之長也」。

⑩曀（一）——陰暗。

⑪不日——不時的。《詩集傳》：「言既曀矣，不旋日而又曀
　也。」一說：不日，即沒有太陽。

　有——又。

⑫寤——醒著。

　言——同「焉」，助詞。

　寐——睡著。

⑬願言則嚏——思想起來就打噴嚏。《鄭箋》：「今俗人嚏，云
　人道我，此古人之遺語也。」願，思也。言，助詞。

　一說：嚏，借爲懥（ㄓ），怒也。

⑭虺虺（ㄏㄨㄟ）──雷聲。

⑮懷──感傷。《毛傳》：「懷，傷也。」

題旨簡述

此詩詠大夫放蕩不羈，戲謔無禮，妻子（或情人）十分痛苦，可心情又極矛盾，割不斷對他的相思，一邊怨他，一邊又捨不開。

《詩序》：「《終風》，莊姜傷己也。遭州吁之暴，見侮慢而不能正也。」這是說衛莊公有一個兒子叫州吁，莊公死後夫人受到州吁的侮慢也沒法改正他。此說殊無根據，不可信。《詩集傳》稍易其辭云：「蓋莊公暴慢無常，而莊姜正靜自守，所以忤其意而不見答也。」此亦附會之辭，仍不可信。

風雨辨證

此詩共四章，分別以風、暴（瀑）、霾、曀、陰、雷起興，以引起下文的婚情。前「總論」中明言，風雨喻相思以及男女之歡合，此篇三言風而未言雨。其實，暴（瀑）者急雨也；霾者雨而雜塵也；曀、陰、雷等亦雨象，全篇四章總未離開風雨。然而各章之運用有不同：如首章之言風言瀑，風而急雨，次章之言風言霾，雨而雜土，雖皆為風雨之事，然而卻不正常，所以下文詠婚情，便詠嘆丈夫之謔浪了。第三、四兩章，雖皆言曀言雷，然皆晦闇而不雨，所以下文詠妻子，便只見煩悶而相思了。總之，其間情景朦朧而微妙，不易言傳。風雨本以喻合歡，而夾言瀑霾陰雷之後，便復曲折變化，存乎一心，只憑讀者神會了。

歷代解此詩，眾說紛紜。但多附會、臆測，講不出其中眞義。如：

《鄭箋》：「既終日風矣，而又暴疾。興者，喻州吁之不為

善，如終風之不休止。」此承《詩序》意以終風且暴比州吁之不善。《詩集傳》：「莊公為人狂蕩暴疾，莊姜蓋不忍斥言之，故但以終風且暴為比。」此稍改《箋》意以終風且暴比莊公之狂蕩暴疾。

《詩說解頤》：「終風暴疾，以比夫之狂暴也。」此不用《詩序》，以終風暴疾比一個無禮的丈夫。《詩經今注》：「詩以天陰、刮風、下雨、打雷比喻男子的欺侮行動。」此全不用舊說，以陰雨風雷比喻一個「強暴男子的調戲欺侮」行為。

按四家解題各異，而以風雨陰雷比丈夫的狂暴行為無二致。但是，這種解法只屬於一般的常識性猜測，無法通解《詩經》的全部「風」「雨」字應用系列。

邶風・凱風①
（全詩見「薪」字應用系列）

原　詩	譯　文
凱風自南，②	大風南來呼呼叫，
吹彼棘心。③	吹動棘薪嫩枝梢。
棘心夭夭，④	棘薪搖搖又屈曲，
母氏劬勞！⑤	我們母氏最辛勞！
凱風自南，	大風南來呼呼叫，
吹彼棘薪。⑥	吹亂棘薪細枝條。
母氏聖善，⑦	母氏聖明最良善，
我無令人！⑧	我們兄弟都不好！

注　釋

　　①邶風——見「魚」字應用系列《邶風‧谷風》注①。

　　②凱風——大風、疾風。《廣雅‧釋詁》:「凱,大也。凱風
　　　者,大風也。」《玉篇》:「皆風,疾風也。」舊解凱風爲和
　　　風、養風之風,不合《詩經》之實際。

　　③棘心——即棘薪。棘薪、柞薪、析薪、束薪等等,在詩統以
　　　喻婚姻,詳見「薪」字應用系列。

　　④夭夭——屈曲貌。意謂棘薪受大風吹摧而傾曲。

　　⑤劬(ㄑㄩ)——辛勞。

　　⑥棘薪——棘之成長可以爲薪者。

　　⑦聖善——明聖、善良。

　　⑧我無令人——我們七子中無善德之人。令,善。

　　此篇爲詠家事詩,父母有所不合,母方處境不利,家室要出
變故,甚至已發生離異。兒女們同情母方,自責莫慰母心。全詩
四章,詳見「薪」字應用系列,此其第一、二章,主詠母氏劬
勞、母氏聖善,子女們愛莫能助。可以猜想,母方是受到了父方
的不公正待遇。

　　《詩序》:「《凱風》,美孝子也,衞之淫風流行,雖有七子之
母,猶不能安其室。故美七子能盡其孝道,以慰其母心,而成其
志耳。」此出於詩敎之附會,詩中旣無淫詞,言外亦無淫意,全
不可信。

（風）（字）（辨）（證）

　　此篇兩章以凱風吹彼棘薪起興,以興起七子對母氏的敬愛與

同情。同情的原因，是母方受到了虐待，家室遭到破壞。先說何謂棘薪？棘薪與柞薪、栗薪等同義，在詩中皆以喻婚娶、喻家室，詳見「薪」字應用系列。再說何謂「凱風」？《廣雅·釋詁》云：「凱風者，大風也。」《玉篇》：「颽，疾風也。」可證：凱，應是颽字之借。前「總論」中明言，大風不利婚姻，今大風吹彼棘薪，自當為家室不安之象，與前「總論」所引《左·襄廿五年》陳文子所云「風隕妻」相暗合。此詩把風、薪合用，可算是一個雙層的結合用法。歷代解此。說法很多，紛紛紜紜，卻大多出於猜測，未明其中真義。如：

《毛傳》：「南風謂之凱風，樂夏之長養。棘，難長養者。」《鄭箋》：「興者，以凱風喻寬仁之母，棘猶七子也。」此漢儒經典性解釋，與《詩序》之「美孝子也」相配合，歷唐宋明清至今，大都沿承此說。例如《詩經直解》：「凱風，夏日長養萬物之風。詩人當是夏日見到鄉村風物，即興而作。感物造瑞之謂也。」此說較漢儒靈變，但不出漢儒窠臼。

聞一多此詩：「棘受風吹而傾曲，喻母受父之虐待。」（《詩經通義》）又云：「薪謂母，風謂父。風薪對舉，亦以喻夫妻也。」此說於四十年前爭鳴於當時論壇，十分引起注意，啟示後學多矣。但又覺稍嫌貼實，不易與其他篇章圓通。所謂「風薪對舉」，如只以此篇為例，似乎可以說通，但另如《唐風》之「綢繆束薪」（《綢繆》）、《小雅》之「析其柞薪」（《車舝》）等等，也類推為「繩薪對舉」（繩以束薪）、「斧薪對舉」（斧以析薪）並以「喻夫妻」，便覺不可理解，難為通論了。所以，還是說以薪字喻婚姻、大風不利婚姻較符合古俗之實際，也才可以通解《詩經》的「風」字應用系列。

邶風‧谷風①

原　詩	譯　文
習習谷風，②	大風呼呼吹得緊，
以陰以雨。③	陰而又雨水滲滲。
黽勉同心。④	同心共勉生活好，
不宜有怒。	不宜有怒宜親人。
采葑采菲，⑤	采下蔓菁和蘿蔔，
無以下體。⑥	不能要葉不要根。
德音莫違，⑦	當初德音莫相忘，
及爾同死。⑧	白頭偕老不離分。
行道遲遲，⑨	走出家門步遲遲，
中心有違。⑩	心中不願就分離。
不遠伊邇，⑪	不求遠送你近送，
薄送我畿。⑫	送到門坎卻停　。
誰謂荼苦，⑬	誰說苦荼滋味苦，
其甘如薺。⑭	我今吃來甘如薺。
宴爾新婚，⑮	看你新婚多快樂，
如兄如弟！⑯	親親熱熱如兄弟！

注　釋

①邶風——見「魚」字應用系列《邶風‧谷風》注①。
②習習——大風聲。

　谷風——聞一多《詩經通義》:「嚴粲引錢氏曰:『谷風,谷中之風也。』按錢說是也。」「谷風即大風,殆不可易……且習習亦本大風之聲。」

③以——連詞。可作「又」字解。

④黽勉——盡力。

⑤葑(ㄈㄥ)——蕪菁或名蔓菁。

　菲(ㄈㄟˇ)——蘿蔔。

⑥以——用。無以,不用。

　下體——菲葑的根部。無以下體,意指采蘿蔔、蔓菁不要它的根部,放棄最有價值的部份。意指女子的品德。

⑦德音——善言。指當初恩愛結婚時說得那些好話。亦兼指品德。

　違——背棄。

⑧及爾——與你。

　同死——白頭偕老。

⑨遲遲——慢吞吞地。

⑩有違——不情願,一邊走,又不願走,心情矛盾。

⑪伊——語助詞。

　邇——近。

⑫薄——語助詞。亦包含勉強、急迫之意。

　畿——門限。

⑬荼——苦菜。

⑭薺——甘菜。

⑮宴——安樂。

　爾——你們。

　新婚——指丈夫另娶新人。

⑯如兄如弟——指丈夫新婚後,夫妻間親密如手足兄弟。

題旨簡述

此篇爲棄婦詩，詠敍丈夫的無情和自己的癡情。全詩六章，此其第一、二章。第一章，委婉吐訴溫情，希望免於棄逐；第二章，痛訴被逐之後面對丈夫新婚，自己無限痛苦。

《詩序》云：「《谷風》，刺夫婦失道也。衞人化其上，淫於新婚而棄其舊室，夫婦離絕，國俗傷敗焉。」按此言夫婦失道、丈夫喜新厭舊，不爲誤，但所謂「衞人化其上」「國俗傷敗」等，則屬詩教之泛辭，無可取。

風雨辨證

此篇第一章，以大風兼陰雨起興，以引起下文的婚情。前「總論」中明言，雨主男女歡合，而陰天則爲雨象，這都屬於吉兆。然大風不利婚姻。那麼，此組風、陰、雨興句，便自然地暗示了這家婚變的曲折性。此位女主人公，雖然已經結婚，可並歡合之幸福，儘管作了些努力，並且懷抱著希望，可是終於無濟，被丈夫逐棄了。上篇《終風》云：「終風且暴，顧我則笑」又云「曀曀其陰，願言則懷」，雖愛情夾著痛苦，總還抱著希望，而此篇卻是「不遠伊邇，薄送我畿」，以走出家門爲結束。同樣寫風寫雨，而機制微妙不同，可又同屬於一種類型。

歷代解此詩，都在著意探索，觀點也在進步著，卻終無圓滿之解釋。請看以下幾家，如：《鄭箋》：「習習，和舒貌。東風謂之谷風，陰陽和而谷風至。夫婦和則家室成，家室成而繼嗣生。」《詩集傳》：「習習，和舒也。東風謂之谷風。」此兩家皆解風而不解雨，且釋谷風爲和風、東風顯然與詩義不合，也不能解釋詩內容的複雜性。

《詩經通論》引《詩緝》：「谷風，嚴氏曰：來自大谷之風，大

風也，《桑柔》詩：『大風有隧』、『有空大谷』，盛怒之風也。又習習然連續不絕，所謂『終風』也。又陰又雨，無晴明開霽之意，所謂『曀曀其陰』也。皆喻其夫之暴怒無休息也。舊說谷風為生長之風，以『谷』為『穀』，固已不妥。又『習習』為和調；《小雅・谷風》二章言『維風及頹』，『頹』，暴風也，非和調也。三章言草木萎死，非生長也。其說不可通矣。愚按，首二句正喚下『怒字』，嚴說是。」按姚氏證谷風為大風，並引出舊說在另外諸篇中的矛盾，均甚有理可取。然其視大風與雨為一義，並以風雨「喻其夫之暴怒無休息」則不妥。因為《詩經》篇章之實際，是一般言風雨隱喻男女歡合，而大風則以喻離異、喻不安耳。

當代《詩經選》：「谷風，來自谿谷的風，即大風。『以陰以雨』，等於說為陰為雨。風雨比喻丈夫暴怒。」《詩經今注》：「習習，大風聲。谷風，山谷中的風。」「此二句以下颶風下雨比喻她丈夫發怒，造成家室的變故。」此亦皆姚氏觀點，未出前賢窠臼。

邶風・北風①

原　詩	譯　文
(一)	(一)
北風其涼，	北風吹啊天氣涼，
雨雪其雱。②	雨雪交會紛揚揚。
惠而好我，③	君子一心惠愛我，
攜手同行。④	兩人攜手配成雙。
其虛其邪，⑤	叫聲車兒慢點走。

既亟只且！⑥	莫要走得太急慌！
(二)	(二)
北風其喈，⑦	天氣涼啊北風吹，
雨雪其霏。⑧	雨雪交會正霏霏。
惠而好我，	君子一心惠愛我，
攜手同歸。⑨	兩人攜手一同歸。
其虛其邪，	叫聲車兒慢點走，
既亟只且！	莫將馬兒催又催！
(三)	(三)
莫赤匪狐，⑩	不是赤紅不是狐，
莫黑匪烏。⑪	不是烏黑不是烏。
惠而好我，	君子一心惠愛我，
攜手同車。⑫	二人攜手同登車。
其虛其邪，	叫聲車兒慢點走，
既亟只且！	莫要走得太急促！

注　釋

①邶風——見「魚」字應用系列《邶風‧谷風》注①。

②雨雪——下雪，雨作動詞。或云：雨雪並作、交加、亦通。
《詩經》言「雨雪」，多以喻婚娶與歡合，意象與「風雨」
同，另外亦可喻豐收。舊解「風雨」、「雨雪」喻酷政、喻
災難，實誤。

霏（ㄆㄟ）——雪盛貌。

③惠——《毛傳》：「惠，愛。」

好——結配、匹儔。取聞一多說。

④行——出嫁。《邶風‧泉水》：「女子有行，遠父母兄弟。」
《毛詩傳箋通釋》：「女子有行，即謂女子嫁耳。」

⑤其虛其邪——慢一點！慢一點！其，句中語氣詞，表擬議或
　委婉語氣。虛，舒之借字。邪，徐之借字。舒、徐，從容緩
　慢之意。

⑥旣亟只且——已經太快了。旣，已。亟，急、快。只、且，
　語尾助詞。

⑦喈（ㄐㄧㄝ）——借爲湝，寒也，亦涼意。一說：風疾貌。

⑧霏——雨雪盛大貌。

⑨歸——於歸。女子出嫁。聞一多《詩經通義》：「此新婦贈婿
　之辭也。」

⑩莫赤匪狐——不是紅的不是狐。匪，非。狐爲婚娶之象，赤
　其本色。詳見「狐」字應用系列。

⑪莫黑匪烏——不是黑的不是烏。按烏亦瑞應之象，同狐字作
　對文。

⑫同車（ㄐㄩ）——義如同行、同歸。聞一多《風詩類鈔》：
　「車即親迎之車」。

題旨簡述

　　此篇爲女子出嫁之詩，男方駕車來迎，她高興地唱出這支
歌。

　　聞一多《風詩類鈔》解此詩：「女子謂嫁曰行，一曰歸。車即
親還之車。古詩「良人惟故歡，枉駕惠前綏。願得常巧笑，攜手
同車歸。」蓋本此。」按此解提出於四十多年之前，甚爲卓見，
惜乎長期未引起學術界重視。

　　《詩序》解此詩：「《北風》，刺虐也。衛國並爲威虐，百姓不
親，莫不相攜持而去焉。」《詩集傳》亦承此說云：「彼其禍亂之
迫己甚，而去不可不速矣。」歷後世明清直至當今論壇，亦大體
仍用此意，但不符詩文實際，無可取。

風雨辨證

　　此篇前兩章疊詠，共同以北風雨雪起興，以引起下文婚情。前「總論」中明言，詩以風雨喻婚姻，此詩言「北風」、言「雨雪」，正爲婚娶之象。所以下文詠：「惠而好我，攜手同歸。」上下文意一致。《詩經》言風雨、言雨雪，其義大體一致。例如《鄭風，風雨》詠：「風雨淒淒……旣見君子」，是爲夫妻（或情人）歡聚之象；而此篇詠「雨雪其雱……攜手同行」，則是男女婚娶之象。亦萬變不離其宗耳。

　　歷代解此詩，直至當今，大都以風雨喻暴政，爲《詩序》作注腳，皆誤。如《鄭箋》：「寒涼之風，病害萬物。興者，喻君政敎酷暴，使民離散。」《詩集傳》：「言北風雨雪，以比國家危亂將至，而氣象愁慘也。故欲與其相好之人去而避之。且曰是尚可以寬徐乎？彼其禍亂之迫已甚，而去不可不速矣。」按兩家大體一致，稍有不同，亦不出《詩序》總旨。

　　《詩義會通》：「《序》云：『北風，刺虐也。衛國並爲威虐，百姓不親，莫不相攜持而去焉。』此最得詩旨。」《詩經選》：「這是『刺虐』的詩。衛國行威虐之政，詩人號召他的朋友相攜而去。」兩家仍未出前賢舊規。

鄘風・蝃蝀①

原　詩	譯　文
(一)	(一)
蝃蝀在東，②	晚虹出在東天際，

莫之敢指。③	且莫擡頭用手指。
女子有行，④	女兒如今要出嫁，
遠父母兄弟！⑤	遠離爹媽與兄弟！
(二)	(二)
朝隮於西，⑥	朝虹出在西天上，
崇朝其雨？⑦	今晨可要把雨降？
女子有行，	女兒如今要出嫁，
遠兄弟父母！	遠離兄弟與爹娘！
(三)	(三)
乃如之人也，⑧	看你這個人兒啊！
懷昏姻也！⑨	一心要想出嫁啊！
大無信也，⑩	不守媒妁之言啊！
不知命也！⑪	不聽父母之命啊！

注　釋

①鄘風——鄘國民歌。鄘，周王朝諸侯國之一。西周初期，周
武王封其弟管叔於鄘。其故城，即今河南省汲縣東北部之鄘
城，後來併於衛國。故鄘風與衛風在春秋時便已混稱不分。
《左傳·襄公二十九年》載：「吳公子季札來聘，請觀於周
樂……使工……爲之歌《邶》、《鄘》、《衛》。曰：『是其衛風
乎。』」此爲明證。三國風基本都是東周詩。《鄘風》共存詩
十首。

②蝃蝀（ㄉㄧˋ ㄉㄨㄥ）——虹。傍晚時出現在東方，爲晴雨之
象。

③莫之敢指——古人疑蝃蝀爲主宰下雨的怪物，敬畏而不敢觸
犯，用手一指，它就不下雨了。其實蝃蝀主晴，古人不知，
所以畏之。

④有行──出嫁。古時俗用語。

⑤遠──離開。

⑥朝隮──朝虹。朝，早晨。隮，虹。朝虹主雨，出在西天，
又曰西虹。

⑦崇朝──終朝，整個早晨的時間。崇，終了。

其──句中語氣詞，表揣測、擬議語氣。

⑧乃如──可是。王引之《經傳釋詞》：「乃如，亦轉語詞
也。」

之人也──這人啊。此後四句，皆女子自嘲之辭。

⑨懷──想、希望。

⑩大──太。

無信──聞一多《風詩類鈔》：「不守媒妁之言」。

⑪不知命──不聽父母之命。聞一多《風詩類鈔》：「命，父母
之命。」

題旨簡述

　　此女子自主婚姻，不顧父母之命，並自我解嘲之詩。從詩文
內容看，這位女子，是經過父母之命，媒妁之言定過婚姻的，但
她不中意，並且幽默而勇敢地，置世俗責難於不顧，情願離家遠
行，去嫁給自己的意中人。

　　《詩序》：「《蝃蝀》，止奔也。衛文公能以道化其民，淫奔之
恥，國人不齒也。」按此從詩教立言，指自主婚姻爲奔。至於衛
文公之事，則與此詩無涉，附會而已。然此說影響深遠，歷代學
界多宗之，例如《詩集傳》亦云：「此刺奔女之詩」。其實，這
「奔」字正表現出反抗世俗的巨大勇氣。

雨字辨證

　　此詩第一第二兩章分別以蝃蝀、朝隮起興，以引起下文婚情，而不言雨。其實這蝃蝀、朝隮之下，皆隱一個雨字，而且是盼雨。

　　長期來，這問題不易說清楚。楊樹達《小學述林》云：「詩人以『朝隮於西』與『蝃蝀在東』為對文，而隮亦謂虹。知古義虹為通稱。細分之，則見於東方者謂之蝃蝀，見於西方者謂之隮也。」這是對的，也提供了說清問題的基礎。大家知道，東虹主晴，西虹主雨，這是天象，不以人的意志為轉移。古人不明此事，誤認虹是兩端有首、能飲澗水、主宰下雨的大怪物。特別東虹脾氣怪，不敢觸犯，即使用手一指，也會得罪它，不給下雨了。其實不用手指，它也是主晴、止雨的。很顯然，此篇首章言：「蝃蝀在東，莫之敢指」，就是怕它不下雨，因為這女子正要結婚，而結婚「遇雨則吉」，是好事，前邊「總論」中已經說過了。再看第二章：「朝隮於西，崇朝其雨」，這是充滿信心的盼雨之詞，因為西虹主雨，結婚大吉大利。兩章都詠婚姻，一章言蝃蝀，一章言朝隮，一反用，一正用，都是一個涵義，引起之辭也相同：女子有行，遠父母兄弟！

　　歷代解此詩，因為弄不清這雨字，說法雖多，亦只附會而已。如：《毛傳》：「蝃蝀，虹也。夫婦過禮則虹氣盛，君子見戒而懼諱之，莫之敢指。」按此解蝃蝀為虹，不誤，但釋為夫婦過禮之表徵，顯係穿鑿附會。《鄭箋》云：「天氣之戒，尚無敢指者，況淫奔之女，誰敢視之。」這是對《毛傳》的進一步發揮，尤無可取。

　　《詩集傳》：「蝃蝀……乃陰陽之氣不當交而交者，蓋天地之淫氣也。」「此刺淫奔之詩，言蝃蝀在東，而人不敢指，以比淫

奔之惡，人不可道。」此直指蝀蝀爲淫氣，並以比奔女，說法與
毛、鄭有異，而穿鑿附會同。

《詩經今注》：「蝀蝀，即虹。先秦人的迷信意識，認爲虹是
天上一種動物，蛇類。天上出虹是這種動物雌雄交配的現象……
此詩以虹出東方比喻男女私通。」按古時確有雌雄二虹相交的觀
念，郭沫若從該字的甲骨文造形中也發現過這種觀念。但視此現
象爲淫，並以比奔女，也是後人的附會。

聞一多《風詩類鈔》：「蝀蝀，虹也。淫昏之象。」此仍承前
賢舊說，而且沒有分析，蝀蝀乃東虹，而東虹主晴，便非淫昏之
象，而是晴明之象，也不主婚姻。

鮑昌《風詩名篇新解》：「她不敢用手指去指東虹，是因爲她
不願意第二天是個晴天，而希望是個雨天，以便不再出門。」按
此說對一半，希望下雨是對結婚吉利，不是不想出門。

衞風·伯兮①

原　詩	譯　文
(一)	(一)
伯兮朅兮，②	阿伯阿伯眞威武，
邦之桀兮，③	他是國家棟樑柱。
伯也執殳，④	阿伯執殳長丈二，
爲王前驅。⑤	爲王打仗作前驅。
(二)	(二)
自伯之東，⑥	自從阿伯去東征，
首如飛蓬。⑦	頭髮不梳亂如蓬。

豈無膏沐，⑧　　　　　　豈無油膏可洗沐，

誰適為容！⑨　　　　　　為誰歡心為誰容！

(三)　　　　　　　　　　(三)

其雨其雨，⑩　　　　　　天天盼雨不盼晴，

杲杲日出。⑪　　　　　　天天日出紅通通。

願言思伯，⑫　　　　　　一心想念我的伯，

甘心首疾！⑬　　　　　　不怕想得頭也痛！

(四)　　　　　　　　　　(四)

焉得諼草？⑭　　　　　　何處尋來忘憂草？

言樹之背。⑮　　　　　　栽在北堂解煩惱。

願言思伯，　　　　　　　一心想念我的伯，

使我心痗！⑯　　　　　　憂思成病催人老！

注　釋

①衞風——見「魚」字應用系列《衞風・竹竿》注①。

②伯——周人稱丈夫為伯，似為一種愛稱。

　朅——健武貌。

③邦——國家。

　桀——傑（杰）之借。指傑出之人。

④也——語氣詞。

　執——拿。

　殳（ㄕㄨ）——古兵器，有棱無刃。《毛傳》：「殳長丈二而無刃。」一說：殳為竹製之杖類。

⑤王——國君。高亨《詩經今注》：「衞人稱其國君為王」。

　前驅——先鋒，行軍作戰時走在前邊。

⑥之東——往東出發。之，去、往。

⑦首——頭。在此指頭髮。

飛蓬——飛起的散亂蓬花。《詩集傳》：「蓬，草名，其華（花）似柳絮，聚而飛，如亂髮也。」

⑧膏沐——膏，髮油之類。沐，洗頭。

⑨適（ㄉㄧˊ）——悅，喜歡。一說：只是，但。

容——修飾容貌。作動詞。

⑩其雨——下雨吧。其，句中語氣詞，在此表希望。《詩集傳》：「其者，冀其將然之辭。」《詩經》婚歌中以雨爲合歡、婚娶之象。

⑪杲杲（ㄍㄠˇ ㄍㄠˇ）——日光明貌。此句以無雨象徵不能與丈夫歡合，不能團圓。

⑫願——思念殷切之貌。

言——語助詞。

⑬甘心——情願。

首疾——頭痛。

⑭焉得——哪得、安得。焉，哪裡。

諼草（ㄒㄩㄢ ㄘㄠˇ）——忘憂草。似非專名，乃詩人一種幻想。何焯《義門讀書記》：「諼，忘也。借以托意，非此草果能忘憂。」諼、萱同音，後人即以萱草爲忘憂草，成爲一個典故。萱草，按李時珍《本草綱目》：「名爲黃花菜。」《詩毛氏傳疏》：「今俗謂金針菜。」

⑮言——發語詞。

樹——栽植，作動詞。

背——同北。在此指堂屋之北面。姚際恆《詩經通論》：「背，堂背也。堂面向南，背向北，故背爲北堂。」一說：背，小瓦盆。《詩經今注》：「《說文》：『994，小缶也。』背994古通用。」

⑯痗（ㄇㄟˋ）——憂病。

題旨簡述

此篇爲征婦詩，丈夫東征，久而不歸，妻子懷念不已。從詩文內容判斷，征夫是位武官，英武善戰，是行軍作戰的先鋒。

《詩序》云：「《伯兮》，刺時也。言君子行役，爲王前驅，過時而不反焉。此意大體可取，只「刺時」恐非詩意。所謂爲王前驅，指周王抑指衞君？一向說法不一。《毛傳》《孔疏》均指王爲周王；高亨《詩經今注》云：「衞人稱其國君爲王。」高說可取。

雨字辨證

全篇共四章，皆爲思夫之辭。第三章以「其雨其雨」起興，以引起下文的情思。前邊「總論」中言明，兩本爲合歡之象：而此篇卻盼雨無雨，徒見太陽通明，那就只有相思的憂傷了。前篇《蝃蝀》言：「朝隮於西，崇朝其雨！」，對下雨充滿信心，以興起女子有行（出嫁）；此篇言「其雨其雨，杲杲日出」，徒見下雨之無望，以興起思伯首疾。前者詠出嫁，此篇思征夫，情節不相同，而皆以盼雨爲中心，都應屬「雨」字應用的典型正面用法。

歷代解此詩，說法相當紛紜，皆不明此中眞諦。如：

《鄭箋》：「人言其雨其雨，而杲杲然日復出，猶我言伯且來，伯且來，則復不來。」《詩集傳》：「冀其將雨，而杲然日出，以比望其君子之歸而不歸也。」此兩家一義相承，視盼人如盼雨，作一普通比喻，未明盼雨眞義。

《詩說解頤》：「其者，冀其將然之辭，夫婦和而合歡，如陰陽和而得雨，故以雨爲比，杲然日出，則又不得雨矣。」按此以「陰陽和」比「夫婦和」，是歷來解釋最好的，但仍未說得圓滿，仍不明古人眞義。

《詩經今注》：「此二句言她盼望丈夫回來，像旱時盼望雨澤一般，可是天氣老是晴，丈夫老是不歸。」此按一般常識解詩，容易接受，然而仍非古義。

聞一多《風詩類鈔》：「日爲夫象，故見日而思伯。」按此與詩文內容不合，大概出於誤會，亦無這方面根據。

鄭風·蘀兮①

原　詩	譯　文
(一)	(一)
蘀兮蘀兮，②	蘀樹落葉天氣涼，
風其吹女。③	秋風吹你嗦嗦響。
叔兮伯兮，④	叔呀伯呀快快來，
倡予和女！⑤	我自領唱您和唱！
(二)	(二)
蘀兮蘀兮，	蘀樹落葉天氣涼，
風其漂女。⑥	秋風刮你嗦嗦響。
叔兮伯兮，	叔呀伯呀快快來，
倡予要女！⑦	我自領唱您和唱！

注　釋

①鄭風──見「薪」字應用系列《鄭風·揚之水》注①。

②蘀（ㄊㄨㄛˋ）──木名。高亨《詩經今注》：「蘀，借爲檡，木名，質堅硬，落葉晚。」

③女──汝、你。

④伯、叔——哥哥、弟弟。古時女子對男子的暱稱。

⑤倡予和女——予倡女和之倒文。予，我；倡，領唱；女，你；和，隨著唱。

⑥漂——飄。《毛傳》：「漂，猶吹也。」

⑦要——和也。《毛傳》：「要，成也。」《詩毛氏傳疏》：「要，亦和也。要讀如《樂記》『要其節奏』之要，凡樂節一終，謂之一成，故要為成也。」

題旨簡述

此篇為男女青年聚會時的唱和之歌，帶有明顯的男女求歡性質。或說，這是女子要求與自己的愛人同歌，詩中的「叔兮伯兮」，語氣似對兩人，實際是對一人說話。（取余冠英說）亦可參考。

《詩序》：「《籜兮》，刺忽也。君弱臣強，不倡而和也。」這是說鄭之昭公（名忽）力量微弱，不能領倡羣臣，詩人作詩以刺之。此說影響後世，出現各種推測，紛紛不可統一，全係附會之辭，無可信，其實，早在《左傳·昭公·十六年》晉宣子訪鄭國時，鄭國子柳賦《籜兮》，宣子就認為是昵燕好之詞，基本沒有弄錯，只是到了漢儒才穿鑿附會而已。

《詩集傳》不信《序》，直指此詩為「淫女之詞」。指「淫女」，是時代意識所限，無需苛求，而他洞察此詩之男女追求性質，不可謂無眼力。

風字辨證

此詩共兩章疊詠，均以風吹籜兮起興，以引起下文的男女唱和之辭。前「總論」中言明，情詩一般言風雨，喻男女之相思與歡合。此章所言風，與前篇諸篇言凱風、谷風不同，而且風為雨

象，故亦仍以喻相思，其義不變。

何謂蘀？《豳風‧七月》云：「八月其穫，十月隕蘀。」高亨注：「蘀，借爲檡，木名，質堅硬，落葉晚。」可見此檡木之十月落葉是一個重要的物候特徵，提醒人們深秋季節，已到男女嫁娶之時了。《邶風‧匏有苦葉》：「士如歸妻，迨冰未泮。」秋風吹至，蘀樹葉落，此情此景，對於青年男女，自當是重要信號，所以下文就詠出唱和的歌聲了。歷代解此，各家紛紜，除經師們穿鑿附會固無可取外，即當今一些新解，也總覺未合古義。如：

《毛傳》：「蘀，槁也。」《鄭箋》：「槁，謂木葉也。木葉槁，待風乃落。興者，風喻號令也，喻君有政敎，臣乃行之。言此者，刺今不然。」此皆承《詩序》之「刺忽」說，全附會無可取。

《毛詩傳箋通釋》：「詩：蘀兮蘀兮，喻君弱也；風其吹女，喻臣強也。叔兮伯兮二句，謂羣臣自相倡和，不待君倡，所謂不倡而和也。」此解以風吹喻臣強，不同《鄭箋》，但仍不出《序》意，另是一種附會。

《詩經直解》：「今按，《蘀兮》，詠嘆落葉之詩。……此蓋霜晨月夕，庭前樹下，人民如兄如弟，一倡一和，載歌載舞之作。……近人周容《評志摩的詩》云：「《落葉小唱》這一首尤其表現得蘊藉溫柔，一幅秋深與離合的景狀，無端吹動了人生如夢的悵惘。」(《晨報副刊》一二九一號)鄙意以此移評《蘀兮》小詩一首亦得。」按此以新詩解法解《詩經》，或可作一試探，然古俗遙遠而陌生，就以此篇而論，要以「人生如夢的悵惘」去理會，恐怕距離太遠了。

《詩經選》：「兩句以風吹蘀葉起興。人在歌舞歡樂的時候常有飄飄欲起的感覺，所以和風蘀聯想。」此亦按一般常識解詩，可作一家之言，仍非古人本意。

鄭風・風雨①

原　詩	譯　文
(一)	(一)
風雨淒淒，②	風雨交會水淒淒，
雞鳴喈喈。③	羣雞報時喈喈啼。
既見君子，④	今日喜見君子至，
云胡不夷！⑤	怎能心中不欣喜！
(二)	(二)
風雨瀟瀟，⑥	風雨交會水瀟瀟，
雞鳴膠膠，⑦	羣雞報時啼膠膠。
既見君子，	今日喜見君子至，
云胡不瘳！⑧	怎能心頭病不消！
(三)	(三)
風雨如晦，⑨	風雨交會昏淒淒，
雞鳴不已。⑩	羣雞報時聲不息。
既見君子，	今日喜見君子至，
云胡不喜！	怎能心中不悅怡！

注　釋

①鄭風——見「薪」字應用系列《鄭風・揚之水》注①。

②淒淒——淒通「凄」（ㄐㄧㄝ），水流貌。《說文》引《韓》詩作「風雨凄凄」。

③喈喈（ㄐㄧ ㄐㄧ）——雞鳴聲。

④君子——對丈夫或情人的敬稱。

⑤云胡不夷——心情怎麼不悅怡。胡，爲何。夷，悅，心情平靜。《毛傳》：「夷，說（悅）也。」

⑥瀟瀟（ㄒㄧㄠ ㄒㄧㄠ）——《詩集傳》：「瀟瀟，風雨之聲。」

⑦膠膠——雞鳴聲。《毛傳》：「膠膠，猶喈喈也。」

⑧瘳（ㄔㄡ）——病癒。一說：瘳當爲懰，快樂。

⑨晦（ㄏㄨㄟˋ）——昏暗不明。

⑩不已——不停止。

題旨簡述

此爲一篇情歌，詠一女子見到想念中的丈夫（或情人），便唱出心中的喜悅。

《詩序》：「《風雨》，思君子也。亂世，則思君子不改其度焉。」這是說本篇題旨是思念君子的，君子雖處亂世仍也不改其節操而守正道，長期來此說傳世，曾鼓勵不少志士，雖處「風雨如晦」之亂世，仍以「雞鳴不已」自勵，不改常度，造次不移。然而這是誤解，不符此詩本旨。朱熹早在宋朝，就指明此篇爲情詩，雖斥以「淫奔」之名，卻揭示了其中男女相愛的祕密。

聞一多《風詩類鈔》云：「風雨晦冥，羣雞驚噪，婦人不勝孤悶，男子適至，欣然有作。」並云：「昭十六年《左傳》：子游賦風雨，宣子以爲昵燕好之詞。」這是對《詩序》糾誤的力證，只惜對「風雨」二字未作應有之解釋。

風雨辨證

此篇三章疊詠，同以風雨起興，詠歌夫妻（或情人）相見之喜。前篇《邶風‧北風》，以北風雨雪起興，詠男女攜手同歸之

情。本篇言團聚，前篇言嫁娶，事件不相同，而皆以男女歡合爲指歸。此兩篇特點是，除詠雨雪外，同時言風字，形成一特定的風雨（雪）境界，都應屬前「總論」所云「風」「雨」應用的典型詩例。

《毛傳》：「風且雨，淒淒然，雞猶守時而鳴喈喈然。」《鄭箋》：「興者，喻君子雖居亂世，不改變其節度。」按兩家皆承《詩序》，並以風雨喻亂世，長期來影響甚深，而實穿鑿附會，必須予以指正。

《詩集傳》：「風雨晦冥，蓋淫奔之時。」這是指風雨爲「淫奔」的時間環境，當然亦無可取了。全昧於風雨之眞諦，太簡單化了。

《詩經原始》：「風雨如晦，獨處無聊，此時最易懷人。況故朋戾友，一朝聚會，則尤可以促膝談心。」這是作一般詩學的環境烘托分析，旣不知風雨之古義，也同時看錯了題旨。

當前論壇，也大都解此篇爲情詩，但仍大都視風雨爲環境烘托之描寫，末明其古義。

齊風・敝笱①
（全詩見「魚」字應用系列）

原　詩	譯　文
敝笱在梁，②	梁上安個破魚笱，
其魚魴鰥。③	鯿魚鯤魚朝外走。
齊子歸止，④	齊子回來要探親，
其從如雲。⑤	車馬隨從擁如雲。

敝笱在梁，	梁上安個破魚笱，
其魚魴鰥。⑥	鯿魚鯶魚朝外走。
齊子歸止，	齊子歸來要相聚，
其從如雨。	車馬隨從密如雨。

注　釋

①齊風——見「魚」字應用系列《齊風‧敝笱》注①。

②敝笱——破了的捉魚籠。

　　梁——截水捕魚之小壩。詳見「魚」字應用系列該篇注釋。

③魴——又名鯿，魚之美者。

　　鰥——又名鯤，體大。

④齊子——指文姜。

　　歸止——歸，回。止，語氣詞。

⑤從——隨從之人。

　　如雲——與第二章「如雨」義同，皆男女情好交歡之象徵隱語。

⑥鱮——鯶魚，白鰱。

題旨簡述

　　此篇刺齊襄公與其同父異母妹文姜通姦事。魯桓公三年，文姜嫁於魯桓公為夫人，之後，仍多次回國與齊襄公私通，無所忌憚。魯桓公十八年，桓公帶文姜訪齊，聞知這一醜事，斥責了文姜。齊襄公羞怒，設計害桓公死於齊國。全詩三章，此其第一、二章。

兩字辨證

　　此詩三章皆以魚笱機制起興，以引起文姜與齊襄公私情。此

詳見「魚」字應用系列，不贅。此詩之另一重要特點，是三章各以「如雲」、「如雨」、「如水」作收句，同為男女關係之象徵。聞一多曾專門談此《敝笱》說：「我們也不要忘記，雲與水也都是性的象徵。」（《說魚》）但未提第二章尾句「如雨」，不免引起疑惑。其原因，可能同他另外的一種說法相聯繫。例如前篇《衛風·伯兮》云：「其雨其雨，杲杲日出」，這本是一位婦女因為思念丈夫而不願日出只望下雨的，而他卻說：「日為夫象，故見日而思伯。」（《風詩類鈔》）這就否定了雨為婚娶之象和見雨而思婚姻的象徵機制。而《詩經》以雨喻歡合、喻婚娶的實際情形，比起雲與水來，卻要佔更大的比重，顯得更為重要，這是聞一多先生未及注意的。

歷代解此詩，紛紛紜紜，其說不一，亦皆猜測或及其詞表意而已，全不知其真諦，如《毛傳》：「如雲，言盛也。」「如雨，言多也。」《詩集傳》：「如雲，言眾也。」「如雨，亦多也。」此皆以雲、雨喻從者之眾多。詞表之意也。

《鄭箋》：「如雨，言無常。天下之則下，天不下則止。以言姪娣之善惡，亦文姜所使止。」王安石《詩義鉤沈》：「陸農師則曰：其從如雲，無定從風而已。雲合而為雨，故以雨繼之。雨降而成水，故以水繼之。」此皆以雲雨從風喻從者唯文姜所使止。猜測而已。

《詩說解頤》：「而從者如雲如雨如水，言其眾多而勢不可遏也。雲、雨、水皆有陰氣感通之意，蓋以況從行者之有淫心也。」《詩經通論》：「魚，陰類，故比文姜。雲、雨、水，亦皆陰氣，故比從者。」此皆以雲雨為陰氣比從者。附會之辭耳。

《詩經原始》：「其從如雲，其從如雨，其從如水，非嘆僕從之盛，正以笑公（魯桓公）從婦歸寧，故僕從加盛如此其極也。」此從後世詩歌表現手法上作解釋，亦昧於古俗之真諦。

檜風・匪風①

（全詩見「魚」字應用系列）

原　詩	譯　文
匪風發兮，②	大風揚塵呼呼響，
匪車偈兮。③	車兒急急走得忙。
顧瞻周道，④	且看周道遙又遠，
中心怛兮！⑤	我自戚戚把心傷！
匪風飄兮，⑥	大風刮地呼呼響，
匪車嘌兮。⑦	車兒急急跑得忙。
顧瞻周道，	且看周道遙又遠，
中心弔兮！⑧	心下悽悽欲斷腸！

注　釋

①檜風——見「魚」字應用系列《檜風・匪風》注①。

②匪——通「彼」，猶「那」。

　發發——風疾吹聲。《小雅・蓼莪》：「南山烈烈，飄風發
　發。」《毛傳》：「發發，疾貌。」

③偈——疾驅貌。

④顧、瞻——看、望。

　周道——孫作雲《詩經與周代社會研究》：「周人為了加強對
　東方的統治，又從鎬京起建築了一條向東方延伸的軍用公
　路。這種軍用公路，在當時叫做周道。」

⑤中心——心中。

　　恒（ㄉㄚˊ）——憂傷。

⑥飄——疾風貌。

⑦嘌（ㄆㄧㄠ）——疾驅貌。

⑧弔——悲傷。

題旨簡述

　　此篇爲征人懷鄉詩。

　　周自滅商之後，曾自宗周鎬京（西安附近）修築一條通往成周（洛邑）以東的官道，作爲統治東方（原商王畿及商之附屬國）的重要交通工具，在《詩經》稱之爲周道或周行。一位今駐在檜國的周本土的征人，離家日久，思念妻室，便唱出這支歌。過去經師解此，多因不知此義而生出許多誤解。如《詩序》：「匪風，思周道也。國小政亂，憂及禍難，而思周道焉。」《鄭箋》：「周道，周之政令也。」此皆訓周道爲周室政治或政令，當然也就把題旨弄錯了。

風字辨證

　　此詩共三章，使用兩種隱語。一是第三章「烹魚」，已詳「魚」字應用系列；此第一、二章疊詠，皆以「匪風」起興，以引起下文思念妻室之辭。第一章「匪風發兮」，第二章「匪風飄兮」。「發兮」爲風疾之聲；「飄兮」爲風疾之貌。皆屬聞一多所言「飄風固大風也」。（《詩經通義》）前邊「總論」中言明，詩中言大風多暗示離別或離異，故此詩下文詠征人，遠戍檜地、久離妻室，見周道如砥、車馬西行，觸景而生情，便禁不住掛念家室的無限憂傷了。歷代解此詩，多因不知古義，亦附會猜測而已。如：

　　《毛傳》：「發發飄風，非有道之風；偈偈疾驅，非有道之

車。」此以飄風、車偈比喻檜小政風,與《詩序》解題相配合,當然無可取。

《詩集傳》:「言常時風發而車偈,則中心坦然。今非風發也,非車偈也,特顧瞻周道而思王室之陵遲,故中心爲之怛然耳。」此以風發車偈喻周之常政,以非風發、非車偈(以匪爲非)喻周室衰微,與《毛傳》大不同,但也是另一種附會,仍無可取。

《詩三家義集疏》:「焱風忽起,故曰發發。揭揭,謂疾驅,二事皆失其和節,故因時之不古而追思之。」此言焱風、揭(偈)車皆失和節,故象徵(檜國)時政之不古,因而追思周道。此說同《毛傳》似異,實則《毛傳》之發揮,仍無可取。

當今論壇,對「風」字均無解。

曹風・候人①

原　詩	譯　文
維鵜在梁,②	鵜鶘輕輕魚梁飛,
不濡其咮。③	不撈魚兒不沾嘴。
彼其之子,④	那人不解人情意,
不遂其媾!⑤	不能合歡結婚配!
薈兮蔚兮,⑥	興雲靄靄聚益多,
南山朝隮。⑦	朝虹駕在南山坡。
婉兮孌兮,⑧	可愛嬌嬌一少女,
季女斯飢!⑨	滿懷想思正飢渴!

注　釋

①曹風——見「魚」字應用系列《曹風‧候人》注①。

②鵜——鵜鶘，食魚水鳥。

　梁——攔水捉魚之小壩。

③濡——浸濕。

　咮——鳥嘴。

④彼其之子——那個人。

⑤遂——順。

　媾——男女結合曰媾。

⑥薈蔚——興雲貌。

⑦朝隮——朝虹，主雨之象。《毛詩傳箋釋》：「隮，虹也。」
　《詩經》言雨主婚姻，作男女歡合之象徵。詳見「總論」。

⑧婉孌——美好貌。

⑨季女——少女。

　飢——古俗以飢字喻情欲。詳見「飢」、「食」字應用系
　列。

題旨簡述

　　此詩詠一少女，愛上一位武士。武士不解其情，使她飢渴難
耐。全詩四章，詳見「魚」字應用系列，此其第三、四章。

　　《詩序》云：「《候人》，刺近小人也。共公遠君子，而好近小
人焉。」此附會之辭，與詩文內容不符，故無可取，詳見「魚」
字應用系列。

雨字辨證

　　此詩末章共有兩處隱語：一個言飢字，暗示季女之懷春，詳

見「飢」「食」字應用系列。一個言朝隮,以興起季女之「斯飢」。這「隮」字,不明言雨,而實隱一個雨字。其前一句,「薈兮蔚兮」,本興雲欲雨之象;再加「南山朝隮」,更是主雨而無疑。《鄘風・蝃蝀》云:「朝隮於西,崇朝其雨。」朝隮即朝虹,朝虹而必雨,乃是自然之法則,亦民間所謂「東虹(暮虹在東方)日頭(晴天)西虹(朝虹在西方)雨」也。而前邊「總論」中言明,雨主男女之歡合,故下文便詠這一婉孌季女對她意中人的飢渴情思了。上下文意一致。

歷代解此詩,皆承毛鄭意,附會、誤解,不知此隱雨字。如《毛傳》:「薈蔚,興雲貌。南山,曹南山也。隮,升雲也。」《鄭箋》:「薈蔚之小雲,朝升于南山,不能為大雨。以喻小人雖見德於君,終不能成其德教。」此以朝隮比小人,不能成德教。

《詩集傳》:「薈蔚朝隮,言小人眾多而氣燄盛也。季女婉孌自保,不妄從人,而反飢困。言賢者守道而反貧賤也。」此說與《鄭箋》少異,然仍以朝隮比小人,不出《詩序》總旨。

《詩經選》:「這一章寫候人值勤到天明,看見南山朝雲,惦記小兒女在家沒有早飯吃。」《詩經直解》:「四章,言候人之季女忍受飢餓。以南山朝隮之雲,興季女之美,惜之也。」此兩家意思相近:見朝雲而思季女、以朝雲興季女之美,兩者意思相聯,大體是一回事。仍昧於朝隮之本義。

豳風・東山①

原　詩	譯　文
(一)	(一)

我徂東山，②
慆慆不歸。③
我來自東，
零雨其濛。④
我東曰歸，⑤
我心西悲。⑥
制彼裳衣，⑦
勿士行枚。⑧
蜎蜎者蠋，⑨
烝在桑野。⑩
敦彼獨宿，⑪
亦在車下。

(二)

我徂東山，
慆慆不歸。
我來自東，
零雨其濛。
果臝之實，⑫
亦施于宇。⑬
伊威在室，⑭
蠨蛸在戶。⑮
町畽鹿場，⑯
熠燿宵行。⑰
亦可畏也，
伊可懷也！⑱

(三)

我徂東山，

我自從軍去東山，
歲月悠悠不團圓。
今自東山回家轉，
一路小雨意綿綿。
自從聽說要回鄉，
西望家室淚潸潸。
家常衣服縫一套，
不再行軍把枚銜。
山蠶樹上蠕蠕動，
望遠桑林一大片。
獨縮一團路上宿，
車子底下亦安然。

(二)

我自從軍去東山，
歲月悠悠不團圓。
今自東山回家轉，
一路小雨意綿綿。
瓜蔞結實爬長蔓，
一串一串掛房簷。
地鱉蟲子屋裡跑，
蜘蛛結網在門前。
舍邊空地變鹿場，
螢火來去一片片。
雖說荒涼不可怕，
離家日久更懷念！

(三)

我自從軍去東山，

慆慆不歸。	歲月悠悠不團圓。
我來自東,	今自東山回家轉,
零雨其濛。	一路小雨意綿綿。
鸛鳴于垤,⑲	墩上鸛兒鳴不住,
婦歎于室。	妻在房中連聲歎。
洒掃穹窒,⑳	灑掃房舍補牆洞,
我征聿至。㉑	盼我征人把家還。
有敦瓜苦,㉒	想那葫蘆圓敦敦,
烝在栗薪。㉓	掛在栗薪最顯眼。
自我不見,	自從我倆分別後,
于今三年。	於今整整已三年。
(四)	(四)
我徂東山,	我自從軍去東山,
慆慆不歸。	歲月悠悠不團圓。
我來自東,	今自東山回家轉,
零雨其濛。	一路小雨意綿綿。
倉庚于飛,㉔	黃鶯飛來又飛去,
熠燿其羽。㉕	兩翅閃閃自翩翩,
之子於歸,㉖	回想當初她嫁我,
皇駁其馬。㉗	各色馬兒都齊全。
親結其縭,㉘	岳母給她結佩巾,
九十其儀。㉙	禮節儀式沒個完。
其新孔嘉,㉚	新婦當初十分好,
其舊如之何?㉛	今日老妻不曾變?

注　釋

①豳風──見「魚」字應用系列《豳風·東山》注①。

②徂——往、去。

東山——征人遠戍之地。當時屬奄國地盤,在今山東曲阜縣境內。

③慆慆——長久。

④零雨——下雨。《詩集傳》:「零,落也。」

濛——細雨貌。

⑤曰——語助詞。

⑥西悲——想起西方的家室而傷悲。

⑦裳衣——平日穿的衣服,古分上衣下裳。戎服不分衣裳。

⑧士——讀為「事」,作動詞,即從事。

行枚——讀為「橫枚」,即銜枚。枚如筷子而輕,兩端有繩,繫於頸上,行軍時銜在口中以防說話有聲,驚動敵人。勿士行枚,意即不再打仗了。

⑨蜎蜎(ㄐㄩㄢ ㄐㄩㄢ)——蠕動貌。

蠋(ㄓㄨˊ)——野蠶、山蠶之類。

⑩烝——語詞。《毛詩傳箋通釋》:「烝當為曾之借字。曾,乃也。」

⑪敦——借為團。身子縮為一團。

⑫果臝(ㄌㄨㄛˇ)——瓜蔞,蔓生葫蘆科植物。

⑬施(ㄧˋ)——蔓延。

宇——屋簷。

⑭伊威——今名地鱉蟲,亦作蚜蟍,喜居潮暗之處。

⑮蠨蛸(ㄒㄧㄠ ㄕㄠ)——喜蛛,一種長腳小蜘蛛。

戶——門。

⑯町疃——《詩集傳》:「舍旁隙地也。無人焉,故鹿以為場也。」

⑰熠燿(ㄧˋ ㄧㄠˋ)——閃閃發光。

宵行——螢光蟲。一說：燐火。

⑱伊——助詞，可譯爲「是」。

懷——想念。

⑲鸛——一種長頸水鳥，似鶴。水鳥之食魚、捉魚，均愛情、
婚娶之象徵。詳見「魚」字應用系列。

垤——小土丘。

⑳穹窒（ㄑㄩㄥˊ ㄓˋ）——堵塞牆上的洞隙。穹，洞。室，堵。

㉑聿——語助詞，有行將之意。

㉒敦——圓圓的形狀。

瓜苦——即瓜瓠、葫蘆。苦通瓠。葫蘆，作婚娶之象。古人
結婚行合卺之禮，切瓠爲兩瓢，夫婦各執一瓢盛酒漱口。詳
見「匏」、「瓠」字應用系列。

㉓栗薪——以栗爲薪，故曰栗薪。一說：栗薪即析薪，（栗裂
同聲一義）。栗薪、析薪在《詩經》均爲婚娶之象，詳見
「薪」字應用系列。

㉔倉庚——黃鶯。黃鶯在《詩經》多用爲婚歌場景，與第三章
「鸛鳴於垤」相對。

㉕羽——指翅膀。

㉖之子——指妻子。

于歸——女子出嫁曰于歸。

㉗皇駁（ㄅㄛˊ）——皇，黃白色；駁，赤白色，雜色。

㉘親——指妻子的母親。

縭（ㄌㄧˊ）——婦女的佩巾。古時女子出嫁，由母親給她繫
好佩巾。

㉙九、十——泛指多數。

儀——儀禮。《詩集傳》：「九其儀、十其儀，言其儀之多
也。」

　　㉚其新——女子出嫁時稱新人。

　　　孔嘉——很好。孔，甚。嘉，好。

　　㉛其歸——結婚既久，不再稱新人，是爲歸。

題旨簡述

　　此篇爲征人還鄉之詩，一路上細雨濛濛，家室在念，想像妻子在家等他回家團圓的種種情景。

　　《詩序》云：「《東山》，周公東征也。周公東征，三年而歸，勞歸士，大夫美之，故作是詩也。」按此與詩文內容不相符，故不可信，但可大體視爲此詩的時代背景。

雨字辨證

　　雨主男女歡合與婚娶，前「總論」已有明言。此詩四章，皆同以「我來自東，零雨其濛」起句以興起征人之思念家室、夫妻團圓主題，同前篇《風雨》之「風雨淒淒」用法頗相似。所不同者，《風雨》作女子之辭，詠喜見君子之歡樂，此篇作男子之言，詠夫妻闊別之情、家室團聚之思。此《東山》章幅較長、內容豐富，「零雨」句夾詠其中，而且使用「賦」筆，一向多忽視其隱藏著的深層民俗學涵義。如：

　　《鄭箋》：「此四句，序歸士之情也。我往之東山，既久勞矣，歸又道遇雨濛濛然，是尤苦也。」《詩集傳》：「我之東征既久，而歸途又有遇雨之勞，因追言其在東而言歸之時，心已西向而悲。」此以後世之一般常情解詩，認爲歸途遇雨，乃是勞苦之辭，不明雨字之深義。

　　季本《詩說解頤》：「久而不歸，歸而遇雨。在途以雨爲苦，見其時之愁慘也。」「將雨而恐行人不易至，故婦以爲嘆也。」王照圓《詩說》：「《東山》詩，何故四章俱雲零雨其濛？蓋行者思

家，惟雨雪之際最難爲懷。」此仍以雨字喻勞、苦，不出前人窠臼。果如此，則前諸篇之「北風其涼，雨雪其雱」（《邶風・北風》）詠婚娶；「其雨其雨，杲杲日出」（《衛風・伯兮》）詠思伯；「風雨淒淒，雞鳴喈喈」（《鄭風・風雨》）詠言喜見君子等等，都將作何解釋？所以，徒知以後世之常情、常識解《詩經》靠不住。

小雅・采薇①

（全詩見「飢」、「食」字應用系列）

原　詩	譯　文
采薇采薇，②	說采薇呀道采薇，
薇亦作止。③	地裡薇芽已出土。
曰歸曰歸，④	說歸去呀道歸去，
歲亦莫止。⑤	又是一年歲將暮。
靡室靡家，⑥	說有家呀實無家，
玁狁之故。⑦	都爲玁狁把仗打。
不遑啟居，⑧	晝夜匆匆無休息，
玁狁之故。	都爲玁狁把仗打。
昔我往矣，⑨	回首昔日從軍時，
楊柳依依。⑩	楊柳依依惜別離，
今我來思，⑪	於今解甲歸來日，
雨雪霏霏。⑫	雨雪紛紛催歸急。
行道遲遲，	道路悠悠長漫漫，
載渴載飢。⑬	遙望家室渴又飢。

我心傷悲，　　　　　　我心傷悲無訴處，
莫知我哀！⑭　　　　　　四顧茫茫有誰知！

注　釋

①小雅——見「魚」字應用系列《小雅・小弁》注①。

②薇（ㄨㄟ）——俗名野豌豆，冬季生芽，春季成長，嫩苗可食。

③亦——同「已」。

作——生出。

④曰歸——歸，回家；曰，語助詞。

⑤歲——一年爲一歲。

莫——暮之本字。歲暮，年底。

⑥靡（ㄇㄧˇ）室靡家——遠離室家，如同沒有室家。王安石《詩義鈎沈》：「王氏曰：男本有室，而女有家。今男靡得以室爲室，女不得以家爲家。」靡，沒、無。

⑦玁狁——西周時北方民族。春秋時稱北狄，秦漢時稱匈奴。《鄭箋》：「北狄，今匈奴也。」

⑧不遑——沒時間，顧不上。

啓居——休息。啓，跪坐。居，安坐。古人習於跪坐。

⑨昔——過去。

往——去，離家出征。

⑩依依——柳條隨風搖擺之貌。或訓盛貌。《毛詩傳箋通釋》：「依依猶殷殷，殷亦盛也。」

⑪來思——歸來。思，語助詞。

⑫霏霏——《詩經今注》：「霏霏，形容雨雪之密。」

⑬載飢載渴——又渴又飢。載，語助詞，「飢」在詩中作男女情欲之隱語。詳見「飢」、「食」字應用系列。

⑭莫知我哀——無人知我內心之悲哀。

(題)(旨)(簡)(述)

此戍邊士兵解甲回鄉之詩，內容豐富，既詠歌戰爭的艱苦與勝利，又詠對遠方家室的強烈思念與不安。《詩序》云：「《采薇》，遣戍役也。文王之時，西有昆夷之患，北有玁狁之難，以天子之命命將率，遣戍役以守衛中國。故歌《采薇》以遣之……」按查，文王無伐玁狁之記載，詩文亦無此內容，不可信。全詩共六章，詳見「飢」、「食」字應用系列。此其第一、六兩章，主詠戰士「靡室靡家」之苦及歸途中情思。

(雨)(字)(辨)(證)

此篇末章言雨，方法與《東山》詩相似而又不同。《東山》以每章「零雨」句冠前（前四句），以暗示全詩之思家、團聚主題。此篇則只以末章言「雨雪」以暗示下文夫妻團聚之意，並返照全篇之念妻、歸回思路。夫妻團聚本為喜慶之事，而《東山》與此篇卻又同用一「悲」字，（「我心西悲」、「我心傷悲」）似乎有所不諧，其實此正喜中悲、悲中喜。悲喜相聯，正言夫妻團聚之不易，想思之苦情也。歷代解此詩，大多在時令考證、雨雪勞苦等方面作解釋，不知此中深義。如：

《毛傳》：「此章重序其往返之時，極言其苦以說之。」《詩集傳》：「此章又設為役人預自道其歸時之事，以見其勤勞之甚也。」此兩家皆以雨雪言勤苦，不知其中深義。

《詩說解頤》：「雨雪霏霏則寒甚，而在歲暮之後矣。見歲暮之時，欲歸不得，至于雨雪而始得歸耳。」《詩經原始》：「於是乃從容回憶往時之風光，楊柳方盛；此日之景象，雨雪霏微。一轉晌而時序頓殊，故不覺觸景愴懷耳。」《詩義會通》：「楊柳句

應采薇，雨雪句應歲暮。」此皆古時令推敲、寫景謀篇技巧等方面作論，亦昧於雨雪古義。

小雅·出車①

原　詩	譯　文
昔我往矣，②	憶昔行軍要出發，
黍稷方華。③	黍子稷子正開花。
今我來思，④	於今解甲歸來日，
雨雪載塗。⑤	滿路雨雪正交加。
王事多難，	只爲王家事多艱，
不遑啟居。⑥	不得少許有安暇，
豈不懷歸，⑦	豈是不想回家轉，
畏此簡書。⑧	天子策命實可怕。
喓喓草蟲，⑨	草蟲喓喓相和鳴，
趯趯阜螽。⑩	蚱蜢跳躍自相從。
未見君子，⑪	未曾見你君子面，
憂心忡忡。⑫	心下忡忡不安寧。
既見君子，	既已見你君子面，
我心則降。⑬	心中喜悅得安寧。
赫赫南仲，⑭	南仲威名眞赫赫，
薄伐西戎。⑮	爲王作戰伐西戎。
春日遲遲，⑯	春日遲遲天正長，

卉木萋萋。⑰	花木萋萋又蒼蒼。
倉庚喈喈，⑱	黃鸝和鳴聲喈喈，
采蘩祁祁。⑲	采蘩滿載又滿裝。
執訊獲醜，⑳	俘獲審訊敵醜類，
薄言還歸。㉑	戰士凱旋正還鄉。
赫赫南仲，	南仲威名眞赫赫，
玁狁于夷！㉒	已把玁狁來平蕩！

注　釋

①小雅──見「魚」字應用系列《小雅・小弁》注①。

②昔我往矣──過去我出征的時間。昔，過去。

③方──正當。

　華──開花。華，古花字。

④來思──作戰歸來。思，語尾助詞。

⑤雨雪載塗──雨雪滿路。

　塗──路。一說：泥塗。

⑥不遑啓居──無暇休息、安樂。詳見上篇《采薇》注⑧。

⑦懷歸──思歸。歸，回家。

⑧簡書──寫在竹簡的文書。此謂周王所發征討玁狁的命令。

　姚際恆《詩經通論》：「簡書，天子策命也。」

⑨喓喓（一ㄠ）──蟲鳴聲。

　草蟲──蝗屬昆蟲，鼓翅發聲，又名蟈蟈。「喓喓草蟲」與下句「趯趯阜螽」似爲固定詞組，作男女歡合之象。

⑩趯趯（ㄊㄧˋ）──跳躍貌。

　阜螽（ㄈㄨˋ ㄓㄨㄥ）──蚱蜢，或稱蝗子，只能跳躍。《毛詩傳箋通釋》：「箋云：『草蟲鳴，阜螽躍而從之』，正言物之以類相從，興婦人之從君子。」

⑪未見君子——此託爲出征戰士（武官）妻室之言，君子指出征武官。

⑫忡忡（ㄔㄨㄥ）——憂慮不安貌。

⑬降（ㄒㄧㄤ）——放下。一說：悅服。

⑭赫赫——顯盛貌。

南仲——周宣王時大臣。《後漢書・馬融傳》：「獫狁伐周，周宣王立中興之功，是以赫赫南仲載在周詩焉。」

⑮薄——發語詞。

西戎——即獫狁。兩者聲音相近。王國維《觀堂集林》：「不知西戎即獫狁，互言之以諧韻，與《孟子》之昆夷、獯鬻錯舉之以成文，無異也。」

⑯遲遲——指天長。《毛傳》注《豳風・七月》：「遲遲，舒緩也。」

⑰卉（ㄏㄨㄟˋ）——草。《說文》：「卉，草之總名也。」

萋（ㄑㄧ）——茂盛。

⑱倉庚——黃鸝、黃鶯。

喈喈（ㄐㄧ）——鳥鳴聲。《詩集傳》：「喈喈，聲之和也。」

此句同《東山》詩「倉庚于飛」句《詩經》中婚歌場景。

⑲蘩（ㄈㄢ）——白蒿，菊科植物。古時用爲祭品，或紮成蠶山，供作繭用。

祁祁（ㄑㄧˊ）——盛多。

⑳執訊獲醜——執，捉。訊，審問。獲，俘獲、拘繫。一說：獲通「馘」（ㄍㄨㄛˊ），割耳朵。古人捉俘虜斷其左耳，以耳數多寡計功。醜，醜類，對敵俘之總稱。一說：醜爲首之借，即首惡。一說：醜爲「疇」之借，衆多。

㉑薄言——語助詞。

㉒于──句中助詞。

夷──平定、討平。

題旨簡述

　　此篇詠周宣王時大將南仲出征玁狁、勝利歸師，同《采薇》《六月》等篇，蓋屬同時期作品。各從不同方面反映出這場戰爭中人民所受苦難及士兵將帥所經歷的各種複雜感情。全詩六章，前三章詠出兵準備與戰爭勝利；此其後三章，詠歸情。具體言之，第四章詠歸途情思；第五第六章設言妻室見君子回師後的喜悅。合觀三章，可理會其整體之夫妻團圓思路。

　　《詩序》云：「《出車》，勞還卒（師）也。」《詩集傳》亦從之，但無可據。方玉潤《詩經原始》駁之：「蓋『赫赫南仲』等語，乃下頌上，非君勞臣之辭，且君自稱『王命』、自稱『天子』，亦于語氣不合。」方是對的。

兩字辨證

　　此篇言「雨雪」，同上篇《采薇》末章言「雨雪」用法略似，同以「雨雪」句置前，以引起下文戰士思家、夫妻團聚之情思。其不同者，此詩不再於言雨雪後言悲字，且充滿歡暢勝利之情調。再參照「北風其涼，雨雪其雱」（《邶風‧北風》）詠婚娶，亦輕鬆歡合之調。可證詩中言「雨雪」與悲苦事無必然聯繫，而以詠嫁娶、詠男女之歡合與團聚，則無例外也。而歷代注者，或者不予作解，或僅在時間節令上作些推敲而已。例如：

　　《詩集傳》：「此言其既在歸途，而本其往時所見，與今還時所遭，以見其出之久也。」《詩說解頤》：「始往而黍稷方華，既歸而雨雪載途。此言其行役之久。」此皆從「雨雪」句推算行役之時間。至於《詩經原始》，則直於「雨雪」句之後注云「征夫途

中往來景象。」按此不算誤解，但不知其中深義耳。

小雅・何人斯①

（全詩見「魚」字應用系列）

原 詩	譯 文
彼何人斯？②	那人是個什麼人？
胡逝我陳？③	為何進入我家門？
我聞其聲，	隱約聽見有聲音，
不見其身。	瞧瞧卻不見其身。
不愧于人？④	難道對人不慚愧？
不畏于天？⑤	不怕老天不怕神？
彼何人斯？	那人是個什麼人？
其為飄風。⑥	好似飄風過一陣。
胡不自北？	為何不從北邊走？
胡不自南？	為何不從南邊尋？
胡逝我梁？⑦	為何到我魚梁去？
祇攪我心！⑧	偏偏攪亂我的心！

注　釋

①小雅——見「魚」字應用系列《小雅・小弁》注①。

②彼——那、他。

　斯——助詞。

③陳——堂下至院門之通道。《毛傳》：「陳，堂塗也。」進入
院門，就是堂塗。

④⑤不愧于人？不畏于天？——嚴粲《詩緝》：「汝不愧于人，
不畏于天乎？責之之辭也。」

⑥飄風——疾暴之風，或訓旋風。情詩中多以飄風喻離異、喻
遠別。

⑦胡逝我梁——為何到我魚梁去。胡，為何？逝，去、到。
梁，攔水捕魚小壩。《詩經》情詩以魚、梁、筍等喻婚姻。詳
見「魚」字應用系列。

⑧祇（ㄓ）——恰恰。
攪——擾亂。

題旨簡述

此篇為棄婦之詩，情節較為複雜。詩中夫妻雙方，感情本甚
相好，後來丈夫變心，暗中有了新歡，開始疏遠妻子，不常回家
去了。而他那個新歡，卻時常飄忽不定地到他家或魚梁去找他，
便使這位棄婦陷入極大痛苦中：一面嫌那個女人前來攪亂了他的
生活，一面數落丈夫為鬼為蜮，不是好人。全詩八章，前見
「魚」字應用系列，此其第三、四章，主詠那個女人（丈夫的新
歡），行蹤飄忽，不時來干擾她的生活。

《詩序》解此詩為周大臣之間的怨隙，亦即所謂的蘇公刺暴公
云云，與詩文內容不符。

風字辨證

此篇兩章皆作設問體。前章以設問體，詠丈夫那個「新歡」
行為之詭祕；後章以設問體，直指丈夫那「新歡」為飄風。飄風
者，暴疾之風，亦或訓為旋風。前《匪風》詩以「匪風飄兮」為
興，詠夫妻之遠離久別；此篇以「其為飄風」為賦，詠夫妻之被
離異，與《終風》詩「終風且暴」相似，同屬大風不利婚姻之例

證，只各自情節差別，互有異同。歷代解此，無大誤會，但亦僅知其辭面義，不知其深義而已。如：

《鄭箋》：「何人乎？女行來而去，疾如飄風，不欲入見我。」

《詩集傳》：「言其往來之疾，若飄風然。」

《詩說解頤》：「飄風忽然而來，言其來之疾，不知所起也。」

《詩經今注》：「飄風，旋風。旋風亂颰，不可捉摸。」

此漢、宋、明、今四家，解法大體一致，然均不出其辭面之比喻義。未明風字之真義。

小雅・蓼莪①

原　　詩	譯　　文
(一)	(一)
蓼蓼者莪，②	又高又大是莪蒿，
匪莪伊蒿。③	不是莪蒿是青蒿。
哀哀父母，	可憐雙親父和母，
生我劬勞。④	生我養我太劬勞。
(二)	(二)
蓼蓼者莪，	又高又大是莪蒿，
匪莪伊蔚。⑤	不是莪蒿是牡蒿。
哀哀父母，	可憐雙親父和母，
生我勞瘁。⑥	生我養我太辛勞。
(三)	(三)

缾之罄矣，⑦　　　　　　瓶兒空空沒有水，
維罍之恥。⑧　　　　　　徒給罈兒增羞恥。
鮮民之生，⑨　　　　　　我自活在此世間，
不如死之久矣。　　　　　不如老早就去死。
無父何怙？⑩　　　　　　沒有父親何所靠？
無母何恃？⑪　　　　　　沒有母親何所依？
出則銜恤，⑫　　　　　　走出家門含悲傷，
入則靡至。⑬　　　　　　回至家中孤淒淒。

(四)　　　　　　　　　　(四)
父兮生我，　　　　　　　父親大人生下我，
母兮鞠我。⑭　　　　　　母親大人哺養我。
拊我畜我，⑮　　　　　　撫養我啊愛護我，
長我育我。⑯　　　　　　培養我啊教育我。
顧我復我，⑰　　　　　　照管我啊掛念我，
出入腹我。⑱　　　　　　出門進門想著我。
欲報之德，　　　　　　　欲報大恩與大德，
昊天罔極。⑲　　　　　　皇天不惠可奈何。

(五)　　　　　　　　　　(五)
南山烈烈，⑳　　　　　　南山道路艱又險，
飄風發發。㉑　　　　　　疾風呼呼刺骨寒。
民莫不穀，㉒　　　　　　人們莫不生活好，
我獨何害。㉓　　　　　　我獨不幸受災難。

(六)　　　　　　　　　　(六)
南山律律，㉔　　　　　　南山道路險又艱，
飄風弗弗。㉕　　　　　　疾風呼呼刺心寒。
民莫不穀，　　　　　　　人們莫不生活好，
我獨不卒。㉖　　　　　　我獨養老送終難。

注　釋

①小雅——見「魚」字應用系列《小雅·小弁》注①。

②蓼蓼（ㄌㄨˋ）——長大貌。

　莪（ㄜˊ）——莪蒿，莖抱根而生，嫩時可食。李時珍《本草綱目》：「莪抱根叢生，俗謂之抱孃（娘）蒿。」《毛詩傳箋通釋》：「是莪蒿即茵陳蒿之類。常抱宿根而生，有子依母之象，故詩人借以取興。」

③匪——非。

　伊——是。

　蒿——俗云蒿子，不可食。

④劬（ㄑㄩˊ）——勞累。

⑤蔚——蒿的一種，又名牡蒿。取義同注③伊蒿。

⑥瘁（ㄘㄨㄟˋ）——病困，勞累。

⑦缾（ㄆㄧㄥˊ）——瓶。

　罄（ㄑㄧㄥˋ）——空、盡。

⑧罍（ㄌㄟˊ）——罈形容器。

　維——乃。

　嚴粲《詩緝》：「缾以汲水，罍以盛水。缾小喻子，罍大喻父母。缾汲水以注于罍，猶子之養父母。缾罄竭，則罍無所資，爲罍之恥。猶子窮困，則貽親之羞也。」

⑨鮮民——斯民。鮮，斯，一聲之轉。或云：鮮，寡也。鮮民即寡民。《毛詩傳箋通釋》：「寡民猶言孤子」。

⑩怙（ㄏㄨˋ）——依靠。

⑪恃（ㄕˋ）——依賴。

⑫銜恤——含憂、懷愁。銜，含。恤，憂。

⑬靡至——沒著落。靡，沒有。至，歸宿。一說：至，親也。

⑭鞠（ㄐㄩ）──養育。

⑮拊（ㄈㄨˇ）──撫愛、撫育。

　畜（ㄒㄩˋ）──養育、愛護。

⑯長──使成長、培養。

⑰顧──看視、照管。

　復──聞一多《詩經通義》：「顧，念也，復亦訓念。復之義為往復，往復思之，亦謂之復。」

⑱腹──義同上句之復。聞一多《詩經通義》：「毛作腹，正當讀為復。此『復我』，即疊上『顧我復我』句中之文。復者，上文『拊我畜我，長我育我』拊畜同義，長育同義，此文『顧我復我』顧復亦當同義。」一說：腹，懷抱也。

⑲昊天──皇天、蒼天。

　罔極──沒有準則。罔，無。極，中正、公正。《經義述聞》卷六：「『昊天罔極』猶言『昊天不傭』、『昊天不惠』，朱子所謂無所歸咎而歸之天也。」

⑳烈烈──山石險峻貌。烈或為厲、礪之假借。古代礪山氏（炎帝）又作烈山氏，二字互假。一說：烈烈，即冽冽，寒冷。

㉑飄風──疾風、大風。在此作災難之象徵，詳見「總論」。

　發發──疾風聲。

㉒穀──善。

㉓我獨何害──我獨蒙受禍害。何，通「荷」，蒙受。或訓「為何」，亦通。

㉔律律──同烈烈。《集韻》引《詩》作「嵂嵂」。

㉕弗弗──猶「發發」，疾風聲。

㉖不卒──不得終養父母。卒，終，指終養。

此篇詠孝子不得終養父母之哀傷，具體事件不明。

《詩序》云：「《蓼莪》，刺幽王也。民人勞苦，孝子不得終養耳。」這是明顯附會，與詩文內容不合，詩末兩章明言：「民莫不穀，我獨何害（不卒）」，證明人們都好，只是這一家不好，與幽王有何關係？《毛傳》云：「不得終養者，二親病亡之時，時在役所，不得見也。」這僅是一種可能，未有所據，所以姚際恆云：「未有適在役所而二親齊病亡者。詠詩之事不可考，而孝子之情，感傷痛極，則千古爲昭也。」（《詩經通論》）

當今論壇，似仍多承孝子從役或「民之勞苦」說，未出前人窠臼。

此詩共六章，第五、六兩章疊詠，均以「飄風」句爲興，以引起「我獨何害」「我獨不卒」之哀傷。從全詩結體言，前四章具言父母養育之恩、未得孝終之苦；末兩章，實全詩情思之總括。由此可見這兩個「飄風」句的重要象徵意象。前「總論」中明言，詩以飄風象徵夫妻之不合或喻社會災難，此當屬其後者，不再屬婚姻之事了。此一類型，僅見小雅・大雅中，國風中無之。

《鄭箋》云：「民人自苦見役，視南山則烈烈然，飄風發發然，寒且疾也。」「民皆得養其父母，我獨何故睹此苦寒之害。」此承《毛傳》意，言孝子服役受到苦寒之害。顯然不得詩意。且孝子亦未必服役也。姚際恆說得好：「不知『南山』二句是興，非賦也。」（《詩經通論》）歷代說詩，很少注意及此，實爲一大疏忽。

　　季本《詩經解頤》：「鄭氏曰，烈烈猶栗烈也；發發，疾貌。此皆慘酷之意，以喻天降毒害，而使父母終也。」「此兩章皆言天降慘酷之禍，而使不得終身致孝也。」此未必明於古俗，然大體合於詩義。

　　當今論壇，正解此句者少。蔣立甫《詩經選注》云：「兩句以高山寒流，疾風呼叫，象徵自己遭遇不幸。」此與季本氏相似，亦大體合於詩義。

小雅・四月①

原　詩	譯　文
四月維夏，②	四月天氣方入夏，
六月徂暑。③	六月天氣已盛暑。
先祖匪人？④	難道先祖不仁慈？
胡寧忍予！⑤	忍心看我白受苦！
秋日淒淒，⑥	秋月西風冷淒淒，
百卉俱腓。⑦	地裡百草盡枯萎。
亂離瘼矣，⑧	憂愁離亂使人病，
爰其適歸？⑨	天下何處容我歸？
冬日烈烈，⑩	冬天日子多冽冽，
飄風發發，⑪	呼呼疾風刺骨寒。
民莫不穀，⑫	人們無不生活好，
我獨何害！⑬	為何獨我受苦難！

注　釋

①小雅——見「魚」字應用系列《小雅‧小弁》注①。

②四月——夏曆四月。

　　維——助詞。

③徂（ㄘㄨˊ）——往、至。《鄭箋》:「徂，猶始也。四月立夏矣，至六月乃至盛暑。」

④先祖匪人?——先祖難道不仁慈?匪，非。人，仁、仁愛。

　　一說:匪人，非他人、非外人。王夫之《詩經稗疏》:「自我而外，不與己親者，或謂之『他』，或謂之『人』，皆疏遠不相及之詞。」

⑤胡寧——何為、何乃。胡，何。寧，乃、竟。

　　忍予——忍心於我。忍心看我遭受禍害。

⑥淒淒——寒涼。

⑦百卉（ㄏㄨㄟˋ）——百草。卉，百草之總稱。

　　俱——都。

　　腓——通「痱」。《玉篇》引《詩》作「痱」。《毛傳》:「腓，病也。」在此指草木枯萎。

⑧亂離——禍亂離散。一說:離通「癙」，憂愁。

　　瘼（ㄇㄛˋ）——病。

⑨爰（ㄩㄢˊ）——何、何處。

　　其——助詞。

　　適——去、到。

　　歸——歸宿。

⑩烈烈——通「冽冽」，寒冷。

⑪飄風——暴風、疾風。

　　發發——疾風聲。或訓疾貌。

⑫穀——善。一說：養、養活。

⑬何——通「荷」、蒙受。或訓「為何」，亦通。《詩毛氏傳疏》：「言人無不貪生者，而我何獨遭此害也。」

題旨簡述

此篇為抒憤詩。一位仕人自詠其遭讒被逐、又逢離亂，輾轉南國，無所容身的哀愁。

《詩集傳》云：「此亦遭亂自傷之詩」，《詩經原始》：「逐臣南遷也。」此兩家各說了一方面，合起來，可接近此詩題旨。全詩八章，篇幅較長，此錄其一、二、三章。三章特點，不詠具體事實，只按三個季節，抒發內心哀愁。

《詩序》云：「《四月》，大夫刺幽王也。在位貪殘，下國構禍，怨亂並興焉。」此說甚空泛，亦無從確定為刺幽王事。無可取，後世亦多不用。

風字辨證

此詩第三章，以「冬日烈烈，飄風發發」起興，引起下文「我獨何害」的哀傷。其語言與起興方式，同上篇《蓼莪》之五章甚相似，同以「飄風發發」喻不幸、喻災難。所不同者，《蓼莪》詠「不得終養」之苦，此篇詠放逐，離亂之不幸耳。

此三章共同特點，以時令性機制起興。如只按觸親生情之意義作理解，上下文意貫通，並無滯礙。但「飄風發發」之句，仍屬「風」「雨」字應用系列之範疇，仍然是它那個時代的民德心理之積澱。

歷代解此，除一些附會穿鑿之詞本無可取外，其餘有可取者，亦僅限「觸景生情」而已，如：

《鄭箋》：「烈烈，猶栗烈也。發發，疾貌。言王為酷虐慘毒

之政,如冬日之烈烈也。其極行于天下,如飄風之疾也。」此按《詩序》之意作注,以冬日比虐政,以飄風比推行虐政之疾速。解題既誤,解「風」亦誤。

《詩集傳》:「烈烈,猶栗栗也。發發,疾貌。穀,善也。夏則暑,秋則雨,冬則烈,言禍日進,無時而息也。」此以「烈烈」「發發」等比禍亂之日進,與《鄭箋》有不同,但亦常識性理解,不明風字深義。

《詩經原始》:「回憶來時,景象頻更:秋則白日淒淒,冬則飄風發發……百草皆枯,不覺愴然泣下。」此按觸景生情常識作理解,可以有助欣賞,而於「飄風」句,亦仍昧於其深義。

當代論壇,對此多未作解。偶有之,不出前賢窠臼。

小雅 · 谷風①

原　　詩	譯　　文
(一)	(一)
習習谷風,②	大谷起風聲習習,
維風及雨。	風聲回盪雨聲急。
將恐將懼,③	憶昔新婚恐懼日,
維予與女。④	惟我與你心相知。
將安將樂,⑤	今你安樂新婚好,
女轉棄予。⑥	你自狠心把我棄。
(二)	(二)
習習谷風,	大谷起風聲習習,
維風及頹。⑦	風聲更兼雷聲起。

將恐將懼，	憶昔新婚恐懼日，
寘予于懷。⑧	擁我懷中可親昵。
將安將樂，	今你安樂新婚好，
棄予如遺。⑨	你自狠心把我棄。
(三)	(三)
習習谷風，	谷風吹來聲習習，
維山崔嵬。⑩	谷風起在空谷裡。
無草不死，	山上無草不枯萎，
無木不萎。⑪	地上無木不枯死。
忘我大德，	大恩大德你不記，
思我小怨。⑫	區區小怨把我棄。

注　釋

①小雅──見「魚」字應用系列《小雅・小弁》注①。

②習習──大風聲。

　谷風──大風。起自山谷之風。詳見本系列《邶風・谷風》篇注②。

③將恐將懼──且怨且懼。指初婚時男女交接的心理狀態。聞一多《詩經通義》：「張衡《同聲歌》：『邂逅乘際會，得充君後房。情好新交接，恐慄若探湯。』即《詩》恐懼之確解矣。」

④予──我。

　女──你。

⑤將安將樂──且安且樂。與「將恐將懼」對文。指丈夫另覓新歡之後的快樂生活。

⑥棄──拋棄。

⑦頹（ㄊㄨㄟ）──聞一多《詩經通義》：「頹讀為穨（音

頯），訓雷。風之挾雷雨以並至者，非大風而何？」

⑧寘——同「置」，放，寘予於懷，擁抱我於懷中。

⑨如遺——如同丟棄、忘掉。

⑩崔嵬（ㄨㄟˊ）——山谷。聞一多《詩經通義》：「嚴粲引錢氏曰『谷風·谷中之風也。』案錢說是也。……《小雅·谷風》篇曰：『習習谷風，維山崔嵬』，維猶在也。崔嵬即《莊子》之『畏佳』，謂山之曲隈，山之曲隈即山谷矣。」崔大華《莊子岐解》：「畏佳，謂山之曲凹處。」

⑪萎——乾枯、衰落。

⑫小怨——小不合，小矛盾。

題旨簡述

此篇為棄婦詩。夫妻初婚之時，共同度日，感情甚好，女子對丈夫有大德。為時不久，丈夫變心，把妻子拋棄了。此篇與《邶風·谷風》標題相同，題旨亦同。聞一多曾猜測兩篇「所詠一事，惟文詞詳略為異，當係一詩之分化。」耳。（《詩經通義》）

《詩序》云：「《谷風》，刺幽王也。天下薄俗，朋友道絕焉。」視此為棄友詩。《詩集傳》亦從之云：「此朋友相怨之詩」。均不解此詩真諦。

風雨辨證

《詩經》以一般風雨喻交歡、喻婚娶，以大風伴雨象徵離異，前「總論」已有明言。此篇以大風伴雨起興，同法與《邶風·谷風》同，故所興起之婚情亦相似：夫妻婚後相愛，但又終於破裂，丈夫變心，拋棄妻子。所不同者，《邶風》置興於首章，此篇則用疊章耳。詠大風伴雨喻婚變，《詩經》只此兩篇。請特別注意此篇第三章，言大風而不再言雨，草木盡死，夫妻恩澤也就斷

了。後世解此，多不明其眞義。

《毛傳》：「興也。風雨相感，朋友相須。」《鄭箋》：「風而有雨則潤澤行，喩朋友同志則恩愛成。」按古人以天地相感喩男女，前「總論」已有提及。《毛傳》承《詩序》解題，改以風雨相感喩朋友，似是而非，連題旨也弄錯了。

《詩說解頤》：「言暴風出于大谷，而風雨交作，以比事變之來也。」《詩經通論》：「來自大谷之風，大風也。又習習然連續不斷，繼之以雨，喩連變恐懼之時，猶後人以『震風、凌雨』喩不安也。」按兩家釋谷風爲大風，不爲誤。然只知以震風凌雨喩不安，仍一般常識性理解，未明大風及雨之古義。

小雅・漸漸之石①

原　詩	譯　文
(一)	(一)
漸漸之至，②	岩石巉巉又岈岈，
維其高矣。	巒峯高起入雲齊。
山川悠遠，③	山川悠悠復漫漫，
維其勞矣。④	邦宇遼闊無邊際。
武人東征，	軍人東征戰事緊，
不皇朝矣！⑤	無暇計算朝與夕！
(二)	(二)
漸漸之石，	岩石巉巉又岈岈，
維其卒矣。⑥	峯巒奇峻高無比。
山川悠遠，	山川悠悠復漫漫，

曷其沒矣？⑦	何時見到邊與際？
武人東征，	軍人東征戰事緊，
不遑出矣！⑧	無暇脫身得安息！
(三)	(三)
有豕白蹢，⑨	看那豬兒皆白蹄，
烝涉波矣。⑩	一齊跑進水波裡。
月離于畢，⑪	月亮靠近天畢星，
俾滂沱矣。⑫	一場大雨濕淋漓。
武人東征，	軍人東征戰事緊，
不皇他矣！⑬	可憐無暇思家室！

注　釋

①小雅——見「魚」字應用系列《小雅·小弁》注①。

②漸漸（ㄔㄢ）——同「巉巉」，山石高峻貌。

③悠——長、遠。

④勞——通「遼」，遼遠。《鄭箋》：「其道里長遠，邦域又勞勞廣闊。」

⑤皇——同「遑」。不遑、不暇。

　不皇朝——《詩集傳》：「言無旦夕之暇也」。《詩毛氏傳疏》：「不皇朝，猶言無暇日耳。《左傳》云：『朝夕之不皇』，句義相同。」

⑥卒——通「崒」（ㄗㄨ），高峻。

⑦曷其沒矣——山川廣遠，何時是個盡頭。《詩集傳》：「言所登歷何時而可盡也。」曷，何時、哪裡。沒，盡頭。

⑧不皇出——無暇脫開。出，脫身。《毛詩鄭箋平議》：「此與前章『不皇朝』，末章『不皇他』意互足。蓋謂……朝夕無暇出於其他也。」

⑨豕──豬。

蹢（ㄉㄧ）──蹄。

⑩烝涉波矣──《鄭箋》：「烝，衆也……衆豕涉入水之波漣
矣。」涉，跨水。

⑪月離于畢──月亮經過畢星。離，歷、經過。一說：離即
麗，靠近。畢，廿八宿之一，由八星組成，形如長柄網。豕
涉波、月離畢，皆爲雨象，詳見「總論」。

⑫俾──使。

滂沱──大雨貌。

⑬不皇他矣──不暇思及別事。在此應專指思念妻室之事。周
俗見雨而思婚姻，雨爲婚娶之象。此章以雨起興，上下文意
必對應。

題旨簡述

此篇爲征人思家之詩。山川悠遠、作戰又苦又急，慨嘆連想
家的時間都沒有。

《詩序》：「《漸漸之石》，下國刺幽王也。戎狄叛之，荊舒不
至，及命將率東征，役久病于外，故作是詩也。」按史傳無幽王
東征事，一向學者多不取。此詩作於何時，尚無定論。

《詩集傳》：「將師出征，經歷險遠，不堪勞苦，而作此詩
也。」後世多從此說，視此詩題旨止戰士之勞苦，未察詩人之本
意。

雨字辨證

要正確理解此詩，主在第三章。

「有豕白蹢，烝涉波矣。」《毛傳》云：「將久雨則豕（豬）
進涉水波。」聞一多《周易義證類纂》：「《述異記》曰：『夜半天

漢中有黑氣相連，俗謂之黑豬渡河，雨候也。……《御覽》一○引黃子發《相雨書》：『四方北斗中無雲，惟河中有雲，三牧相連，如浴豬豨，三日大雨。』與《詩》之《傳》說吻合，是其證驗。……是《詩》所謂『豕白蹢者』，即星中之天豕，明矣。」

「月離于畢，俾滂沱矣。」《毛傳》：「月離（歷、經過）陰星則雨。」《詩集傳》：「豕涉波，月離畢，將雨之象也。」

從上所述，知此章之「豕涉波」、「月離畢」云云，皆隱言一個雨字。而雨為婚聚之象、歡合之徵。周俗見雨而思婚姻，則下文「武人東征，不遑他矣」就正是征人忙於作戰，無暇顧及妻室（或待娶）之愁思了。其前兩章所云「不皇朝」、「不皇出」，皆指時間之緊迫；此章「不皇他矣」才正是征人的心底話。把前兩個「不皇」都包涵在內了。這才是整篇的題旨。

此詩不言雨，而實言雨，是此類「風」「雨」字應用系列之特例，其旨仍在思團圓、思家室，只因隱藏不露，歷代注家多只知「豕涉波」為雨象，卻仍不明其真諦。如：

《鄭箋》：「豕之性能水，又唐突難禁制……今離其繒牧之處，與眾豕涉入水之波連矣。喻荊舒之人勇悍捷敏，其君猶白蹢之豕也。……賤之，故比方于豕。」此承《詩序》作箋，皆係附會之談，當然全無可取。

《詩集傳》：「張子曰：豕之負塗曳泥，其常性也。今其足皆白，眾與涉波而去，小患之多可知矣。此言久役又逢大雨，甚勞苦而不暇及他事也。」此仍如釋《采薇》篇，以大雨象徵勞苦，未明雨字本義。《詩說解頤》亦云：「遇雨如此，甚切武人東征之憂，豈暇于他及哉！承上章，不特經歷險阻而矣，且又有遇雨之苦矣。」同《詩集傳》一個意思。

《詩經原始》：「此必當日實事。月離畢而大雨滂沱，雖負塗曳泥之豕，亦烝然涉波而逝，則人民之被水災而幾為魚鱉可

知。」按此言水災，並以「勞苦自嘆」（方氏自言）為旨歸，仍
不出《詩集傳》之意，亦仍無可取。

　　當今論壇，亦仍限「勞苦」為說，亦出前賢窠臼。

大雅・卷阿①

原　詩	譯　文
有卷者阿，②	大陵蜿蜒看雄姿，
飄風自南。③	飄風自南吹而至。
豈弟君子，④	君子平易又和樂，
來游來歌，	既游且歌來此地，
以矢其音。⑤	羣賢獻詩言其志。
伴奐爾游矣，⑥	回還來往你游樂，
優游爾休矣。⑦	君子平易又和樂，
豈弟君子，	隨意寬舒你安歇，
俾爾彌爾性，⑧	願你善行更光潔，
似先公酋矣。⑨	繼承先公大事業。

注　釋

①大雅——見「魚」字應用系列《小雅・小弁》注①。

②有卷（ㄑㄩㄢ）——捲捲、彎曲，蜿蜒曲折之意。有，形容
　詞頭。

　阿——大的丘陵。《岐山縣志》：「卷阿在縣西北二十里岐山
　之麓。今有姜源祠、周公祠、潤德泉。」

③飄風——疾風、迴風。

　　自南——自南面來。

④豈弟——同愷悌。和樂平易，和善可親。

　　君子——指周王。

⑤矢——陳、直。

　　矢其音——直陳其音。如矢口成文之矢。

⑥伴奐（ㄆㄢ ㄏㄨㄢ）——高亨《詩經今注》：「伴奐，當讀爲盤桓，回還往來之意。」一說：優閒。《詩集傳》：「伴奐，優游閒暇之意。」

　　爾——您。指周王。當時臣對君可以稱爾。

⑦優遊——閒適自得貌。與伴奐大體同義。

　　休——休息，安適。

⑧俾（ㄅㄧˇ）——使。

　　彌（ㄇㄧˊ）——滿、終、盡。

　　性——在此指善性。

　　姚際恆《詩經通論》：「彌，《釋文》：益也。彌爾性，謂充足其性，使無虧間也。」

⑨似先公——繼承先王。似，通「嗣」，繼承。公，尊稱。

　　酋——事業。于省吾《詩經新證》卷三：「酋，即猷之省文。」高亨《詩經今注》：「酋，讀爲猷（ㄧㄡˊ），謀也。此句言君子繼承先公的事業。」一說：酋，終也。即《詩集傳》所謂「似先君善始善終之意。」

題旨簡述

　　此篇詠周臣隨周王遊覽，陳詩助興，歌功頌德。全詩十章，篇幅甚長，茲錄其第一、二兩章。首章作「總敍以發端」（朱熹語），次章頌周王功業。

《詩序》：「《卷阿》，召康公戒成王也。言求賢用吉士也。」
按此史無可據，故不可信，細味詩文，實只為周王朝臣子或地方
諸侯隨周王出遊時的獻詩。

風字辨證

此詩第一章，以「飄風自南」起興，以興起周王的卷阿之遊
及其臣子的祝頌。

前「總論」中明言，詩以飄風喻離異、喻男女不合，詩例多
見於國風；次以飄風喻災難、喻禍害，詩例見於二雅；再次以飄
風喻王者、喻權威，此例即其明證。王者，世間權力之象徵；大
風，天地間之神威。天人非一事，卻有相似點。孔子曰：「君子
之德風」（《論語・顏淵》），此詩詠「豈弟君子」，亦正君子之
風也。從此可以看出，「飄風」這一觀念，在《詩經》那個時代，
也顯示不同的指向與層次。二雅多言政事，飄風可以喻災難、喻
王者，也喻男女之不合或離異，國風多言民間事，便主喻男女之
離異或不合了。這同「魚」字應用系列之魚觀念所呈現出的複雜
性頗為相似。歷代解此，多從《詩序》作附會，不知此中眞義。
如：

《毛傳》：「飄風，迴風也。惡人被德化而消，猶飄風之入卷
阿也。」此以飄風喻惡人、以卷阿比周王大德可以教化惡人。全
附會無可取。

《鄭箋》：「有大陵卷然而曲，迴風從長養之方來入之。興
者，喻王者屈體以待賢者，賢者則猥來就之，如飄風之入卷阿
然。」此以飄風（迴風）喻賢人，以卷阿比王者之屈體，穿鑿尤
甚於《毛傳》，當然尤無可取。

王安石《詩義鈎沈》引《讀書記》曰：「王氏曰：『有卷者阿』，
則虛中屈體之大陵。『飄風自南』則化養萬物之迴風。不虛中則風

無自而入，不屈體則風無自而留。其爲陵也不大，則其化養也不博。王之求賢，則亦如此而已。」此則與《鄭箋》略同，仍無可取。

後世及當今論壇，對此多無解。以爲不須解，或以爲不可解，不得而知。

大雅・桑柔①

原　詩	譯　文
維此良人，②	只有一些賢德人，
弗求弗迪，③	不求鑽營不苟進。
維彼忍心，④	你看那些貪殘者，
是顧是復。⑤	觀望反覆黑其心，
民之貪亂，⑥	百姓被迫來作亂，
寧爲荼毒。⑦	寧願造禍摧其根。
大風有隧，⑧	大風吹來呼呼聲，
有空大谷。⑨	大谷無底空又空，
維此良人，	只有一些賢德者，
作爲式穀。⑩	爲人爲政有章程，
維彼不順，⑪	你看那些專橫者，
征以中垢。⑫	爲政不端垢中行。
大風有隧，	空谷來風呼呼吹，
貪人敗類。⑬	貪人殘忍敗同類。

聽言則對，⑭　　　　　聽到諂言就回答，

誦言如醉。⑮　　　　　聽到陳言如酒醉。

匪用其良，⑯　　　　　忠良之言不采理，

覆俾我悖。⑰　　　　　反誣我爲悖逆輩。

嗟爾朋友，⑱　　　　　可嘆你們同僚輩，

予豈不知而作，⑲　　　　我豈不知您所爲。

如彼飛蟲，⑳　　　　　莫看鳥兒飛上天，

時亦弋獲。㉑　　　　　時亦一箭往下墜。

既之陰女，㉒　　　　　我也曾經庇護你，

反予來赫。㉓　　　　　反來威嚇要治罪。

注　釋

①大雅──見「魚」字應用系列《小雅・小弁》注①。

②戾人──賢臣、賢德之人。

③弗求──不貪求，不營謀。

　　弗迪──不幹進。

④忍心──殘忍、貪酷之徒。

⑤是顧是復──瞻顧反覆，迷於貪榮。陳奐《詩毛氏傳疏》：
　　「彼忍心之人，惟是瞻顧反覆，無常德也。」

⑥民之貪亂──朱熹《詩集傳》：「民不堪命，所以肆行貪亂，
　　而安爲荼毒也。」

⑦寧爲荼毒──寧肯造出禍害，寧，寧願。荼，苦。毒，害。

⑧有逐（ㄙㄨㄟ）──疾風之狀。王引之《經義述聞》：「《文
　　選・聖主得賢臣頌》：『追奔電，逐遺風』。李善注曰：『遺
　　風，風之疾者。遺與隧，古同聲而通用。』」《毛詩傳箋通
　　釋》：「《玉篇》：颲，風貌。颲，即遺字之或體，是正『有

隩』爲風狀之證。」

⑨空──大。《經義述聞》:「有空,亦形容大谷之辭也。」

⑩式穀──《詩經今注》:「式,句中助詞。穀,善也。」

⑪不順──行不順之事,不順民心天意者。

⑫征以中垢──行於汙穢之中。胡承珙《毛詩後箋》:「案,中
　垢,言垢中也。猶中林、中谷之比。謂不順之人,其行各在
　垢中。垢,塵垢也。」

⑬貪人敗類──貪惡之人,殘害同類。一說:敗壞善類。

⑭⑮聽言則對,誦言如醉。──《毛詩傳箋通釋》:「《廣雅》:
　『聽、聆,從也。』聽言謂順從之言,即譽言也。《說文》:
　『誦,諷也。』……誦言即諷諫之言也。《詩》言貪人好譽而惡
　諫,聞譽言則答,聞諫言則如醉。與《雨無正》『聽言則答,
　譖言則退』義同。」

⑯匪用其良──不用忠言。匪,非。

⑰覆俾我悖(ㄅㄟˋ)──《詩義會通》:「不用善人,反以我爲
　悖。」覆,反。俾,通「睥」,睥睨,邪視貌。悖,悖逆、
　悖亂。

⑱爾──你們。
　朋友──同列臣僚。

⑲而──同「爾」,你們。
　作──作爲。

⑳飛蟲──飛鳥。

㉑時──有時。
　弋(ㄧˋ)獲──射中而得之。弋,繳射也,箭上帶繩。獲,
　捉住。《毛詩傳箋通釋》:「《詩》以飛鳥之難射,時亦以弋射
　獲之,喻貪人之難知,時亦以窺測得之耳。」

㉒旣之陰女──我曾庇護過你們。旣,曾。之,助詞。陰,借

　　爲蔭，庇蔭、女，汝。

　　㉓反予來赫──反來威嚇我。赫，怒、嚇。予，我。

題旨簡述

　　此周厲王大臣芮良夫指刺朝政之詩。厲王暴虐，好專利，權奸榮夷公當道，人們反叛，國亡無日。芮良夫諫而不入，賦此詩以抒憂憤。全詩十六章，爲《詩經》篇幅之最長者，此錄其第十一至十四章，主詠對權奸榮夷公的控訴。

　　《詩序》：「《桑柔》，芮伯刺厲王也。」《毛傳》：「芮伯，畿內諸侯，王卿士也。字良夫。」《左傳‧文公元年》亦云此「周芮良夫之詩」。舊說不誤。

風字辨證

　　此篇中間兩章，皆以「大風有隧」，起興，以興起對權奸的指控。後一章，把「大風有隧」與「貪人敗類」兩句直接相聯繫，一眼可看出「大風」的象徵義；前一章，於「大風有隧」之後，先墊以「維此良人」兩句，似乎用法有變，其實，最後仍落實於章末：「維彼不順，征以中垢」，指權奸。

　　此兩章結體，同上篇「有卷者阿，飄風自南」（《卷阿》）有相似；所不同者，《卷阿》以飄風喻王者，此篇以飄風喻權臣，而且也象徵災難，又同《蓼莪》之「飄風發發」相似。從此例，可與《卷阿》相參照，進一步看出「飄風」「大風」這觀念，在《詩經》所呈現的多層次多指向的性質。

　　《毛傳》解此詩：「隧，道也。」《鄭箋》：「西風謂之大風，大風之行，有所從而來，必從大空谷之中。喻賢愚之所行，各由其性。」《詩集傳》：「大風之行有隧，蓋多出于空谷之中，以興下文君子小人所行，亦各有道耳。」按兩家皆以大風之有所來、

有所出,比賢愚各有其道、由其性。說法稍有不同,然而皆為附
會。而且這「有隧」乃訓疾風之狀,兩家宗《毛傳》,也都弄錯
了。

　　季本《詩說解頤》:「隧,道也。大風為大谷所容,因可通王
道而發,則其暴猛之勢不可遏也。以喻不順之人,為君所容,則
亦乘間而發矣。」按如此釋大風之暴猛,似無不可,然以空谷、
大風喻君主、權臣之關係,則亦何穿鑿耳。

　　當今論壇,注意解此者甚少。偶有之,亦多引前賢舊說。

「茅」字應用系列

一、總論

　　《詩經》篇章中言茅，大概可分兩類：一類用其植物學本義，例如「晝而于茅，宵而索綯」（《豳風・七月》）便是，這裡不作論述；另一類，則兼用爲社會生活的象徵物。凡屬這後一類篇章、便統歸這一個系列。

　　這一系列中的茅字，由於年代之久遠，歷史、風俗之隔膜，以及茅在社會生活用途的變化等等原因，現在要讀懂解其隱藏著的象徵義，本已有了困難，再加歷代說詩受種種舊注束縛，深入辨證者少，穿鑿附會者多，代代相傳，便日益弄不清它的原始涵義了。

　　關於當時的民俗，請先看《周易》中一段爻辭。例如《大過・初六》云：「藉用白茅，無咎。」此爻只有六字，語言古樸籠統，一般不去注意。但它提供出兩條重要消息：一是說，白茅在古時可用爲藉（藉爲古蓆字），做鋪墊；二是說，在一些重要的生活行爲或社會活動中，用茅做鋪墊，可以主無咎。無咎即無災，亦順利平安之意。再如《儀禮》曰：「封諸侯以土，苴以白茅。」何爲苴？《說文》：「苴，茅藉也。」這是說，茅藉即茅蓆。再如《莊子・達生》云：「十日戒，三日齊（齋），藉白茅。」再如《六韜》云：「呂尚坐茅而漁」。這前兩條信息是說，

凡古時封諸侯的重大儀式及一些重要的齋戒活動，都要以白茅之
藉做鋪墊；第三條信息是說，就連姜太公釣魚，也要以茅爲藉。
此三條所記白茅或茅之爲用，雖然各不相同，然而，卻恰恰證實
了上述《周易・大過・初六》的重大指示意義：藉用白茅，主無
咎。

　　再看關於商、周之際的兩段傳說性文字。《典錄》云：「武王
伐殷，微子啓肉袒面縛，牽羊把茅，膝行而前。」《尸子》云：
「殷湯救旱，素車白馬，身嬰白茅，以身爲牲。」這第一條是
說，周武王代殷，殷紂王之兄微子啓投降請罪，是把茅同羊合在
一起作爲獻禮的，也就是「以茅裹羊」的一種象徵，表示最大的
尊敬與隆重。第二條是說，商朝發生了旱災，商湯爲求天降雨，
是用素車白馬並把自己用白茅纏住，也就是「白茅包之」，作爲
祭天之象徵性貢品，以表最大的虔誠。

　　縱觀以上文字，儘管有的屬傳說，有的是爻辭，卻從不同的
側面，曲折地、共同地證明在《詩經》之稍前或稍後的一段時期中
所曾經存在的一項重要風俗：這就是，凡在各種重要的盛典、祭
祀、進貢等等場合，或即使個人方面的一些活動中，必以白茅爲
鋪墊爲包束，才足以表示最大的尊敬、最高的虔誠和獲得吉祥平
安的信念。如以上看法不錯，我們可從此悟出，這白茅，在《詩
經》所吟詠的有關愛情、婚娶生活中，就必然是不可缺少的禮品
或用品。只要用上白茅，就是隆重、信誠、尊敬的重要表徵和主
無咎主吉慶的象徵。而且，這樣一種禮俗，必須是行之既久，在
長期的羣體心理生活中積澱爲牢固的觀念以後，只要在作品中提
到「白茅包」、「白茅束」等等這一類詞句就可在人們頭腦中引
起關於愛情與婚娶的聯想時，這些跳動在詩篇中的普通而又特殊
的字眼，才能閃閃發光的構成動人的詩句。這樣，《詩經》的茅
字，就算是有著落了。

　　在《詩經》篇章中，另外還有幾個字，與茅字功用頗相似，這就是菅、麻、紵等，有時與茅字聯用，有時自個兒單用。例如「白華菅兮，白茅束兮。」（《小雅・白華》），這是聯合用；再如「東門之池，可以漚麻。」（《陳門・東門之地》）這就是單自用。同樣，也皆以興起婚姻與愛情。此數者，皆爲纖維性植物，取其纖維爲編織，可供生活用品；選其精而美者，可供婚禮用品，這是不言而喻的。行之既久，這菅、麻、紵等在人們心理中同男女愛情與婚姻形成特定之聯繫與積澱，也是不言而喻的。因此，它們同茅一樣，也就變成了男女愛情、婚情的象徵物，只是似還不具有像茅在歷史上形成過的那種特定的高貴身份而已。茲特附麻字四篇，一併研究欣賞。

二、篇目（附「麻」字四篇）

召南・野有死麕	齊風・南山
邶風・靜女	陳風・東門之枌
小雅・白華	陳風・東門之池
王風・丘中有麻	

召南‧野有死麕①

原 詩	譯 文
(一)	(一)
野有死麕，②	野中打來這死麕，
白茅包之。③	白茅包裝做禮品。
有女懷春，④	姑娘春心啓動了，
吉士誘之。⑤	吉士前來好定親。
(二)	(二)
林有樸樕，⑥	林中伐來是薪木，
野有死鹿。	野中打來這死鹿。
白茅純束，⑦	白茅捆束做成禮，
有女如玉。⑧	姑娘品質美如玉！
(三)	(三)
舒而脫脫兮，⑨	來時輕輕要安祥，
無感我帨兮，⑩	莫動圍裙手莫癢，
無使尨也吠！⑪	別惹毛狗叫汪汪！

注　釋

①召南──見「魚」字應用系列《周南‧關雎》注①。

②麕──鹿之一種，似鹿而小。古俗以麕、鹿為聘禮。以後改以鹿皮。《毛詩傳箋通釋》：「用其皮，非用其肉」指此。

③白茅──茅之別名，即茅草。古俗以白茅包束禮品為重禮，表虔誠、隆重。

④懷春──男女間情愛。

⑤吉士──美稱男子。

　誘──《毛傳》：「誘，道也。」道，說也，求娶之意。

⑥樸樕（ㄆㄨˊ ㄙㄨˋ）──《毛傳》：「小木也。」《詩三家義集疏》：「樸樕但供作薪」。薪爲嫁娶之象，在此與「野有死麕」同以興嫁娶。

⑦純（ㄊㄨㄣˊ）──捆、包。《詩毛氏傳疏》：「純，亦束也。」《羣經平議》：「純束，謂以白茅束此樸樕及死鹿也。」這是說，白茅既束死鹿，亦束樸樕。束樸樕亦即束薪，在《詩經》，束薪、析薪皆爲嫁娶之象。

⑧如玉──指少女純潔如美玉。

⑨舒──緩、徐。

　脫脫──輕而緩慢貌。

⑩無──毋、不要。

　感──撼之借字，觸動之意。

　帨（ㄕㄨㄟˋ）──佩巾，今名遮巾。

⑪尨（ㄆㄤˊ）──長毛狗。

　吠──狗叫。

題旨簡述

　此篇爲一情歌。姑娘長大了，有了意中人，男方以麕鹿來爲定情之贈，亦即行納徵（定親）之禮，姑娘收下禮物，並約他來家聚會。

　《詩序》云：「《野有死麕》，惡無禮也。天下大亂，強暴相陵，遂成淫風。被文王之化，雖當亂世，猶惡無禮也。」這是說，時當凶年亂世，淫風流行，此以麕鹿爲贄而來會，就是被文化之化，就是有禮了。所以《鄭箋》亦云：「有貞女，思仲春以禮

與男會，吉士使媒人道成之，疾時無禮而言然。」此皆從詩教之
禮與非禮間說詩，均無可取。但指明麕鹿之爲物，乃當時訂婚之
禮，不可不知也。姚際恆《詩經通論》云：「愚意此篇是山野之民
相與及時爲婚姻之詩。」此在舊解中，算是最敢於擺脫謬說而自
立新意者，可以參考。

茅字辨證

　　白茅爲婚禮所需用，亦男女婚娶與愛情之象徵，前「總論」
已有明證。此詩前兩章言白茅，同時言麕鹿。麕鹿在古時本爲婚
禮用品，而又兼白茅以包之，便有雙重的象徵義。《儀禮·士婚
禮》：「納徵（定婚），玄纁、束帛、儷皮。」鄭注：「皮，鹿
皮。」聞一多《詩經通義》：「以《野有死麕》證之，婚禮古蓋以全
鹿爲贄，後世苟簡，易以鹿皮。」這是說，此詩言吉士之來，既
以全鹿爲聘禮，又以表示最誠信、最吉祥的白茅爲包束，這位早
已懷春的少女，已經欣然接受了。而歷代解此，說法很多，卻大
都不合詩義。如：

　　《毛傳》：「白茅，取潔清也。」此顯係猜測之詞，不明此中
眞義。姚際恆《詩經通論》：「白茅，潔白之物，以當束帛。」此
誤以白茅代束帛，當然也是誤會。再如高亨《詩經今注》：「白
茅，一種草，潔白柔滑，古人常用它包裹肉類。」此亦仍承《毛
傳》取潔清之義。而且，誤全鹿爲鹿肉。

邶風・靜女①

原　詩

（一）

靜女其姝，②
俟我於城隅。③
愛而不見，④
搔首踟躕。⑤

（二）

靜女其孌，⑥
貽我彤管。⑦
彤管有煒，⑧
說懌女美！⑨

（三）

自牧歸荑，⑩
洵美且異。⑪
匪女之為美，⑫
美人之貽！

譯　文

（一）

有姑娘嫻靜可愛，
城角樓把我等待。
她悄悄藏起身影，
急得我搔首徘徊！

（二）

那姑娘姿容俊俏，
送給我大把紅草。
紅草啊明艷發光，
我愛你鮮嫩美好！

（三）

採牧場白茅為贈，
白茅啊美而不同。
並非是白茅為美，
實因是美人情重！

注　釋

①邶風——見「魚」字應用系列《邶風・谷風》注①。

②靜——安詳貌。

　姝（ㄕㄨ）——美色。

③俟——等候。

城隅——城角樓。聞一多《詩經通義》:「凡隅皆高于城,即包屋言之也。經傳言城隅,皆指此有屋之隅。城隅或稱樓……是城隅即今城上之角樓也。」

④愛——薆之借字,隱蔽。

⑤搔首——搔頭。

踟躕(彳彳ㄨˊ)——同躊躇,徘徊不安也。

⑥孌——俊麗。

⑦貽——贈送。

彤(ㄊㄨㄥˊ)——紅、赤。　彤管,即荑,亦即茅。

聞一多《詩經通義》:「荑即彤管」。余冠英《詩經選》:「此章的彤管和下章的荑同指一物。」

⑧煒(ㄨㄟˇ)——紅色鮮明貌。

⑨說懌(ㄩㄝˋ ㄧˋ)——歡喜,說通悅。

女——同汝,指彤管。

⑩牧——郊外野地。

歸——借作「饋」,贈送。

荑(ㄊㄧˊ)——茅之始生稱荑。

⑪洵(ㄒㄩㄣˊ)——真、誠。

異——奇特,特別的好。

⑫匪——通非。

女——同「汝」,指荑。

題旨簡述

此為一篇戀歌,詠歌男女約會時贈送信物的情思及歡樂。調子輕快活潑。

《詩序》云:「《靜女》,刺時也,衛君無道,夫人無德。」此本附會之詞,後世解者多據以與衛宣公納伋(衛宣公之子)妻相

聯繫，實皆猜測之詞，全無可信。

《詩集傳》：「此淫奔期會之詩也」。按，直指此男女情詩性質，不爲誤，只用「淫奔」一詞乃封建禮教立場使然耳。

茅字辨證

此篇第二、第三章各以「彤管」、「歸荑」起興，以興起下文的男女情思與歡樂。

何謂荑？《毛傳》云：「荑，茅之始生也。」可見，言荑亦即言茅。何謂「彤管」？聞一多《風詩類鈔》云：「荑即彤管」。余冠英《詩經選》：「郭璞《游仙詩》：『陵岡掇丹荑』，丹荑就是彤管。依此說，此章的彤管和下章的荑同指一物。」可見，此詩不言茅，而實言茅，詞章變化，乃屬詩人本分。

前「總論」中曾說，白茅爲婚禮必備，亦婚姻、愛情之象徵，此彤管乃紅色物，又當作何解釋？其實，茅之初生，皮部呈紅色，長成後即爲白茅，本是一個事物，不難理解的。

另，此篇首章言「俟我于城隅」，末章言「自牧歸荑」，細味當時之情景，似直接以在郊外所採之茅管爲贈物用作愛情與吉祥之象徵，那就不限於上篇《野有死麕》之用法，只以白茅爲包裝（白茅包之）了。

歷代解此詩，說法不少，可謂紛紛紜紜，然多不明眞諦。如《毛傳》：「荑，茅之始生。本之于荑，取其有始有終。」此以始生之茅喻婚姻有始有終，即按穿鑿附會而言，也無法自圓其說。即使始生之茅可以喻始，而言喻終，又當作何解釋？

《鄭箋》：「茅，潔白之物也，自牧田歸荑，其信美而異者，可以供祭祀。猶貞女生窈窕之處，媒氏達之，可以配人君。」此以茅之爲祭比貞女之供人君，不倫不類，可謂荒唐之甚。

《詩經解頤》：「荑與《碩人》『手如柔荑』之荑，同茅之始生者

也。以其柔白可愛，故以相貽。」《詩毛氏傳疏》：「此以茅之潔白喻靜女之德。」此同取潔白之義，而一以喻其貌，一以喻其德。似合一般情理，皆非白茅本義。

《詩經直解》：「贈以香茅，信物雖薄，而情意自厚。此如今之諺語所謂『千里送鵝毛，禮輕情誼重』也。」此以當今之順口常識解詩，過於輕易了。

姚炳《詩識名解》：「荑，茅也。古茅所以藉物。《易》曰：「藉以白茅」。此荑，其藉彤管者歟？」此說觸及古義，可惜語焉不詳，未講明白。然涉及彤管之識名，可供參考。

小雅・白華①

原　詩	譯　文
白華菅兮，②	白華稞稞漬為菅，
白茅束兮。③	白茅束之柔又軟。
之子之遠，④	那人狠心把我棄，
俾我獨兮。⑤	害我孤獨受熬煎。
英英白雲，⑥	天上白雲片片明，
露彼菅茅。⑦	野菅白茅把露承。
天步艱難，⑧	我遭時運真不濟，
之子不猶。⑨	那人居心太不平。

注　釋

　　①小雅——見「魚」字應用系列《小雅・小弁》注①。

②白華，菅（ㄐㄧㄢ）──白華為茅之一種。《毛傳》：「白
華，野菅也。已漚為菅。」白華經漚漬之後，剝取其莖部纖
維，可以製繩索、織蓆、編筐、製器物，做為婚姻用品。
《陳風‧東門之池》：「東門之池，可以漚菅。彼美淑姬，可
與晤言。」此以漚菅興愛情，可證「白華菅兮」同以興愛情
之事也。

③白茅──茅之別名，即茅草。古俗以白華主吉祥，利婚姻，
詳見「總論」。

束──包束。古時用白茅包物，做鋪墊，公私皆宜，主吉
祥、表誠信，利婚姻。

④之子──那人，指幽王。

之遠──之，助詞。遠，疏遠。

⑤俾──使。

獨──孤獨。

⑥英英──輕明貌。

⑦露──覆露、滋潤。

⑧天步──命運。上天令人行此艱難之步。《詩集傳》：「天
步，猶言時運也。」

⑨不猶──《毛傳》：「猶，可也。」《詩集傳》：「猶，如
也。」不猶，不該，不宜。

題旨簡述

此篇，古今學者多視為周幽王寵褒姒，申后被黜後的自傷之
詞。《詩序》云：「《白華》，周人刺幽后也。幽王取申女以為后，
又得褒姒而黜申后……周人為之作是詩也。」按此詩之內容與情
調，大體與《詩序》相合，歷代多從此說。按《鄭箋》之意，詩中以
「之子」指幽王。全詩八章，此其第一、二章，主詠幽王之變心

及自己命運不濟。

茅 字 辨 證

此篇第一章，以白華、白茅起興，以引起下文申后被黜的悲傷。白華者，漚漬之後為菅，剝取其莖部纖維，可以為編織，備婚姻，本即婚娶之象（見文字注解②）。再加白茅包之，自更其隆重、吉祥，增強了象徵內涵。前篇《野有死麕》云：「野有死麕，白茅包之」，此篇云：「白華菅兮，白茅束兮」，結構基本相似。所不同者，前篇從正面取義，以引起下文的定情之喜；此篇從反面為襯，以興起被黜後的哀傷。其整體思路是：想當年，茅菅為禮，喜氣盈門，共結同心，而曾幾何時，他（之子）卻把我拋棄，使我孤獨寂寞了。

第二章，以白雲茅菅起興，亦引起下文申后被黜的悲傷。白雲者，上天雨露之所生；菅茅者，婚姻愛情之象徵。白雲覆露著菅茅，自是天降潤澤，生機茂美，家室和樂之象。可曾幾何時，幽王變心拋棄我，反不如雨露之於菅茅了。這也是菅茅為興引起的一種反思。兩章機制相似。而歷代解此，卻也是紛紛紜紜，不知此中真諦。

《鄭箋》云：「白華于野，已漚名之為菅，菅柔忍（韌）中用矣，而更取白茅收束之。茅比于白華為脆。興者，喻王取于申，申后禮儀備任妃后之事，而更納褒姒，褒姒為孽，將至滅國。」《詩說解頤》：「白華已漚為菅，有為索之用，而白茅則不可用也。白華為白茅所束，猶嫡為妾所制，而不得有為也。」按兩家意思相近，皆以白華喻申后，主褒意，以白茅喻褒姒，主貶意。以菅茅之為用不用，用比女人之善惡。穿鑿附會，全無可取。

《詩集傳》：「讀詩之法，且如此章，蓋言白華白茅尚能相依，而我與子乃相去如此之遠，何哉？」《詩經直解》：「以菅茅

皆相漚束爲用，興夫婦相須爲活，反興幽王相棄，而申后獨
苦。」此同上述《鄭箋》意恰相反，以白茅束菅喻夫婦相須，亦同
是一種附會，不倫不類。《靜女》云：「自牧歸荑（白茅），洵美
且異」此把白茅單用，未言與白華相依，卻興起男女定情之喜，
又當作何解釋？

　　《詩經通論》：「愚意，白華白茅，皆以比己之潔白。」此從
一般常識取義，但亦猜測之辭，未明此中眞諦。《陳風·東門之
池》云：「東門之池，可以漚菅，彼美淑姬可與晤言。」此以漚
菅興起純潔之愛情，卻不提一個「白」字，且白華經漚漬之後，
亦未必就是潔白了。

王風·丘中有麻①
（全詩見「飢」、「食」字應用系列）

原　　詩	譯　　文
丘中有麻，②	坡上有麻一大片，
彼留子嗟。③	劉家之子正當年。
彼留子嗟，	劉家之子正當年。
將其來施施！④	請來與我結良緣！
丘中有麥，⑤	坡上有麥長得齊，
彼留子國。⑥	劉家之子正可喜。
彼留子國，	劉家之子正可喜，
將其來食！⑦	請來與我共進食！

注　釋

①王風——見「薪」字應用系列《王風·揚之水》注①。

②丘——高坡之地。

麻——麻經漚漬之後，其纖維可爲編織物，同菅紵等皆爲古時重要生活用品，亦當然爲婚姻、婚禮所必需。故有關麻菅等詞在詩中多以興婚姻、興愛情。

③彼——那。

留子——即劉子。詳見「飢」、「食」字應用系列本篇注釋。

嗟——助詞。

④將——請、願。

施施——指男子對女子的情欲行爲。詳見「飢」、「食」字應用系列本篇注釋。

⑤麥——愛情象徵物。詳見「飢」、「食」字應用系列本篇注釋。

⑥國——助詞。詳見「飢」、「食」字應用系列本篇注釋。

⑦食——暗示男女之大欲，作隱語。

題旨簡述

此爲一篇戀歌。詠一姑娘約男人幽會之事。全詩三章，詳見「飢」「食」字應用系列，此其第一、二兩章。

《詩序》解此詩：「《丘中有麻》，思賢也。莊王不明，賢人放逐，國人思之，而作是詩也。」這意思是說，周莊王爲君不明，把幾個姓留的賢臣放逐了，國人思念他們。然詩中毫無此意，全屬穿鑿附會。

此詩第一章，以「丘中有麻」起句，以興起這位姑娘盼留
（劉）子前來歡會。這裡「丘麻」二字，在當今世俗觀念中，既
不佔特殊地位，也不給人美感，而且麻有臭味，也不是戀愛的好
地方。所以，要正確理解這麻字，就仍需同上篇之「白華菅兮，
白茅束兮」（《白華》）相參照。白華已漚為菅，其纖維可以織
物，此丘麻漚漬之後，其纖維亦可織物，其中精而美者，便可做
婚禮用品。行之既久，約定俗成，這就建立起了麻字與愛情、婚
姻相聯繫的詩歌起興機制。請再看《陳風》的《東門之池》，其首章
言漚麻，次章言漚紵，末章言漚菅，同興起對那個淑女的熱烈追
求。這證明麻、紵、菅三者的興象，完全一致。另外也還看出，
這類麻字興句，多作女子之辭，這與古時之編織二藝多由女子擔
任，因而在她們的心理生活中感到特別親切，應是分不開的。而
歷代解此詩，卻全出於臆測，統統弄錯了。如：

《毛傳》：「丘中墝埆之處，盡有麻麥草木，乃彼子嗟之所
治。」《鄭箋》解釋云：「子嗟放逐于朝，去治卑賤之職而有功。
所在則治理，所以為賢。」此承《詩序》意，把「丘中有麻」解釋
為賢人之治功，當然不得詩義。

《詩集傳》：「婦人望其所與私者而不來，故疑丘中有麻之
處，復有與之私而留之者，今安得其施施然而來乎？」這是說，
麻即麻丘，乃男女幽會之所。並懷疑這個留子，還愛著外的女
子。這就更非詩義，而且虛構情節了。

今人《詩經直解》：「今按《丘中有麻》，指有麻有麥有李之丘
野，彼劉子嗟……三世耕種于其間，其人可思可敬已。詩義不過
如此。」這又基本上回到毛鄭去了。

齊風・南山①

（全詩見「薪」字應用系列）

原　詩	譯　文
蓺麻如之何？②	如何來種麻？
衡從其畝。③	先將田壟縱橫耙。
取妻如之何？	如何取妻子？
必告父母。④	須將實情告爹媽。
既曰告之，⑤	既告爹媽娶了她，
曷又鞠之！⑥	何又憑她縱欲亂國家！
析薪如之何？⑦	如何劈薪柴？
匪斧不克。⑧	不用快斧劈不開。
取妻如之何？	如何娶妻子？
匪媒不得。	不請媒人娶不來。
既曰得止，	既請媒人娶了來，
曷又極止！⑨	何又憑她縱欲釀成災！

注　釋

①齊風──見「魚」字應用系列《齊風・敝笱》注①。

②蓺麻──種麻。古時麻菅等皮部纖維，漚漬之後，可剝取以
　製衣、物，備婚禮。行之既久，約定俗成，見麻而思婚姻，
　故此章以麻字興婚事。

③衡縱──即橫縱、橫豎。

④必告父母──古禮娶妻，先告父母。

⑤旣曰告止——指魯桓公旣已按禮娶過了文姜。止，語尾詞。

⑥曷——同「何」，怎麼。

　鞠——通「鞫」，窮、極。指魯桓公使文姜得窮其私欲。

⑦析薪——劈柴。劈柴是爲了製燭，古稱燭曰燭薪或曰薪，婚
　禮用之。故析薪爲婚娶之象。詳見「薪」字應用系列。

⑧匪——非。

　克——勝。

⑨極——窮。義同前章之鞠。

題旨簡述

　　此詩主旨，諷刺齊襄公與其同父異母妹文姜通淫。魯桓公三
年，桓公娶齊文姜爲夫人；十八年，桓公與文姜訪齊，聞知文姜
與齊襄公醜事，便斥責文姜。齊襄公羞怒，設計害死桓公。全詩
四章，此其第三、第四章，分別以麻薪起興。

麻字辨證

　　此篇前一章，以「蓺麻如之何」起句，以興起下文的「取妻
如之何」。單從詩章結體看，此似爲比喻推理結構，蓺黍蓺稻都
無所謂，無非一個比喻，然而並非如此。因此章這一「麻」字，
同上篇丘中之「麻」一樣，仍然是愛情、婚娶之象，仍然是從漚
麻、編織到婚禮用品，到見麻而思婚姻的一個歷史積澱，不能隨
意更換。因此，也就不是一個簡單比喻了。

　　再看後一章，又以「析薪如之何」起句，以興起下文的「取
妻如之何」。此也似比喻推理結構。其實，這「析薪」二字，仍
爲婚娶之象。（詳見「薪」字應用系列）也不是簡單的比喻。此
兩章，章旨相同，結構相似，「蓺麻」與「析薪」相對舉，如同
兩個密碼，令後人大費猜詳。歷代解此，也果然昧於其眞諦，把

詩義說歪了。如:

《鄭箋》:「樹麻者,必先耕治其田,然後樹之。以言人君取妻,必先議于父母。」這是把藝麻一事,視爲一單純比喻。《詩集傳》:「欲樹麻者,必先縱橫耕治其田畝。欲取妻者,必先告其父母。」此實與《鄭箋》同意,反不如《鄭箋》說得明白。等於沒說。

《詩說解頤》:「婦人以紡績爲事,故以藝麻起興,而言當藝麻時可以在畝中縱橫,而娶妻則必以正禮,請父母之命,故既嫁不可妄行也。」這是把藝麻的縱橫隨意性(視縱橫爲隨意),同娶妻必以正禮作反比。仍不明麻字眞諦。

《詩經今注》:「詩以種麻必有壟,比喻娶妻必有稟告父母之禮節。」此恰同《解頤》相反,以藝麻有壟喻娶妻有禮。仍未出前賢窠臼。

陳風・東門之枌①

原　詩	譯　文
(一)	(一)
東門之枌,②	東門那邊有白榆,
宛丘之栩。③	宛丘之上是柞樹。
子仲之子,④	子仲家裡有好妞,
婆娑其下。⑤	大樹底下翩躚舞。
(二)	(二)
穀旦于差,⑥	吉日良辰造個好,
南方之原。⑦	南原之上好熱鬧。

不績其麻，⑧	紡麻之事且莫管，
市也婆娑。⑨	先來市上把舞跳。
(三)	(三)
穀旦于逝，⑩	吉日良辰去匆匆，
越以鬷邁。⑪	二人結伴喜同行。
視爾如荍，⑫	喜你像朵錦葵花，
貽我握椒。⑬	送我滿把花椒種。

注　釋

①陳風——見「魚」字應用系列《陳風・衡門》注①。

②東門——地名。或云陳國國都（今河南淮陽縣）東門。

　　枌（ㄈㄣ）——白榆樹。

③宛丘——四面高中間寬平的圓形高地。《陳風・宛丘》：「子
　　之湯兮，宛丘之上兮。」《毛傳》：「四方高中間下曰宛
　　丘。」或說：丘名，在陳國都城南三里，爲當時遊樂之地。

　　栩（ㄒㄩˇ）——柞樹。

④子仲——姚氏。《毛傳》：「子仲，陳大夫氏。」子仲之子，
　　即子仲家的姑娘。

⑤婆娑——舞貌。

⑥穀旦——吉日。穀，善、吉。旦，日。

　　于——助詞。

　　差（ㄔㄞ）——選擇。《鄭箋》：「差，擇也。」一說：讀爲
　　徂，往也。

⑦原——高平之地。

⑧績——搓麻爲繩。紡也。

⑨市——市場。《潛夫論・浮侈》引市作女。

⑩逝——往、去。一說：擇也。聞一多《風詩類鈔》：「差，

逝，皆擇也。」

⑪越以──發語詞。

翻（ㄗㄨㄥ）邁──屢次前往。翻，多次。《毛傳》：「翻，
數也。」 一說：共同、總合。《鄭箋》：「翻，總也。」

⑫荍（ㄑㄧㄠ）──錦葵。

⑬貽──贈。

握椒──一把花椒。多子之象徵。聞一多《風詩類鈔》：「椒
聊喻多子，欣婦人之宜子也。」（《椒聊》）

題旨簡述

此篇為陳國男女會舞之歌。在會舞中，男女相愛，女子贈男
子以花椒。此原上會舞之俗，同《鄭風·溱洧》所詠春日水邊大會
男女之俗，性質相近，但屬於兩種類型。

《詩序》：「《東門之枌》，疾亂也。幽公淫荒，風化之所行，
男女棄其舊業，亟會于道路，歌舞于市井爾。」這是對陳俗的歪
曲，詩文無疾亂之意，亦與幽公無關。

麻字辨證

上篇《齊·南山》詠言「如何來種麻」為虛寫，以興起下文婚
情。而此篇言「績麻」（第二章）則實寫，意思是：績麻之事撥
一撥，先到市上把舞跳。單從字面看，這績麻之事，無非女子家
務，無須重視的。其實這「麻」，亦仍為愛情、婚娶之象。暫停
績麻，說明正在績麻。這績麻之事務，績麻之語言，正是詩人所
特意挑出的積澱在羣體心理中的一種特殊感情與信息，只要提到
它，就要聯想起愛情與婚事，同下文所詠的婆娑會舞，正好合諧
一致。所以第三章，終於詠出了一個理想境界，女子像一朵錦葵
花，贈男子花椒一大把。花椒為多子之象，在此用作贈品，就是

定情之贈了。歷代解此，或者疏忽不注，或者隨意附會，皆不知藏字本義。如：

《鄭箋》：「績麻者，婦人之事也。疾其今不爲。」這是承《詩序》意，說女子淫荒，棄其舊業，連續麻都不幹了。全誤。

《詩集傳》：「旣差擇善旦以會于南方之原，於是棄其業以舞于市而往會也。」北京大學《先秦文學史參考資料》：「詩人寫他在吉日辰辰，約那女孩子到南方之原去，於是她就不去績麻，而到市集上同她去跳舞了。」兩家意思略同，皆從字面作解釋，不明藏字眞諦。

郭沫若《中國古代社會研究》：「機織的工作已經成爲了專業，用不著每家的女人都要幹這項公事了。而且當時的女兒不僅自己不動手來做蠶織，還要扮得如雲如荼地到東門去遊樂，到南原去跳舞呢。」這是從生產力發達的角度來看古代社會。其實這是誤會，撇下績麻去跳舞，說明正在績麻，跳舞回來之後，當然還要績麻，與機織專業並無必然之聯繫。至於跳舞，這是古代傳下的婚配乞子風俗，亦與工商業發達無關。

陳風·東門之池 ①

原　　詩	譯　　文
(一)	(一)
東門之池，②	東門外邊護城河，
可以漚麻。③	可以漚麻上紡車。
彼美淑姬，④	那是一位好女子，
可與晤歌。⑤	可與相會來對歌。

(二)	(二)
東門之池，	東門外邊護城池，
可以漚紵。⑥	可以漚紵製新衣。
彼美淑姬，	那是一位好女子，
可與晤語。⑦	可與相會說情意。
(三)	(三)
東門之池，	東門外邊護城壕，
可以漚菅。⑧	可以漚菅做衣袍。
彼美淑姬，	那是一位好女子，
可與晤言。	可與相會把話表。

注　釋

①陳風——見「魚」字應用系列《陳風‧衡門》注①。

②東門——地名。或云陳國都東門。

　池——護城河。《毛傳》：「池，城池也。」或云：池塘也。
　亦通。

③漚麻——麻經漚漬之後，脫其皮為纖維，可以織布、製繩
　索，做多種生活用品。其特製精美者，可為新婚用品，不言
　而喻。

④淑姬——賢女。淑，善良。姬，古代婦女之美稱。一說：淑
　姬為姬家三姑娘，姬為姓，淑即叔，排行第三也。

⑤晤歌——相會對歌。　晤，會面。

⑥紵（ㄓㄨˋ）——又作苧。麻之一種。

⑦晤語——相會對話。

⑧菅——茅類，開白花。漚漬之後，其纖維可製繩索，細者亦
　可織布。

題旨簡述

此篇為一戀歌，詠一男子正慕愛一位自己喜歡的姑娘，切盼同她歡會。

《詩序》云：「《東門之池》，刺時也，疾其君之淫昏，而思賢女以配君子也。」按詩中並無此意，全附會無可取。故而崔述駁之云：「今按漚麻漚紵，絕不見有淫昏之意。」（《讀風偶識》）

《詩集傳》：「此亦男女會聚之詞」，可取。

麻字辨證

此篇第一章，同其前三篇一樣，亦用一個麻字，興起男女情思。《丘中有麻》言「有麻」，《齊風・南山》言「蓺麻」，《東門之枌》言「績麻」，而此篇言「漚麻」。由此可見，治麻的任一個過程，都不是主要的，主要在這個麻字所引起的特定心理過程，是與愛情婚姻相聯繫，於是就在詩章中構成了特定的麻字詞組，構成了閃閃發光的詩句。所謂的或蓺、或績、或漚，亦只疊詠配韻、章法變化而已。

此篇另一特點，首章言漚麻、次章言漚紵、末章言漚菅。用三種類似的作物，同興起一個情思。這看出此類作物在婚姻生活中的地位，此類麻菅工藝同女子的密切聯繫。不僅是言麻而思婚姻，而且是言麻而思淑女了。而歷代解此，卻也竟是五花八門，幾乎不知所云。如：

《鄭箋》：「于池中柔麻，便可緝績作衣服。興者，喻賢女能順君子，成其德教。」此承《詩序》之意，謂於池中柔麻（使麻變柔），喻賢女柔順其君。簡直生拉硬扯，違反一般常識。

《詩集傳》：「此亦男女會遇之詞，蓋因其會遇之地、所見之物，以起興也。」此謂漚麻之事乃會遇實際所見，但詩文明言東

門「可以」漚麻，未言正在漚麻。而且於同一地點時間，同見漚麻、漚紵、漚菅，於事理亦不順。三章同注「興也」，卻不明眞正之興義。

《詩說解頤》引蘇子曰：「陳君荒淫無度，不可告語。故其君子思得淑女以化之于內。婦女之于夫，日夜處而間，庶可漸革其暴，如池之漚麻漸漬而不自知也。」此意與《鄭箋》略同，一個說「成其德敎」，一個說「漸革其暴」。隨意猜測，全無可據。

《讀風偶識》：「細玩此詩……恐亦賢人安貧自得者所作，既息交而絕游，則惟有悅親戚之情話耳。」此中後兩句是陶淵明的話，按崔述氏之意，竟欣賞爲陶潛的《歸去來辭》了。一篇小詩，昧於一個麻字，其解說之紛紜，竟然懸殊至此！

「雉」字應用系列

一、總論

雉，在古時的民俗觀念中，是爲瑞應之象。以言國事，則象徵王者有德，民受其惠；以言德行，則象徵士者有品，操行高尚；以言家室，則象徵男女恩愛、家室和樂，同後世一般的世俗觀念迥異，尤其同當今某些地區以野雞（雉）喻妓女、喻傷風敗俗之事者有絕對不同的性質。

據我國仰韶文化遺址出土的衆多彩陶鳥紋圖飾之研究及有關古籍記載，像鸛、鳥、鵲、鷩、玄鳥等等，大都爲初民生殖崇拜觀念中的男性象徵物；至於這個雉，則至今尚無明確之線索。茲僅就下列古籍略事鈎稽，探尋一下雉在《詩經》之時代及其在詩中的民俗義和象徵義。請先看下列的幾個材料。

《孝經・援神契》：「周成王時，越裳獻白雉。去京師三萬里。王者祭祀不相踰，宴會衣服有節，則至。」又「（王者）德至鳥獸，故曰雉應。〈注〉：妃房不偏，故白雉應。」

《春秋・感精符》：「王者旁流四方，則白雉見。」

《史記・殷記》：「帝武丁祭成湯。明日，有雉登鼎耳而雊。」

綜觀以上三條，大概可明確看出，雉在殷周時期，是爲美政之象徵。雉鳥之來，預示著朝政修明、社會安定、人民樂業。特

別最後一條，竟象徵殷代中興，載諸史册，成爲歷史佳話了。再
如：

《周禮‧春官‧大宗伯》：「士執雉。〈鄭注〉：雉取其守介而
死，不失其節。〈賈疏〉：雉性耿介，不可生服。其士執之，亦當
如雉耿介，爲君致死，不失節操也。」

《儀禮‧士相見禮》：「摯冬用雉。〈鄭注〉：士摯用雉者，取其
耿介，交有時，別有倫也。〈賈疏〉：倫，類也，交接有時。至於
別後，則雌雄不雜，謂春交秋別也。」

按以上兩條，皆言雉鳥耿介。耿介者，專一之德。前條言專
一之忠，後條言專一之貞。古者士謁見、士相見，皆執雉以爲
禮，即取其象徵之義。尤其後一條，聯繫到家室、家庭，就是有
更普徧的人物品格象徵意義，及生活象徵。

以上五條，都是古時關於「雉」字的一些極爲重要的民俗觀
念。所記雖嫌簡單，大體卻可以看出：雉在古時，不但爲社稷瑞
應之象，亦且爲人品高潔、男女和樂幸福、忠誠專一的象徵。再
如《左傳‧昭公廿八年》載：「昔賈大夫惡，娶妻而美，三年不言
不笑。御以如皋，射雉獲之，始笑而言。」還有《雉朝飛操》，崔
豹《古今注》云：「雉朝飛者，牧犢子所作也。齊處士，湣宣王時
人，年五十無妻，出薪於野，見雉雌雄相逐而飛。意動心悲，乃
仰天嘆，大聖在上，恩及草木鳥獸，而我獨不獲。因援琴而歌，
以明自傷。」其歌云：「雉相飛，鳴相和，雌雄羣遊於山阿。我
獨何命兮未有家，明將暮兮可奈何！嗟嗟暮兮可奈何！」按從這
些傳說性的故事看，其細節，未必都是眞實的，但它們所記錄的
當時人們對「雉」所持有的特殊心理狀態，則具有時代的印記，
可與《詩經》相印合，也是無法否認的。

那麼，從上述的考查論證之中，我們便得到了如下的結論：
在《詩經》的一系列篇章中，老是用「雉鳴」「雉飛」之句，執著

地、反覆地，去興起男女愛情或是國家治亂，這就是必然的法
則。也十分容易理解了。

　　按查《詩經》的雉字篇，主要保存於《國風》《小雅》中，茲逐例
注釋如下。

二、篇目

　　　邶風・雄雉　　　　　　小雅・小弁
　　　邶風・匏有苦葉　　　　小雅・車舝
　　　王風・兔爰

邶風・雄雉①

原　詩	譯　文
(一)	(一)
雄雉于飛，②	雄雉飛起向遠方，
泄泄其羽。③	羽翼翩翩自舒暢。
我之懷矣，④	一心想念遠行客，
自詒伊阻！⑤	我自獨守他遠揚！
(二)	(二)
雄雉于飛，	雄雞飛起向遠方，
下上其音。⑥	上下鳴聲自悠揚。
展矣君子，⑦	君子為人最誠信，
實勞我心！	我心思念不能忘！
(三)	(三)
瞻彼日月，⑧	晝夜循回日月長，
悠悠我思，	若思綿綿坐空房，
道之云遠，	君子此行路遙遠，
曷云能來！⑨	何時盼到回家鄉！
(四)	(四)
百爾君子，⑩	凡百君子一個樣，
不知德行。⑪	都知德行須高尚。
不忮不求，⑫	既不嫉害又不貪，
何用不臧！⑬	走到何處不安祥！

注　釋

①邶風——見「魚」字應用系列《邶風・谷風》注①。

②雉——野雞。

③泄泄（ㄧˋ）——鼓翼舒暢之貌。

④懷——思念。

⑤自詒（ㄧˊ）伊阻——自己獨留空房，丈夫阻隔遠方。詒，留。伊，他，指丈夫。阻，阻隔。

⑥音——鳴聲、鳴唱。

⑦展——誠信。一說：勞苦。

⑧瞻——視、看。

⑨曷——何、何時。

⑩百爾君子——凡是你們當君子的。　百，凡是。爾，你、指丈夫。

⑪不知——知也。　不，助詞，無實義。

⑫不忮（ㄓ）——不嫉害，不貪求。

⑬不臧（ㄗㄤ）——不安善。臧，好、善、安。

題旨簡述

　　此篇爲思夫之辭。丈夫久役於外，妻子思念不已，情思纏綿，以「雄雉于飛」起興。

　　《詩序》解此詩：「《雄雉》，刺衞宣公也。淫亂不恤國事，軍旅數起，大夫久役。男女怨曠，國人患之，而作是詩。」按說大夫久役、男女怨曠，不爲誤。而謂刺宣公，則詩中不見此意。故而《詩集傳》只以爲婦人思其君子久役於外而作。後世多從之。

此篇前兩章，以雄雉于飛起興，以引起下文對丈夫行役之思
念。前章言雄雉之飛「泄泄其羽」，泄泄其羽者，鼓翼舒暢之
貌。後章言雄雉之飛「下上其音」。下上其音者，自由歡暢之鳴
聲。合兩章而言之，自皆爲求偶、歡合之象，與前「總論」所言
正同。用以反襯下文，見雉飛而思家室，那自是家室有分離之
情，妻子有獨守之苦了。然而，這不是一般的觸景生情，也不是
一般的反襯起興方法，而是這「雉」字，經長期的歷史積澱之
後，在人們的習俗觀念中，已經形成一個具有固定內涵的隱語
了。而歷代解此，則帶有很大的隨意性，或泥於《詩序》舊規，或
出於個人臆測，顯得相當混亂，不明雉字眞諦。如：

《鄭箋》：「興者（指雄雉），喻宣公整其衣服而起，奮訊其
形貌，志在婦人而已，不恤國之政事。」又：「下上其音，興宣
公小大其聲，怡悅婦人。」此全從《詩序》作箋，以「雄雉于飛」
之象比宣公淫亂之行，把積澱於民俗深處的歡合、恩愛的象徵物
曲解爲淫邪無恥之形貌。實大大乖於詩旨。

《詩集傳》：「婦人以其君子從役于外，故言雄雉之飛舒緩自
得如此，而我之所思者，乃從役于外而自遺阻隔也。」此隱約指
出雄雉於飛的反襯義，但不明此中眞諦。

《毛詩傳箋通釋》：「（雄雉）下上其音者，以雉之往復飛
鳴，興君子勞役無已。」此以雄雉飛鳴興勞役，則另是一種附
會，離題旨尤遠。

《詩古微》：「丈夫役于外，其家室思之，陳情欲以歌道義
也。雄雉耿介之鳥，非刺淫之詩。」《詩義會通》：「薛君曰：
雉，耿介之鳥也。徐璈云：薛君以雉喻君子。泄泄，舒散也。」
此皆以雉鳥喻品格，可謂稍近詩義，但仍說不清此雄雉與下文所

詠離愁間的特殊心理聯繫。

聞一多《風詩類鈔》:「雄雉,懷遠人也。」可謂言簡意明。而又解前兩章云:「雄雉喻夫」,此有助理解詩義,但亦似是而非,未深究其當時民俗觀念中所積澱的特殊社會涵義。

當代諸公,如《詩經今注》《詩經直解》等,均無解。

邶風·匏有苦葉①

原　　詩	譯　　文
(一)	(一)
匏有苦葉,②	葫蘆秋老葉子黃,
濟有深涉。③	濟水渡頭波洋洋。
深則厲,④	水深腰繫葫蘆過,
淺則揭。⑤	水淺葫蘆舉肩上。
(二)	(二)
有瀰濟盈,⑥	茫茫一片濟水盈,
有鷺雉鳴。⑦	林草深處山雞鳴。
濟盈不濡軌,⑧	濟盈自把車軸濕,
雉鳴求其牡。⑨	山雞啼喚為求雄。
(三)	(三)
雝雝鳴雁,⑩	羣雁和鳴聲連聲,
旭日始旦。	朝日始出一片紅。
士如歸妻,⑪	君子若想來娶妻,
迨冰未泮。⑫	莫等寒冰把河封。
(四)	(四)

招招舟子︰⑬	舟子搖搖來又去，
人涉卬否。⑭	人家渡河我不渡。
人涉卬否，	人家渡河我不渡。
卬須我友。⑮	等個人兒來相聚。

注　釋

①邶風──見「魚」字應用系列《邶風‧谷風》注①。

②匏（ㄆㄠˊ）──胡蘆。涉水時拴在腰間，以防沈溺，稱為腰
舟。另按古俗，胡蘆為結婚生子之象，言胡蘆而思婚姻，言
婚姻亦思胡蘆。詳見「匏」、「瓠」字應用系列。

苦葉──胡蘆秋老之標誌。

③濟──古濟水。

涉──渡口。

④厲──繫帶。深則厲，水深涉河時，把匏繫帶在腰間，以防
沈溺。

⑤揭──高舉。淺則揭，水淺時把匏舉起來淌水過河。聞一多
《詩經通義》：「《廣雅‧釋器》：『厲，帶也。』名詞帶謂之
厲，動詞帶亦謂之厲。……言水深則帶匏于身以防溺，水淺
則荷于背上可也。」

⑥有瀰濟盈──濟水漲滿。瀰，水盛大貌。盈，滿。

⑦雉（一ㄠˇ）──野雞叫聲。《毛傳》：「雉，雌雉聲也。」

⑧濡（ㄖㄨˊ）──浸濕。

軌──車軸之兩端。　不濡軌，即濡軌。不，語助詞，無
義。

⑨牡──指雄雉。

⑩雝雝（ㄩㄥ）──羣雁鳴聲。《毛傳》：「雝雝，雁聲和
也。」雁在古時為婚禮所必備，俗為婚娶之象。此句以「鳴

雁」起興，以引起下文女主人公的催娶之意。詳見「雁」字
應用系列。

⑪歸妻——娶妻。一說：男女出贅到女家曰歸妻。

⑫迨冰未泮——趁著河冰未合以前結婚。迨，趁著。泮，合。
　聞一多《詩經通義》：「泮當訓合，謂歸妻者宜及河冰未合以
　前也。古者本以春秋為嫁娶之正時，此曰『迨冰未泮』，乃就
　秋言之。」

⑬招招——舟子搖船身軀搖動之貌。

⑭卬（ㄤ）——我。《毛傳》：「卬，我也。」

⑮須——等待。

　友——親愛者。

題旨簡述

　　此篇，詠女子催娶之詩。一位姑娘，河邊等候情人，心情急
切。候人的目的，是催促快些完婚。

　　《詩序》云：「《匏有苦葉》，刺衛宣公也。公與夫人，並為淫
亂。」此中所謂夫人，《毛傳》謂即夷姜，亦即衛宣公父妾。按衛
宣公此人，確有淫亂之行，歷史記載甚明。但此詩詠女子催娶，
與宣姜之事無關。

雉字辨證

　　此篇有三處隱語。首章言「匏有」，詳見「匏」「瓠」字應
用系列；第三章言「鳴雁」，詳見「雁」字應用系列；第二章言
「雉鳴」，即屬此「雉」字應用系列。三者皆以喻愛情與婚姻。

　　上篇「雄雉于飛，泄泄其羽」，詠言婦思其夫；此篇「有鷕
雉鳴」「鳴求其牡」詠言女子催娶。用法有所不同，而意象同出
一源，即皆以雉喻男女之愛情與歡合，與前「總論」所言相一

致。而歷代解此，也是五花八門，未明其中眞義，尤其在「求其牡」三字上生出許多曲解，根本離開了題旨。如：

《毛傳》：「飛曰雌雄，走曰牝牡。」「鳶，雌雉聲也。衞夫人（指夷姜，衞宣公夫姜）有淫泆之志，授人以色，假人以辭，不顧禮義之難，至使宣公有淫昏之行。」《鄭箋》：「雉鳴反求其牡，喻夫人所求非所求。」再如《詩經原始》：「今詩言求其牡，是不特以雌求雄，且以飛之雌求走之牡。其無倫也甚矣。」此皆以雉鳴求偶之象套合爲封建倫理之道德，實在全乖議義。而且所謂的飛爲雌雄、走爲牝牡，也不符《詩經》實際。請看《齊風·南山》之句：「南山崔崔，雄狐綏綏」，此即以雌雄指獸，不言牝牡。證明「雉鳴求其牡」，亦即雉鳴求其雄，並無分別，是完全通用的。

再看《詩三家義集疏》：「雉必其牡然後求之，喻臣當擇主也。……雉非其牡則不求，『非君不事』之義。」此則以雉之牝牡喻臣君，雖然改取褒義，卻更遠離章旨，也當然歪曲了篇義。

再看《詩義會通》：「味其詞，蓋隱君子所作。徐璈云：『此士之審于自處，而諷進不以道者。』得其旨矣。」「雉鳴求其牡，喻小人各有仇匹也。」此又反《集疏》「臣當擇主」之義，以雌雉求牡喻小人結黨，則尤屬不倫不類。

當代諸書多無解。聞一多也無解。

王風 · 兔爰①

原　　詩	譯　　文
(一)	(一)

有兔爰爰，② 　　　　狡兔自在又逍遙，
雉離于羅。③ 　　　　山雞落網把難遭。
我生之初，④ 　　　　都說當我初生時，
尚無為。⑤ 　　　　　官府差役還算少。
我生之後， 　　　　　可嘆當今這日子，
逢此百罹。⑥ 　　　　百種災害都來到。
尚寐無吪！⑦ 　　　　一睡無言倒也好！

(二) 　　　　　　　　(二)

有兔爰爰， 　　　　　狡兔自在又消遙，
雉離于罦。⑧ 　　　　山雞落網把難遭。
我生之初， 　　　　　聽說當我初生時，
尚無造。⑨ 　　　　　官府徭役總還少。
我生之後， 　　　　　可嘆當今這日子，
逢此百憂。 　　　　　百種憂患全來到。
尚寐無覺！ 　　　　　一睡不醒都拉倒！

(三) 　　　　　　　　(三)

有兔爰爰， 　　　　　狡兔自在又消遙，
雉離于罿。⑩ 　　　　山雞落網把難遭。
我生之初， 　　　　　聽說當我初生時，
尚無庸。⑪ 　　　　　官家苦役總還少。
我生之後， 　　　　　可嘆當今這日子，
逢此百凶。 　　　　　百種苦難都來到。
尚寐無聰！⑫ 　　　　一睡無聞省煩惱！

注　　釋

①王風——見「薪」字應用系列《王風·揚之水》注①。

②爰爰（ㄩㄢ）——猶緩緩。放縱逍遙貌。

③離——同罹遭受、遭遇。

　羅——羅網。

④我生之初——幼年時期，亦即先輩時期。

⑤尚——還。

　為——勞役。聞一多《風詩類鈔》：「為、徭古同字，為、造、庸皆謂勞役之事。」

⑥百罹——百種憂患。《毛傳》：「罹，憂。」

⑦尚寐——希望睡著。尚，希望之詞。

　吪（ㄜ）——動。《毛傳》：「吪，動也。」一說：吪，口開也。《集韻》：「吪，口開。」譯文取此。

⑧罦（ㄈㄨˊ）——一種裝有機關的網，自動掩捕鳥獸，稱為覆車網。《詩集傳》：「罦，覆車也。可以掩兔。」

⑨造——同「為」。《詩集傳》：「造，亦為也。」

⑩罿（ㄊㄨㄥ）——-義同罦。

⑪庸——勞、勞役。《鄭箋》：「庸，勞也。」

⑫無聰——無聞，聽不見。《毛傳》：「聰，聞也。」

題旨簡述

　　此詩詠東周王畿人民對社會現實的不滿。周平王東遷之前，社會似還平靜；東遷之後，王室失勢，諸侯不朝，百種軍政負擔多集於王畿之地，民以為苦。而朝政也更加腐敗，小人得意，君子罹難。詩人憤憤不平，而又無可如何，但願長睡不醒。

　　《詩序》解此詩：「《兔爰》，閔周也。桓王失信，諸侯背叛，構怨連禍，王師傷敗。君子不樂其生焉。」此附會周桓王（平王之孫）伐鄭之事，不可信。吳闓生《詩義會通》云：「朱子曰：『君子不樂其生』一句得之。解皆衍說。其指桓王，蓋據《春秋傳》鄭伯不朝，祝聃射王中肩之事，然未有以見此詩之為是而作

也。」

此篇三章疊詠，皆以雉罹於羅網起興，以引起下文對社會不平的哀嘆。此詩特點，仍以雉字起興，然則不言愛情與婚娶，而只言治亂，卻應作何解釋？其實，此即前「總論」所言，雉本爲瑞應之鳥，蓋凡王者有德，社稷安寧，士女有節，家庭和樂、幸福，皆可與雉字相聯繫。例如前兩篇所詠之「雄雉于飛」、「雉鳴求牡」等等，便皆爲求偶、歡合之象。而今雉罹羅網，美好事物遭難，自然是社稷不安、人民受苦之象徵。這完全統一於當時之民俗心理觀念。相反，兔則爲狡猾之象，此篇詠「有兔爰爰」，《巧言》詠：「躍躍毚兔」，就是狡兔形象。而今有兔爰爰，逍遙自在，與雉罹羅網相對舉，可見是好人吃苦，宵小得意，天下不安了。歷代解此，亦仍多不明其根源，或隨意加以附會，或解釋字句而已。如：

《毛傳》：「爰爰，緩意。鳥網爲羅。言爲政有緩有急，用心之不均。」《鄭箋》：「有緩者，有所聽縱也；有急者，有所躁蹙也。」《詩義會通》：「爰爰，緩意。鳥網爲羅，言爲政緩急不均。」此皆以兔爰雉罹比爲政，顯係隨意附會，不倫不類。

《詩集傳》：「言張羅本以取兔，今狡兔得脫，而雉以耿介反離于羅，以比小人致亂，而以巧計幸免，君子無辜，而以忠直受禍也。爲此詩者，蓋猶及見西周之盛，故曰方我生之初，天下尚無事，及我生之後，而逢時之多難如此。然旣無如之何，則但庶幾寐而不動以死耳。」《毛詩傳箋通釋》：「狡兔以喻小人，雉耿介之鳥以喻君子。」按兩家言，較合一般常識，後世多所取用，然亦仍屬淺解，疏釋字句，亦止於比喻義，並不明其民俗，也當然不知其中所積澱著的特定歷史內涵與情思。

當代諸公書，仍無解，偶有之，多不出前賢注疏。

小雅‧小弁①

原　詩	譯　文
鹿斯之奔，②	鹿兒尋偶覓羣時，
維足伎伎。③	四足速速跑得急。
雉之朝雊。④	野雞清晨勾勾叫，
尚求其雌。	雄雞尚知呼雌雞。
譬彼壞木，⑤	我如一株腫病樹，
疾用無枝。⑥	病葉稀少又無枝。
心之憂矣，	滿懷憂思說不盡，
寧莫之知！⑦	此情此景有誰知！
相彼投兔，⑧	看那兔兒誤投網，
尚或先之。⑨	尚有善者把它放。
行有死人，⑩	看那路旁有死骨，
尚或墐之。⑪	尚有善者去埋葬。
君子秉心，⑫	君子居心應求善，
維其忍之。⑬	忍心棄我理不當。
心之憂矣，	滿懷憂思說不盡，
涕既隕之！⑭	涕泗漣漣自哀傷！

注　釋

①小雅——見「魚」字應用系列本篇注①。

②斯——助詞。

　奔——指寡兒覓羣求偶。

③伎伎（ㄑㄧˊ）——奔貌。

④雉——野雞。古以爲瑞應之鳥，在本篇喻家室和樂。

　雊——雉鳴聲。

⑤壞木——壞借爲「瘣」（ㄏㄨㄟˋ），瘣木即病木、病樹。

⑥用——猶「而」。

　無枝——壞木無枝，不可以爲薪。薪爲嫁娶之象，在此喻婚
　姻不利。詳見「薪」字應用系列該篇。

⑦寧——乃、竟。

⑧相——看。

　投兔——投網之兔。

⑨尚——還、猶。

　或——有人。

　先——開放。詳見「薪」字應用系列本篇注⑨。

⑩行——道路。

⑪堇（ㄐㄧㄣˇ）——通「殣」，掩埋死者。

⑫君子——指丈夫。

　秉心——居心、用意。秉，持。

⑬維其——何其。

　忍之——忍心、殘忍。

⑭涕——眼淚。

　既——猶「乃」。

　隕——墜落。

題旨簡述

　此篇爲棄婦之詩。棄婦的丈夫因爲聽信讒言，輕易把她拋

棄。棄婦苦切惻怛，唱出滿腹愁怨。全詩八章，此其第五、六章，主詠丈夫的無情和忍心。

舊解此詩，多視爲周幽王棄太子或尹吉甫逐子詩，皆係出於誤解，不得詩旨。此詩整篇中，可視爲棄婦詩的內證不少，不假外求。例如第七章「伐木掎矣，析薪扡矣」，以析薪喻婚姻，並要求善待妻室，詳見「薪」字應用系列；再如第八章「無逝我梁，無發我笱」，以梁笱喻婚情，乃棄婦詩中的典型句組，詳見「魚」字應用系列。此不贅。

雉字辨證

此篇前一章，以鹿斯之奔、雉之朝雊起興，以引起下文所詠棄婦的無限憂傷。所謂鹿斯之奔，即羣鹿牝牡之相從；所謂雉之朝雊，更明言雄雉之求雌。共同以鳥獸之求偶，反襯此女之被棄。然而，此「雉之朝雊」云云，並不止於其詞表的比喻義或反襯義，而是同前篇「雄雉于飛」（《雄雉》）「雉鳴求牡」（《匏有苦葉》）一樣，其中積澱著一個悠久而固定了的羣體心理觀念，一經提起這雉字，便想起家室之和樂幸福，一提這雉鳴雉飛，便想起戀人間的歡樂、夫妻間的溫情，而令人感情激動了。而歷代解此，卻總是離不開《毛傳》棄子說，把雉字說歪了。請看以下幾家：

《詩集傳》：「鹿斯之奔，則足伎伎然。雉之朝雊，亦知求其妃匹。今我（太子）獨見棄逐，如傷病之木，憔悴而無枝，是以憂之而人莫之知也。」

《詩毛氏傳疏》：「雉求其雌，此即《伐木篇》：『嚶其鳴矣，求其友聲』之意也。以念今太子鹿雉之不如。」

《毛詩鄭箋平議》：「雉鳴而求其匹，以喻太子見逐而離其親，曾鳥之不如也。」

《詩經直解》：「五章以……鹿奔覓羣，雉雊求雌爲警，以見逐子失親而無所依歸之苦。」

此宋、清、近、今四家，語言各有不同，但所持觀點大體卻皆以鹿奔覓羣、雉雊求雌（配偶關係）反比太子之失親（父子關係），實屬不倫不類。而且僅僅理解這「雉之朝雊」乃比喻男女婚情仍淺解，更重要的是，探索這一類雉字在它所屬的那一系列篇章中所隱藏著的深層社會涵義。

小雅・車舝①
（全詩見「飢」、「食」字應用系列）

原　詩	譯　文
間關車之舝兮，②	車輛輾轉響格格，
思孌季女逝兮。③	爲娶淑女去迎接。
匪飢匪渴，④	不是爲飢與爲渴，
德音來括。⑤	娶來淑女有美德。
雖無好友，⑥	誰說沒有同心伴，
式燕且喜。⑦	今喜佳期享安樂。
依彼平林，⑧	平林密密好一片，
有集維鷮。⑨	羣雉飛來鳴且歡。
辰彼碩女，⑩	姑娘端淑身材好，
令德來教。⑪	修成令德來相伴。
式燕且譽，⑫	今喜佳期安且樂，
好爾無射。⑬	一心愛你永不厭。

注　釋

①小雅——見「魚」字應用系列《小雅・小弁》注①。

②間關——輾轉進行貌。詳見「飢」、「食」字應用系列本篇
　注②。

　舝——同「轄」，古代車軸兩端的金屬鍵，用以控制車轂，
　不歪不脫。

③思——語詞。

　孌——嬌美。

　季女——少女。

　逝——往、行。指迎娶之行。

④匪飢匪渴——不是爲飢爲渴。此隱語，指男女情欲，詳見
　「飢」、「食」字應用系列。

⑤德音——美德。代稱季女。

　括（ㄎㄨㄛ）——猶佸，會合，成婚。一說：括，約束之
　意。

⑥雖——豈也。

　好友——好逑。《關雎》：「君子好逑」。好，匹儔，妻子。
　友，親愛者，亦指妻子。

⑦式——發語詞。

　燕——安樂。

⑧依——草木茂盛。古依、殷同聲。殷，盛也。

　平林——平原之林。

⑨集——羣鳥落樹。

　維——語詞。

　鷮（ㄐㄧㄠ）——雉之一種，又稱鷮雉。在詩爲歡合婚娶之
　象，詳見「總篇」。

⑩辰——善美貌，指美德。

　碩女——美女。碩，高大貌，古以高大爲美。

⑪令德——美德。令善。

⑫且譽——且樂。譽，同豫，快樂。

⑮好爾無射——愛你無厭。好，愛。爾，你。射（一˙）通「斁」，厭棄。

題旨簡述

此燕樂新婚之詩，詠迎娶新人過程中的喜悅。全詩五章，此其第一、二章，詠言出發親迎時的歡樂心境及新人之美德可愛。

《詩序》：「《車舝》，大夫刺幽王也。褒姒嫉妒，無道並進，讒巧敗國，德澤不加于民。周人思得賢女以配君子，故作是詩也。」此附會之辭，無足信。

《詩說解頤》：「此君子得賢妻而自慶之辭也，其體似風。」此說可取。

雉字辨證

此篇第二章以「有集維鷮」起興，以引起下文的佳期安樂之詞。此章特點有二：一是不言雉而言鷮，其實，鷮亦即雉。《毛傳》：「鷮，雉也。」《說文解字》亦云：「鷮，走鳴長尾雉也。」不誤。二是只言集鷮，不分雌雄，用法與以上諸篇皆異。其實，它所興起之下文，仍爲婚娶之事，仍然體現著一個追求歡合與幸福的共同心理經驗。這說明一個雉字，在此共同心理經驗的基礎上，可以隨情用變，設置多種情趣，造成各樣的境界。

此詩歌頌語氣明顯，頗有點富貴氣象。故《詩序》解此詩，雖說刺幽王的，卻歸結有「周人思得賢女以配君子」的提法。所以歷代解此詩，便大異於前諸篇，連《鄭箋》也改變調子，如：「平

林之木茂，則耿介之鳥往集焉。喻王若有茂美之德，則其時賢女
來配之。」這就一反對於上述《雄雉》等篇的箋法。這裡要說兩
點：一是《鄭箋》引《周禮》「雉鳥耿介」之義，對後學不無啓示，
但它說不清這一民俗觀念的特定心理內涵；二是平林集鷮、雌雄
同飛，本男女歡合之象，卻只因給《序》作箋，就不得不誤以集鷮
（雌雄咸集）喻賢女，因誤而誤了。再看《詩毛氏傳疏》：「平林
之有鷮，以喻賢女之在父母家也。」其同於《毛傳》者，仍以集鷮
喻賢女，不同於《毛傳》者，乃以平林喻母家。但亦都無可取。三
家都集中於解說鷮雉的比喻義，儘管都不正確，都嫌於隨意猜
想，但總算不太荒唐了。

　　當代諸公諸書，無解。

「雁」字應用系列

一、總論

雁在古民俗觀念中，同前邊之雉鶉有相似。以言國事，可用賀社稷之福；以言婚姻，則納采、請期必備。雁兒在澤在岸，象徵安定幸福；雁兒高飛遠舉，或止於樹木，則象徵離別、不安。

《說苑》云：「秦穆公得百里奚，公孫支歸取雁以賀曰：君得社稷之臣，敢賀社稷之福。公不辭，再拜而受。」這是說，春秋時秦穆公得賢相，公孫支以雁相賀，用祝社稷之福。此「雁」的象徵義，十分明顯，《續漢書》亦云：「陳羣父子，並著高名，世號三君。每宰府辟召，常同時旌命。羔雁成羣，當世者靡不榮之。」此屬漢朝事，但仍把雁字與社稷之臣相聯繫，其所用象徵義與公孫支賀秦穆公正同。當然，這種觀念，最晚也是從秦穆公時傳下的。

《儀禮·士婚禮》：「婚禮下達，納采用雁。」「賓執雁，請問名。」「納吉用雁」、「請期用雁」。這是記古婚禮的，估計當時實際，未必如此細備。但在婚禮中用雁，以象徵愛情忠貞、家室幸福，大致不錯。同樣，作為一種觀念，反映在詩歌創作中，詠言愛情、婚姻，也是自然之事。

請再看《周易》之一個家庭生活專卦：

《漸·六二》：「鴻漸于磐。飲食衎衎。吉。」

《漸‧九三》：「源漸于陸。夫征不復，婦孕不育。凶。利御
寇。」

《漸‧六四》：「鴻漸于木。或得其桷。無咎。」

這是三段爻辭。雖作爲算卦用的，卻也生動地記錄了當時所特有
的那種民俗觀念。前一爻說，雁兒（鴻）走上澤岸，魚兒蝦兒吃
飽，象徵豐衣足食，家庭安寧幸福。中一爻說，雁兒飛向大陸，
大陸無水無魚，象徵分離不安，夫妻乖隔，妻子流產，家室有
恙。後一爻，雁兒飛向樹木，簡直無法立足，本是一個凶卦。如
能尋得平枝，庶幾可以無咎。綜合上述三爻，離不開一個觀念：
雁兒不離水澤，象徵安寧幸福、家室團圓。雁兒離開水澤，象徵
離別、不安。

綜合上述情形，我們可以看出，雁在古代主要是國家安康、
家室幸福的象徵。只在不利其天性的情況下（例如離澤、止樹
等），才象徵分離、不安。這是古人在長期的歷史生活中形成的
共同心理經驗。毫無疑問，在《詩經》的篇章中也同樣反映著這一
些觀念，只因《詩經》是詩，語言特殊，意象模糊，似可能，似不
可能，隱隱約約，不易捉摸，給後世讀詩帶來不少困難。但也大
體看出，後世解「雁」字，凡與以上諸觀念不合者，大都不得詩
旨。只要弄清了這些觀念，儘管篇章間有了變異，仍不免有些麻
煩，也總可作出解釋了。

現將《國風》《小雅》中的「雁」字應用系列，逐篇注釋欣賞如
下。

二、篇目

邶風‧匏有苦葉　　　鄭風‧女曰雞鳴

唐風・鴇羽　　　　豳風・九罭

小雅・鴻雁

邶風・匏有苦葉①

（全詩見「雉」字應用系列）

原　詩	譯　文
雝雝鳴雁，②	羣雁和鳴聲連聲，
旭日始旦。	朝日始出一片紅。
士如歸妻，③	君子若想來娶妻，
迨冰未泮。④	莫等寒冰把河封。
招招舟子，⑤	舟子搖搖來又去，
人涉卬否。⑥	人家渡河我不渡。
人涉卬否，	人家渡河我不渡。
卬須我友。⑦	等個人兒來相聚。

注　釋

①邶風——見「魚」字應用系列《邶風・谷風》注①。

②雝雝（ㄩㄥ）——羣雁鳴聲。《毛傳》：「雝雝，雁聲和也。」

③歸妻——娶妻。一說：男入贅女家曰歸妻。

④迨冰未泮——趁河冰未合以前結婚。迨，趁著。泮，合。

⑤招招——舟子搖船身軀搖動之貌。

⑥卬——我。

⑦須——等待。

友——親愛者。

題旨簡述

此篇詠女子催娶之詩。一位姑娘，在河邊等候情人，心情急切。候人的目的，是爲快些完婚。

《詩序》云：「《匏有苦葉》，刺衛宣公也。公與夫人，並爲淫亂。」此附會之辭，不足信。全詩四章，詳見雉字篇系列，此其第三、四章，主詠盼娶之情思‧急切見到對方。

雁字辨證

此篇之前一章，以「雝雝鳴雁」起句，以興起下文所詠的盼娶情思。此章特點是，既以詠鳴雁，而又詠旭日，一片清秋景色，而下文突言「歸妻」，似乎看不出上下文間的聯繫，此正前「總論」所言婚姻「納采用雁」、「請期用雁」在此女心中的反映。單從詞表看，是在寫景色，是賦，然而不純是賦，而賦中亦含興也。再按《周易‧漸‧六二》所言，雁兒在澤在岸，象徵家室幸福，而結合此章實際，這就更應是此女婚後的理想了。所以，此字之起句詠鳴雁，下文詠「歸妻」，正是聯繫緊密，亦富有情思的。

另還必須指明，此章之前一章（全詩之第二章），詠言「有鷕雉鳴」「雉鳴求其牡」，而雉亦歡合幸福之象，恰與詠雁相對合，詳見「雉」字應用系列。

《毛傳》解此詩：「雝雝，雁聲和也。納采用雁。」《詩集傳》有補充：「婚禮，納采用雁。親迎以昏，而納采請期以旦。」此皆稍存古義，只惜語焉不詳。而《鄭箋》卻另有解釋：「雁者隨陽而處，似婦人從夫，故昏禮用焉。」這就加進了漢人的男尊女卑意識，歪曲了題旨，影響後世甚大。

季本《詩說解頤》：「雝雝，和鳴聲。雁性不再偶，有從一之

德，故昏禮納采、請期用焉，而皆以旦。」朱鶴齡《詩經通義》兼采《鄭箋》之說而亦引程子曰：「取其不再偶」。按鴻雁生有定偶，釋以喻婚姻，有其合理處，但如以後世禮教之「從一」之德套之，亦非《詩經》本義。

近當代諸公，聞一多、高亨、陳子展等，對此均無解。

鄭風・女曰雞鳴①

原　　詩	譯　　文
(一)	(一)
女曰：「雞鳴」。	女說：「雞鳴已三遍」。
士曰：「昧旦」。②	男說：「天還有點暗」。
「子興視夜，③	「你快起身看夜色，
明星有爛。」④	啓明星兒光粲粲。」
「將翱將翔，⑤	「鳧兒雁兒要起飛，
弋鳧與雁。」⑥	現在就取弓與箭。」
(二)	(二)
「弋言加之，⑦	「射來鳧雁野味好，
與子宜之。」⑧	與你一同做佳肴。」
「宜言飲酒，	「做成佳肴飲美酒，
與子偕老。」	與你白頭共偕老。」
「琴瑟在御，⑨	「援琴鼓瑟隨人意，
莫不靜好。」⑩	一家安宜又美好。」
(三)	(三)
「知子之來之，⑪	「知你對我最關切，

雜佩以贈之。⑫	我把雜佩來答謝。
知子之順之，⑬	知你對我最和順，
雜佩以問之。⑭	我把雜佩來慰問。
知子之好之，⑮	知你對我最友好，
雜佩以報之。」⑯	我把雜佩來答報。

注　釋

①鄭風──見「薪」字應用系列《鄭風·揚之水》注①。

②昧旦──天將明未明之時。《詩集傳》：「昧，晦；旦，明
也。昧旦，天欲旦，晦明未辨也。」

③子──你。妻稱夫。

　　興──起牀。

　　視夜──看看天色。

④明星──即金星，天亮時出現在東方，故稱明星，或啓明
星。

　　有爛──光明、明亮。　有，助詞。

⑤翱翔──迴旋飛行貌。其主語應爲鳧雁；修辭蒙下省略。姚
際恆《詩經通論》亦云：「將翱將翔指鳧雁。」舊訓丈夫翱翔
而往，失之。

⑥弋──以生絲爲繩繫箭上射鳥。《鄭箋》：「弋，繳射也。」

　　鳧（ㄈㄨˊ）──野鴨。

⑦言──助詞。

　　加之──射中了鳧雁。《詩集傳》：「加，中也。」之，代
詞。

⑧與子──與你。

　　宜之──把鳧雁做成美肴。《毛傳》：「宜，肴也。」

⑨琴瑟──兩種樂器。古以琴瑟合奏象徵夫婦和樂。《小雅·

常棣》:「妻子好合,如鼓琴瑟。」

御——用。指撫琴鼓瑟。

⑩靜好——安好。

⑪子——指妻子。

來（ㄌㄞ）——慰勞、關懷。

⑫雜佩——用多種玉、石合成的佩飾。《詩毛氏傳疏》:「佩所
繫之玉,謂之佩玉。集諸玉以爲佩,謂之雜佩。」

⑬順——和順,柔愛。

⑭問——贈送。《詩毛氏傳疏》:「遺人物,謂之問。」

⑮好——愛、友好。

⑯報——答謝,報答。

題旨簡述

此篇詠新婚夫妻枕邊對話,商量日間生活。整篇體現出家庭
和樂之美趣。從雜佩、琴瑟等用品及射雁飲酒等情形看,應屬於
士人之生活情調。

《詩序》云:「《雞鳴》,刺不說（悅）德也。陳古義以刺今,
不說（悅）德而好色也。」《詩緝》解釋云:「古者夫婦相警以勤
生,又能同心以取友,其好德而不淫於色也。」此皆附會之辭,
不可取。

雁字辨證

此篇第一章詠弋雁,第二章亦詠弋雁（弋言加之）,言晨星
未退,雁宿澤未飛之前,以弋捕捉之。此一般敍述之詞,非比、
非興,似無深意可求,論者亦多不在意。然此中積澱著特定的心
理觀念,即如前「總論」所言,雁兒在澤在岸,象徵和樂幸福
也。此篇與前篇《匏有》之用法有不同,《匏有》詠鳴雁以象徵婚姻

美滿，此篇詠弋雁以象徵婚後之安樂。情景不一樣，而兩者之民俗心理無二致。如只以等閒視之，便難知此中詩味了。

《毛傳》：「閒於政事，則翱翔習射。」《鄭箋》：「言無事則往弋射鳧雁，以待賓客，爲燕具。」

《詩集傳》：「射者男子之事，而中饋婦人之職。故婦謂其夫既得鳧雁以歸，則我當爲子和其滋味之所宜，以之飲酒相樂，期於偕老。」《詩經通論》：「鳧雁宿沙際蘆葦中，亦將起而翱翔，是可以弋之之時矣。此詩人閒筆涉趣也。」

按此四家解題旨解詞句互有不同，正誤且不論，然皆止於字面上作解釋，既不知其民俗，也無以深知此詩。

當代諸公，《風詩類鈔》《詩經今注》《詩經直解》等均無解。

唐風 · 鴇羽①

原　　詩	譯　　文
(一)	(一)
肅肅鴇羽，②	野雁起飛肅肅響，
集于苞栩。③	飛來集在櫟叢上。
王事靡盬，④	王家差役沒完了，
不能蓺稷黍！⑤	稷子黍子種不上。
父母何怙？⑥	父母年老依靠誰？
悠悠蒼天，⑦	舉首遙遙問上蒼，
曷其有所！⑧	何時安生在家鄉！
(二)	(二)
肅肅鴇翼，	野雁起飛肅肅響，

集于苞棘。⑨	飛來集在棘叢上。
王事靡盬，	王家差役沒完了，
不能蓺黍稷！	黍子稷子種不上。
父母何食？⑩	父母年老吃什麼？
悠悠蒼天，	舉首遙遙問上蒼，
曷其有極！⑪	何年何月有收場！
（四）	（四）
肅肅鴇行，⑫	野雁起飛肅肅響，
集于苞桑。	飛來集在桑叢上。
王事靡盬，	王家差役沒完了，
不能蓺稻粱！	不能分身種稻粱！
父母何嘗？⑬	父母年邁靠誰養？
悠悠蒼天，	舉首遙遙問上蒼，
曷其有常！⑭	何年何月得正常！

注　釋

①唐風——見「薪」字應用系列《唐風・綢繆》注①。

②肅肅——鳥翅飛動聲。

　　鴇（ㄅㄠˇ）——雁的一種，亦名野雁。鴇羽，意即鴇翼。

③集——鳥息樹上。

　　苞——《詩集傳》：「苞，叢生也。」

　　栩（ㄒㄩˇ）——櫟樹，亦即柞樹。

④王事——指王者派給百姓的差役。

　　靡盬（ㄇㄧˇ）——沒有停止。靡，沒有。盬，止息。

⑤蓺——種植。

⑥怙（ㄏㄨˋ或ㄍㄨˇ）——依靠。

⑦悠悠——遙遠。

⑧曷其有所——何時能有個安居之地。曷，何時。所，處所，
　指可以安居之所。

⑨棘——酸棗棵。

⑩食（ㄙ）——供養，給吃。

⑪曷其有極——何時是個盡頭。極，止、盡頭。

⑫鴇行——雁行。雁飛成行。《詩集傳》：「行，列也。」一
　說：行，鳥翮，義同羽翼。

⑬嘗——吃。《廣雅·釋詁》：「嘗，食也。」

⑭曷其有常——何時有正常的生活。常，常規。

題旨簡述

　此篇寫人民在兵役或勞役重壓之下的呻吟。

　《詩序》云：「《鴇羽》，刺時也。（晉）昭公之後，大亂五
世，君子下從征役，不得養其父母，而作是詩也。」按此大意說
亂世征役之苦，不為誤。只言時世在昭公之後，未可考耳。

　《詩集傳》：「民從征役而不得養其父母，故作此詩。」此說
穩妥可取。

雁字辨證

　此篇三章疊詠，皆以鴇集於木（栩、棘、桑）興起下文的官
差緊迫，不能耕種，不得瞻養父母的哀嘆。

　這裡說明兩點：一、《詩經》以雁起興者共五篇，此篇獨言鴇
而不言雁，應算一個變化。其實，鴇亦即雁，《毛詩傳箋通釋》：
「鴇，蓋雁之類。」《中文大辭典》：「鴇，亦名野雁。」余冠英
《詩經選》：「一名野雁」。總之，鴇亦即雁，名異而實同耳。
二、雁的生理特點是，其掌不能止樹，今來集於栩棘，則危而不
安之象，故用以興起下文：王事不安，黍稷荒蕪，父母不得其養

也。上下文意一致。這同《易》卦《漸·六四》說的「鴻漸於木」（前「總論」引）本是同一個意象，主凶。只是此卦言轉機，言如尋得平枝，亦即「或得其桷」，庶幾可無咎耳。而此詩則只言集栩，而又集棘、集桑等等，當然也就徒嘆悠悠蒼天，莫可如何了。

《毛傳》：「興也……鴇之性不止樹。」《鄭箋》：「興者，喻君子當居安平之處，今下從征役，其爲危苦，如鴇之樹止然。」

《詩集傳》：「鴇之性不樹止，而今乃飛集于苞栩之上，如民之性本不便于勞苦，今乃久從征役，而不得耕田以供子職也。」

《詩經選》：「這裡以鴇棲樹之苦，比人在勞役中的苦。」

《詩經直解》：「詩首二句言鴇性好涉水，以集樹爲苦；喻民性好和平，以征役爲苦。」

按此漢、宋、當今四家，經歷兩千多年，語言雖有不同，而解法大體相似。既然昧於古義，也就只能解之爲一般比喻了。

豳風·九罭①

原　詩	譯　文
(一)	(一)
九罭之魚，②	密網打魚不空網，
鱒、魴。③	一網打來鱒和魴。
我覯之子，④	我愛君子好體面，
袞衣繡裳。⑤	身著玄衣又繡裳。
(二)	(二)
鴻飛遵渚，⑥	雁兒飛循小沙洲，

公歸無所，⑦	您要歸去沒處留，
於女信處！⑧	再住一宿莫急走！
(三)	(三)
鴻飛遵陸，⑨	雁兒朝往大陸飛，
公歸不復，	您要離去不復歸，
於女信宿！⑩	再留一宿莫相推！
(四)	(四)
是以有袞衣兮，⑪	藏起您的衣裳啊！
無以我公歸兮，⑫	求您莫回遠方啊！
無使我心悲兮！	莫要使我悲傷啊！

注　釋

①豳風──見「魚」字應用系列《豳風‧東山》注①。

②九罭──細目魚網。九，泛指多數。罭，網眼。密網可捉小魚。

③鱒、魴──魚名，體較大者。詩以捕魚、食魚喻求偶，詳見魚字篇系列。

④覯──遇、見。亦通媾，指男女歡合。

　之子──指男方，即下章的「公」。

⑤袞衣──一種華貴衣服。聞一多《風詩類鈔》：「袞衣，玄衣。一曰即黻衣，黑與青謂之黻。」

⑥鴻──高亨《詩經今注》：「鴻，雁也。」余冠英《詩經選》：「鴻與雁同物異稱，或復稱為鴻雁。」（《小雅‧鴻雁》注①）

　遵渚──循著小沙洲。遵，循。渚，小洲。

⑦無所──無可留之處，無可歸宿。

⑧於──助詞，無實義。一說：與。

女——你。

信——再宿爲信。

處——相處。

⑨陸——陸地、高平之地。

⑩信宿——猶信處，再住一宿。

⑪是以——所以。

有——藏。《毛傳》注《周南・芣苢》：「有，藏之也。」

⑫無以——無使。

題旨簡述

此爲一篇情歌。一位女子同一外地男子相愛，感情甚好。男子要離開此地，女子留戀不捨，怕他再難回來。從詩歌內容、情調看，男子似貴族中人。

《詩序》：「《九罭》，美周公也。周大夫刺朝廷之不知也。」這是說，周公原住東都洛邑，有美政。東人聞周成王將欲迎歸周公，挽留不得，而作此詩。此說影響甚遠，歷唐宋明清至今，學界仍多宗此說。然而並未確證，亦且與詩文內容不符。

另聞一多主此爲貴族宴飲，主人留客詩。亦未允。

雁字辨證

此篇第二、三兩章，分別以鴻（雁）飛之「遵渚」、「遵陸」，興起下文的公歸「無所」與「不復」。遵渚者，離水而去沙洲也；遵陸者，離澤而飛大陸也。越飛離澤岸越遠，無魚水可飲食，乃分離不安之象。亦正與《周易》所言「鴻（雁）漸于陸。夫征不復。」（前「總論」引）相印合。《毛傳》云：「鴻不宜循渚也」、「陸，非鴻所宜山。」雖說語焉不詳，亦與《周易》原理相一致，有可取也。長期來，此詩不易確解，今以「鴻飛遵陸」

為內證，算是可靠消息。而歷代解此，既然昧於古俗，亦只好附會穿鑿而已。如：

《鄭箋》：「鴻，大鳥也。不宜與鳧鷺之屬飛而循渚，以喻周公今與凡人處東都之邑。」

《詩說解頤》：「陸鴻北向，則歸而不復矣。言周公既歸則留王室，而不復來東也。」

《毛詩傳箋通釋》：「鴻之遵陸遵渚，興周公之失所。」

《詩經原始》：「夫鴻飛在天乃其常，然時而遵渚遵陸，特其暫耳。公今還朝，以相天子，豈無所乎？殆不復東來矣。」

按以上漢明清四家，詞語各有不同，然皆以鴻飛遵渚遵陸喻周公不歸，既不知其古義，亦全乖於詩旨。至於當代諸公，《風詩類鈔》、《詩經直解》、《詩經今注》等等，均無解。

小雅・鴻雁①

原　詩	譯　文
(一)	(一)
鴻雁于飛，	鴻雁高飛天一方，
肅肅其羽。②	羽翼肅肅正作響。
之子于征，③	此人奉命服征役，
劬勞于野。④	辛勤在野為公忙。
爰及矜人，⑤	勞役加給窮苦人，
哀此鰥寡。⑥	鰥寡難免更哀傷。
(二)	(二)
鴻雁于飛，	鴻雁飛來肅肅響，

集于中澤。⑦	飛來集於澤中央。
之子于垣，⑧	此人奉命修城垣，
百堵皆作。⑨	百堵高牆興地上。
雖則劬勞，	雖則操勞太苦辛，
其究安宅！⑩	百姓安居有住房！
(三)	(三)
鴻雁于飛，	鴻雁飛集來天上，
哀鳴嗷嗷。	哀鳴嗷嗷響遠方。
維此哲人，⑪	哲人處事明大義，
謂我劬勞。⑫	慰我劬勞暖心上。
維彼愚人，	愚人說話太不公，
謂我宣驕。⑬	謂我驕傲自逞強。

注　釋

①小雅——見「魚」字應用系列《小雅·小弁》注①。

②肅肅——雁飛聲。《詩經》只以肅肅形容雁飛聲。《唐風·鴇羽》：「肅肅鴇羽，集于苞栩。」鴇亦雁也。

③之子——指春命築城者，使者。

④劬勞、病苦。

⑤爰及——連及。爰，發語詞。及，到、加給。

　矜（ㄐㄧㄣ）——苦也。

⑥鰥寡——老而無妻曰鰥，喪夫曰寡。無依無靠者。

⑦中澤——澤中。

⑧垣（ㄩㄢ）——牆。在此作動詞，泛指築牆、築室。

⑨堵（dǔ）——古代築牆的計量單位。說法不一。多以長高各一丈爲堵。

⑩究——終。

安宅──安居。

⑪哲人──智者，賢明的統治者。相反，愚者指昏庸的統治者。

⑫我──奉命築城者自稱。亦即使者。

⑬宣驕──宣、驕同義，自負、自誇。

題旨簡述

此篇詠一奉命築城者的怨思。前兩章詩人之言，末一章詩人代言。離亂之後，修補城垣，國人返於都邑，應是王者之事。築城相當艱苦，也有安民之功。明哲之人，謂他工作劬勞，自是一種安慰。愚暗之人，不但不說好話，反譏他自負、宣驕。這反映出築城者同他的上司或社會關係中的諸多矛盾。

《詩序》云：「《鴻雁》，美宣王也。萬民離散，不安其居，而能勞來、還定、安集之，至於矜寡無不得其所焉。」此意僅供參考，但附會為美宣王詩，無可根據。故而《詩集傳》亦云：「然今亦未有以見其宣王之詩」也。

後世以「哀鴻」喻難民，典出此。

雁字辨證

此詩共三章，同以「鴻雁于飛」起興，而興起下文有不同。

第一章，「鴻雁于飛，肅肅其羽」。此飛無定所，游離不安之象。故而興起下文，就是征人於野、劬勞不安，連鰥寡在所不免了。此與《周易‧漸‧九三》所言「鴻漸于陸，夫征不復」有相似。第二章，「鴻雁于飛，集于中澤」。此飛有定所，澤草可居之意。故而興起下文，就是築城有功，雖則劬勞，然而人有居處了。此與《漸‧六二》所言之「鴻漸于磐，飲食衎衎」有相似。第三章，「鴻雁于飛，哀鳴嗷嗷」。此飛行勞頓，鳴聲遠聞之意，

故而興起下文，哲人說他劬勞，愚人說他宣驕了。

此興法特點是，三章首句皆同，變化在於次句，意象，有相同，境界亦多異耳。

《鄭箋》解此詩：「鴻雁知辟陰陽寒暑。興者，喻民知去無道就有道。」此以「就有道」附會《詩序》「美宣王」無可取。

《詩集傳》：「鴻雁集于中澤，以興己之得其所止而築室以居，今雖勞苦而終獲安定也。」此大體合於詩義，然亦未明古義，視一普通比喻而已。

當代諸公，如《詩經今注》《詩經直解》《詩經選》等，均無解。另，或解釋鴻飛乃自由之象徵，以反襯奴隸勞動之不自由者。尤非古義。

「匏」、「瓠」字應用系列

一、總論

　　何謂匏？匏亦謂瓠，二字同義，即今所謂葫蘆。匏在青嫩時可食。成熟後，其殼可為容器。其體長而腰細者，可以繫帶渡河，作腰舟。其體之特大者，可以剖而為船，如《周易・泰卦》載云：「包荒用馮河」，包荒即葫蘆，取其寬大之意。再如《莊子・逍遙遊》云：「今子有五石之瓠，何不慮以為大樽而浮于江湖？」這是關於匏瓠的自然屬性及用途。

　　但是要閱讀《詩經》，也必須知道遠古的葫蘆崇拜。《禮記・玉藻》云：「瓜祭上環」。這是說，古人食瓜（葫蘆），必先祭祖，示不忘本也。在古人觀念中，葫蘆就是祖先。所謂上環，就是葫蘆切斷後，與莖相聯的那一環，取其不離枝蔓也。古傳說，「盤古開天闢地」，盤古是造物主，其實，盤古即「槃瓠」，亦即葫蘆。古俗稱母親為尊堂，而尊（樽）之原義即葫蘆。再加一堂字，即堂中受敬的母親。這就是說，在我們古文化結構中，這葫蘆、盤古、祖先、母親，是隱隱約約聯在一起的。

　　據調查，滇川地區有涼山彝族傳說：遠古洪水泛濫，人畜盡歿水中，獨伏羲、女媧兄妹因躲入葫蘆中得活，於是結婚生三子，分別為彝、藏、漢三族祖先。雲南省東北部漢族，亦傳說「人從瓜出」，瓜即葫蘆。閩浙贛粵的畬族，奉「盤瓠」（葫

蘆）爲祖先。台灣高山族的派宛人，也以葫蘆爲各族人氏的共祖。

據報，當今哀牢山的「羅羅」彝，姑婚時舉行合卺禮，就是把葫蘆剖爲兩瓢，供夫婦盛酒作「交瓢飲」，以象徵新婚夫婦也成一葫蘆合體，與伏羲、女媧同出於葫蘆之事相印合。把此與漢人的《禮記‧昏儀》相參照，《昏儀》也是說，新婚夫婦要「共牢同居而食，合卺而醑（飲酒）。」其具體方法則如《三禮圖》所記：「合卺，破匏爲之，以線連兩端，其制一同匏爵。」與彝族的合卺之禮很相似。以後，「合卺」在中國的典籍中，也就變成了結婚的代名詞。

從以上不難看出，這葫蘆崇拜之事，在神州大地上，有普徧而悠久的歷史。隨著世情的演變，這一崇拜的內容，便也具有了敬奉祖靈、締結婚姻、生子繁衍等等多方面的涵義。這就是中國的葫蘆文化。

最後說《詩經》。《詩經》與《禮記》《儀禮》不相同，與古時傳說也不同。它不言古俗之內容與本末，而只把匏苦、瓜苦、瓠葉、瓜迭等等的一些單詞，隨手地寫進詩章詩句之場景，既象寫風物，又像寫季節，完全隱去其底細，時過幾千年，便很難令人說清楚其中眞諦了。然而，一旦了解到這葫蘆崇拜的古俗，詩中的這匏、瓠、瓜等，便立即顯示其古老的靈性，變得可以理解，而且親切有味了。茲將詩中的「匏」、「瓠」字應用系列，逐一注解如下。

二、篇目

豳風・東山　　　　小雅・信南山
小雅・瓠葉　　　　大雅・緜

邶風‧匏有苦葉①

（全詩見「雉」字應用系列）

原　詩	譯　文
匏有苦葉，②	葫蘆秋老葉子黃，
濟有深涉。③	濟水渡頭波洋洋。
深則厲，④	水深腰繫葫蘆過，
淺則揭。⑤	水淺葫蘆舉肩上。
有瀰濟盈，⑥	茫茫一片濟水盈，
有鷺雉鳴。⑦	林草深處山雞鳴。
濟盈不濡軌，⑧	濟盈自把車軸涇，
雉鳴求其牡。⑨	山雞啼喚為求雄。

注　釋

①邶風——見「魚」字應用系列《邶風‧谷風》注①。

②匏——葫蘆。古時可用腰舟以渡河。古合巹之禮，以匏為之。另，我國有多個民族以葫蘆為共祖。詳見「總論」。

　苦葉——枯葉。葫蘆秋老之標誌。

③濟——濟水。

　涉——渡口。

④厲——繫帶。水深時，把匏繫帶在腰間以防沈溺。

⑤揭——高舉。淺則揭，水淺時不用葫蘆，過河時舉起葫蘆就行了。詳見「雉」字應用系列本篇注⑤。

⑥瀰——水盛大貌。

　　盈──滿。

⑦鷕──野雞叫聲。

⑧濡──浸濕。

　　軓──車軸之兩端。不濡軓，即濡軓。不，語助詞，無義。

⑨牡──指雄雉。

題旨簡述

　　此篇詠女子催娶之詩。一位姑娘，在河邊等候情人，心情急切。候人的目的，是爲快些完婚。

　　全詩四章，詳見雉字篇系列。此其第一、二章，詠女主人公臨水抒情，表達其催娶之意。

匏瓠辨證

　　此詩兩章，分別以「匏葉」「雞鳴」起興，以暗示下文的候人、催娶情思。詩以雉鳴喻男女之歡合與婚娶，詳見「雉」字應用系列，此單言「匏有苦葉」。匏有苦葉者，單從字面講，作爲物候標誌，時至八月，葫蘆枯熟，正男女成婚季節，這是一個方面。或云，葫蘆可爲腰舟，渡口水深，用以渡河而已。這也是一個方面，然而，這匏字的深層歷史內涵，則應與前「總論」所言「葫蘆生人」、「含卺」之禮，亦即婚姻觀念分不開。遠古時期的葫蘆崇拜，經長時之流傳衍化，到文化發達的周代，便終於與文學藝術相結合，以詩歌語言的形式，表現其嫁娶情思了。這按當時的風俗觀念讀此詩，本應是生動感人的，而今天，由於年代久遠，風俗之隔膜，便覺不易欣賞，也很難知其眞諦了。請看歷代注疏：

　　《鄭箋》云：「瓠葉苦，而渡處深，謂八月之時，陰陽交會，始可以爲婚禮，納采問名。」此以瓠（匏）葉枯老，判明婚娶季

節，不爲誤。但昧於匏瓠眞義。

《詩集傳》：「此刺淫亂之詩。言匏未可用，而渡處方深，行者當量其深淺而後可渡。以比男女之際，亦當量度禮義而行也。」《詩毛氏傳疏》：「此句詩意，以匏葉之苦（枯）不可食，興男必以及時，即第三章云：士如歸妻，迨冰未泮也。」按兩家說辭有不同，然皆附會其事，仍無可取。

《詩義會通》：「《國語》：苦匏不材，於人共濟而已。」《風詩類鈔》：「繫匏于腰，可以濟渡。」《詩經直解》：「言于渡口迎人待渡時所見、所感，濟深則繫匏而涉，濟淺則褰裳而涉。」此三家皆簡言匏瓠可以爲舟，亦未明另有深義。

豳風 · 東山①

（全詩見「風」、「雨」字應用系列）

原　　詩	譯　　文
我徂東山，②	我自從軍去東山，
慆慆不歸。③	歲月悠悠不團圓。
我來自東，	今自東山回家轉，
零雨其濛。④	一路小雨意綿綿。
鸛鳴于垤，⑤	墩上鸛兒鳴不住，
婦嘆于室。	妻在房中聲聲嘆。
洒掃穹窒，⑥	灑掃房舍補牆洞，
我征聿至。⑦	盼我征人把家還。
有敦瓜苦，⑧	想那葫蘆肥又大，
烝在栗薪。⑨	掛在栗薪圓又圓。
自我不見，	自從你我兩分手，

于今三年。	而今整整已三年。

注　釋

①豳風——見「魚」字應用系列《豳風·東山》注①。

②徂——往、去。

　東山——山名，據考即魯國之蒙山。

③慆慆——時間長久。

④零雨——落雨。詩以風雨象徵男女歡合與婚娶，詳見「風」、「雨」字應用系列。

　濛——雨細小貌。

⑤鸛——長頸水鳥，似鶴。食魚。《詩經》以魚、食魚、鳥兒食魚喻愛情與婚娶。詳見「魚」字應用系列。

　垤——小土堆。

⑥穹窒——塞住牆上的洞隙。穹，洞。窒，堵塞。

⑦聿——有行將之意。語助詞。

⑧敦——圓圓的形狀。

　瓜苦——即瓜瓠、葫蘆。苦通瓠，亦即匏。

⑨栗薪——義同析薪或柞薪。詩以「薪」字喻婚娶，詳見「薪」字應用系列。

題旨簡述

　　此篇為征人還鄉之詩。征人歸來，一路細雨，思想萬千。全詩四章，詳見「風」、「雨」字應用系列，此其第三章，詠征人想像妻子正在為思念自己而悲傷。

　　此詩之時代背景，可大體視為周公東征時事。

　　此章第九、十兩句，一詠瓜苦，一詠栗薪，皆以喩愛情與婚姻。「薪」字辨證，詳見「薪」字應用系列，這裡單言瓜苦。瓜苦者，瓜瓠也。苦、瓠相通，而瓠即匏，或聯稱匏瓠，仍即葫蘆。匏瓠爲家室、繁衍之象，亦即愛情之象徵，前「總論」已有明證。此章詠征人在歸途中正想像妻子嘆息於室並爲他打掃房舍時，腦海就出現了那個圓圓的大葫蘆，掛在栗薪上。這對今人來說，似乎不可思議，而對當時這位征人說，卻正是想妻室便聯想到葫蘆、見葫蘆也聯想到妻室的一個十分自然的心理過程。似乎是無意識的，卻實乃歷史之積澱，完全合乎規律。所以，下文便接著唱出：自從咱倆不見面，至今已經是三年。上下文氣一致，並非不相關的。由於年代久遠，古今民俗隔膜，舊注多不及此。

　　《毛傳》：「言我心苦，事又苦也。」《鄭箋》：「此又言婦人思其君子之居處，專專如瓜之繫綴焉。瓜之瓣有苦者，以喩其心苦也。」此以瓜之繫綴、瓣苦比君子居處之危及人心之苦。皆穿鑿無可取。

　　《詩集傳》：「栗，周土所宜木，與苦瓜皆微物也。見之而喜，則其行久而感深可知矣。」此按一般常情說詩，不爲誤。只不明匏瓠眞諦。

　　《讀風偶識》：「第三章始借見瓜點出三年二字。非瓜也，其人也。言語之妙可想。」此解爲以瓜代人之修辭法。離匏瓠之義尤遠。

小雅・南有嘉魚①

（全詩見「魚」字應用系列）

原　詩	譯　文
南有樛木，②	南方有樹長得高，
甘瓠纍之。③	累累葫蘆掛樹梢。
君子有酒，	君子今日置酒會，
嘉賓式燕綏之。④	飲宴嘉賓樂陶陶。
翩翩者鵻，⑤	祝鳩輕飛把翅揚，
烝然來思。⑥	飛來紛紛落高堂。
君子有酒，	君子今日置酒會，
嘉賓式燕又思。⑦	再勸嘉賓進一觴。

注　釋

①小雅——見「魚」字應用系列《小雅・小弁》注①。

②樛（ㄐㄧㄡ）木——高木。

③甘瓠——葫蘆。

　　纍——繫掛，纏繞。

④式——用。

　　燕——通宴。

⑨綏——安、宜。

⑤翩翩——飛貌。

　　鵻（ㄓㄨㄟ）——又名祝鳩、鵓鴣。孝鳥也。詳見「魚」字
應用系列本篇注⑩。

⑥丞然——眾多貌。丞，眾多。

　來思——飛來。思，語氣詞。

⑦又——通「侑」，勸也。指勸酒。

題旨簡述

　　此篇爲西周貴族宴饗宴客的祝福詩。一祝豐收，二祝多子，三祝子孫孝道、家庭安樂。全詩四章，詳見「魚」字應用系列。此其第三、四章，主要祝多子以及子孫孝道、家室安樂。

　　《詩序》解此篇爲舉賢之詩，與詩文內容不合。不可取。

匏瓠辨證

　　此篇前一章，以「南有樛木，甘瓠累之」起興，用以引起下文的燕樂之辭。而其辭不言原委，只言飲酒安樂，是以一向難解。

　　前「總論」中明證，葫蘆爲多子之象。而此篇言甘瓠，其實甘瓠即匏瓠，亦即葫蘆。葫蘆爬上樛木，累累然，樹高瓜多，則子孫繁盛之象，蓋無可疑。是以本章言甘瓠，即以祝多子。也是全詩的第二項祝福內容。此詩特點，每章各以一物興起下文。後一章，另以「翩翩者鵻」興子孫孝道，詳見「魚」字應用系列，此不贅。而歷代解此，一概不明眞諦，均誤。

　　《鄭箋》：「君子下其臣，故賢者歸往也。」此依《序》作《箋》，《序》誤《箋》自亦誤。其影響後世，如《詩說解頤》：「樛一木得甘瓠之累，猶君有謙德而得賢者之歸。」《詩毛氏傳疏》：「楊木下垂，甘瓠得而累蔓之，喻君子禮下賢者，因而歸附之。」此皆一個調子。

　　《詩集傳》：「君子有酒則必與嘉賓共之，而式燕以樂矣。」「樛木下垂而美實累之，固結而不可解也。愚謂此興之取義者，

似比而實興也。」此解以瓠累喻團結賓客，影響當今，學界亦有宗承者，皆失之。

小雅·信南山①

原　詩	譯　文
疆場翼翼，②	田中疆界齊又整，
黍稷彧彧。③	黍子稷子郁青青。
曾孫之穡，④	曾孫莊稼長得好，
以為酒食。	做成美酒又佳羹。
畀我尸賓，⑤	供奉神祖與嘉賓，
壽考萬年。⑥	神靈賜福壽無窮。
中田有廬，⑦	田中長出大蘿蔔，
疆場有瓜。⑧	界上是那大葫蘆。
是剝是菹，⑨	剝之削之做成菜，
獻之皇祖。⑩	恭之敬之獻皇祖。
曾孫壽考，	曾孫得福有長壽，
受天之祜。⑪	全靠老天來保護。

注　釋

①小雅——見「魚」字應用系列《小雅·小弁》注①。

②疆場（一）——田界。疆、場同義。

　翼翼——整齊貌。

③彧彧（ㄩ）——同鬱鬱，茂盛貌。

④曾孫——周人對祖神的自稱。曾孫以下對於先祖都自稱曾
孫。周王或主祭人都可自稱曾孫。

穡（ㄙㄜˋ）——收割莊稼，或指稱莊稼。

⑤畀（ㄅㄧˋ）——給予。

尸——祭祀時裝神的人。多以孩童、晚輩為之。

賓——賓客。

⑥壽考——高壽。考，老。

⑦廬——蘆之借字。蘆，即蘆菔、蘿蔔。《說文》：「蘆，蘆服
也。」一說：廬即廬舍，看瓜人所居。

⑧瓜——瓜瓞、葫蘆。《大雅·縣》：「縣縣瓜瓞，民之初
生。」劉堯漢《論中華葫蘆文化》：「瓜即葫蘆，葫蘆生
人。」1987年3月《民間文學論壇》。

⑨剝——剖開。《說文》：「剝，裂也。」

菹（ㄐㄩ）——做菜。

⑩皇祖——對先祖的尊稱。

⑪祜（ㄏㄨˋ）——保祐、賜福。

題旨簡述

　　此篇為周貴族冬季祭祖之詩。寫了些農業生產情形，也可稱
農事詩。全詩共六章，篇幅較長，此錄其第三、四章，主詠豐
收、釀酒，並且以瓜（葫蘆）為祭，祈求福祐，《鄭箋》云：「獻
瓜菹于先祖者，孝子之心也。孝子則獲福。」

　　《詩序》：「〈信南山〉，刺幽王也。不能修成王之業，疆理天
下，以奉禹功，故君子思古焉。」這是《詩序》慣用的一種穿鑿方
法，全無可取。

　　《詩集傳》：「此詩大指，與〈楚茨〉略同。」《詩經通論》則
云：「但彼篇（指《楚茨》）言烝（冬祭）、嘗（秋祭），此獨言

烝。蓋言王者『烝祭歲』也。」後世多參考此義。

此篇下章以「中田有廬，疆場有瓜」起句，敍述祭祖之事。關於第一句，姑且不論，這裡單言第二句：「疆場有瓜」。

古人以匏瓠亦即胡蘆為祖靈，並兼以胡蘆祭祖，前「總論」已有明證。此篇言「有瓜，未言胡蘆，而其實，瓜即胡蘆。《大雅》「緜緜瓜瓞，民之初生」（〈緜〉），劉堯漢解之云：「瓜即胡蘆，胡蘆生人。」（見本篇注⑧）可證此兩篇言瓜，同為一物，而下文接著說：「是剝是菹，獻之皇祖」，這就更明言胡蘆為祭祖之物，與前邊「總論」所言相印合。前「總論」所引《玉藻》云：「瓜祭上環」（指胡蘆切斷後，與莖相連的那一段），似乎用為生祭；此言「是剝是菹」，似乎則為熟祭。祭法有了變化，而以匏瓜祭祖，表示向祖靈敬奉與祈福，則是沒有變化。那麼，其中所包涵的虔誠與信仰，也就可想而見，其在讀者心靈中引起的崇敬情思也就可想而知了。

歷代解此，對於這一「瓜」字，幾乎無人注意，或者不予作解，或者只當作一般菜瓜而已。當今學者也有解釋為香瓜甜瓜之類者，尤失之。

小雅・瓠葉①

原　　詩	譯　　文
(一)	(一)
幡幡瓠葉，②	瓠葉萋萋長得旺，

采之亨之。③	採來瓠瓜做肴湯。
君子有酒，	君子今日置酒會，
酌言嘗之。④	且斟且飲共品嘗。
(二)	(二)
有兔斯首，⑤	兔肉鮮鮮入廚房，
炮之燔之。⑥	煨之燒之味道香。
君子有酒，	君子今日置酒會，
酌言獻之。⑦	敬獻賓客共品嘗。
(三)	(三)
有兔斯首，	兔肉鮮鮮入廚房，
燔之炙之。⑧	燒之烤之味道香。
君子有酒，	君子今日置酒會，
酌言酢之。⑨	敬奉宴主進一觴。
(四)	(四)
有兔斯首，	兔肉鮮鮮入廚房，
燔之炮之。	燒之煨之味道香。
君子有酒，	君子今日置酒會，
酌言酬之。⑩	再勸佳賓進一觴。

注　釋

①小雅——見「魚」字應用系列《小雅・小弁》注①。

②幡幡（ㄈㄢ）——瓠葉翻動貌。

③亨——烹之本字。

　之——代詞，指瓠，非指瓠葉。高亨《詩經今注》：「之，指
　瓠」。

④酌——舀酒。

　言——助詞，猶「而」。

嘗——吃。

⑤兔——古時白兔爲瑞應之象。《瑞應圖》:「王者恩加耆老,則白兔見。」謝承《後漢書》也記:「方儲幼喪夫,負土成墳,種奇樹千株。白兔游其下。」從此看來,白兔爲敬老之象。此句言「有兔斯首」,《鄭箋》:「斯,白也。」則此兔似即爲白兔。另《王風·兔爰》言「有兔爰爰,雉離于羅」,《小雅·巧言》詠:「躍躍毚兔,遇犬獲之」,則兔又爲狡獪之象。此中似有矛盾,其區別,蓋在白與不白之間乎?特此說明存疑。

斯——《鄭箋》:「斯,白也……有兔白首者,兔之小者也。」一說:斯,猶其,語助詞。

⑥炮(ㄆㄠ)——裹燒法。把食物塗上泥放在火中煨燒。

燔(ㄈㄢ)——放肉於火中燒熟。《毛傳》:「毛曰炮,加火曰燔。」

⑦獻——獻酒於賓客。

⑧炙(ㄓ)——烤。《毛傳》:「炕火曰炙」。

⑨酢(ㄗㄨㄛ)——客人斟酒回敬主人。《毛傳》:「酢,報也。」

⑩酬(ㄔㄡ)——再次勸酒。《鄭箋》:「主人又飲而酌賓,謂之醻,醻猶厚也、勸也。」(《小雅·彤弓》)

題旨簡述

此篇爲親朋間燕飲敬老之詩。

《詩序》:「《瓠葉》,大夫刺幽王也。上棄禮而不能行,雖有牲牢饔餼,不肯用也。故思古之人不以微薄廢禮焉。」這是說周幽王擁用牲牢之富,但「只自養厚而薄于賓客」(《毛傳》),故此詩思念古人不以瓠葉兔首之微薄廢禮也。很明顯,此皆附會之

辭，不可信。但其影響後世亦多在「微薄」二字上取義，均無可取。

《鄭箋》：「亨，熟也。熟瓠葉者，以爲飲酒之菹也。此君子，謂庶人之有賢行者也。其農功畢，乃爲酒漿以合朋友……酒既成，先與父兄室人亨瓠葉而飲之，所以急和親親也。」按鄭氏言瓠葉可食等等，實無可取，但所言急和親親之義，稍有近於題旨者。

匏瓠辨證

此詩第一章，以「幡幡瓠葉，采之亨之」起句，敍述下文的飲酒之辭。其辭不明原委，只言「酌言嘗之」，也是一向難解，同《南有嘉魚》（第三章）有相似。《南有嘉魚》以「甘瓠累之」祝多子，前邊已有明證。此章以採瓠烹瓠置酒會，則應屬敬老之義。無論敬老與多子，離不開祖靈葫蘆（匏瓠），與前「總論」所言相一致。舊解采之烹之者爲瓠葉，此實誤解。所謂「幡幡瓠葉」，詠匏瓠生長之盛而已，並非言瓠葉可食。《邶風‧匏有苦葉》，《毛傳》云：「瓠葉苦，不可食也。」所以，采之烹之者，實乃匏瓠之果實，非言瓠葉也。

另，此篇第二、三、四章，皆言「有兔斯首，炮之燔之」。此兔亦瑞應之象。例如《瑞應圖》云：「王者恩加耆老，則白兔見。」謝承《後漢書》也記：「方儲幼喪父，負土成墳，種奇樹千株。白兔游其下。」這都是從古代傳下的。可見這烹瓠燔兔云云，都與敬祖敬老之事相關聯，正此詩題旨之所在。歷代解此，均不明此中底細。如：

《毛傳》：「幡幡，瓠葉貌，庶人之菜也」。此語有兩點同《詩序》相結合給後世定下了基調：一是瓠葉可食，二是庶人微薄之菜。例如《詩集傳》云：「此亦燕飲之詩，言幡幡瓠葉，采之亨

之，至薄也。然君子有酒，則亦以是酌而嘗之。蓋述主人之謙詞，言物雖薄，而必與賓客共之矣。」再如《詩說解頤》：「此章以瓠葉爲菹，以兔爲殽，品物雖薄，而賓主以是成獻酢酬之禮，而誠敬盡焉。」這都是一個調子。然而瓠葉苦，不能食，且匏瓠爲祖靈之象徵，同微薄與否無涉，前邊已經說過了。

朱鶴齡《詩經通義》：「此詩明明是哀世荒閒之象」。此則另爲一說，然仍不離瓠葉微薄之義。不明匏瓠之眞諦。

大雅・緜①

原　詩	譯　文
緜緜瓜瓞，②	大小葫蘆爬蔓長，
民之初生。③	周民開始要興旺，
自土沮漆，④	從杜搬家漆水旁。
古公亶父。⑤	古公亶父即太王，
陶復陶穴，⑥	挖窰挖洞把寒當，
未有家室。⑦	沒有家室沒住房。
古公亶父，	古公亶父好榜樣，
來朝走馬。⑧	清晨走馬把路上。
率西水滸，⑨	沿著西水有方向，
至于岐下。⑩	來到岐山地面廣。
爰及姜女，⑪	偕同夫人姜氏女，
聿來胥宇。⑫	察看地勢建宮房。

注　釋

①大雅——見「魚」字應用系列《小雅・小弁》注①。

②緜緜——不絕貌。

　　瓜瓞——即瓜瓠、匏瓠、葫蘆。《詩集傳》:「大曰瓜,小曰瓞。」

③民——指周人、周民族。

　　初生——開始興起、發展。

④土——讀爲「杜」,水名。杜水流域的邰邑（今武功縣）爲周始祖後稷之居地。

　　沮（ㄘㄨ）——借爲徂,往也。

　　漆——水名。漆水流域的豳（今陝西彬縣一帶）,即后稷的三世孫公劉由邰邑遷往之地。

⑤古公亶父——亶父爲公劉第十世孫,號古公。亦即周文王之祖父。

⑥陶復陶穴——意爲「掏覆掏穴」。陶,借爲掏。復,借爲覆,即從旁掏的洞、山洞或窰洞等。穴,指由地面向下挖的洞。

⑦家室——指宮室房舍。《毛傳》:「室內曰家,未有寢廟,亦未敢有家室。」

⑧來朝——早晨、向明。來,是。朝,早晨。

　　走馬——馳馬。走,跑、馳驅。

⑨率西水滸——循豳城西邊漆水之岸前進。率,循、沿。西,豳域之西。滸,河岸。

⑩至于岐下——來到岐山（今陝西岐山縣）之下,指周原。

⑪爰——於是。

　　及——偕同。

姜女──姜氏之女，太王之妃，又稱太姜。

⑫聿──發語詞。

胥（ㄒㄩ）──察看。

宇──屋宇。《毛傳》：「胥，相（ㄒㄧㄤ）；宇，居也。」

題旨簡述

此詩詠周文王之祖父太王古公亶父（古公其號、亶父其名）率周人遷居、開墾、創業的整個歷史過程。遷居之前、曾受到獫狁的侵害。遷居之後，開始營建宮室、開闢田地，交睦鄰邦，擊敗獫狁，國勢日益強大。全詩九章，此其前兩章。首章，追溯后稷三世孫公劉由杜水流域的邰邑（今武功縣）遷往漆水流域的豳（邠邑），直到古公亶父，生活還很困難。次章詠古公亶父，率周民沿漆水遷至岐山（今岐山縣）下，察看居地。此後，定國號為周，此地即稱周原。

《詩序》：「《緜》，文王之興，本由大（太）王也。」此言文王之興，是由太王打下了基礎。不誤。

匏瓠辨證

此篇以「緜緜瓜瓞」起興，以引起下文關於周之先祖的一系列歷史活動，並歌頌其光輝業績。何謂「瓜瓞」？《詩集傳》解釋云：「大曰瓜，小曰瓞」，然而不論大小，其實應皆指葫蘆，亦即匏瓠也。葫蘆為祖靈之象，亦且為祭物之物，前「總論」已有明證。《禮記・玉藻》：「瓜（葫蘆）祭上環」，《小雅・信南山》：「疆場有瓜，是剝是菹，獻之皇祖」，即皆言以葫蘆祭祖。此章言「緜緜瓜瓞，民之初生」，與下文相聯繫，則念祖之義甚明，亦兼有子孫繁衍、日臻昌盛的涵義了。歷代解此，單從字面講，亦非無可取者，然多不明此本義。如：

　　《鄭箋》：「瓜之本實，繼先歲之瓜必小，狀似瓞，故謂之瓞，緜緜然若將無長大時。興者，喻后稷乃帝嚳之胄，封於邰，其後公劉失職，遷於豳，居沮漆之地，歷世亦緜緜然，至大王而德益盛，得其民心而生王業。故本周之興，云于沮漆也。」《詩集傳》：「大曰瓜，小曰瓞。瓜之近本初生無常小，其蔓不絕，至末而後大也。」按此在瓞字上作解釋，取開始生長困難至後而興大之義。不是無可取者，然而不明本義。

　　《詩經今注》：「詩用瓜瓞的連緜不絕比喻周朝子孫的眾多。」此只在緜緜不絕、子孫眾多方面作解釋，亦未明其真義。

「狐」字應用系列

一、總論

　　《詩經》篇章中言狐者，大概可分兩類：一類用之於言服飾，例如「取彼狐狸，爲公子裘」(《豳風‧七月》)就是，不在此研究之列。另一類，則用之爲社會生活的象徵物，凡屬這一類的篇章，便統歸這狐字系列。

　　一向解「狐」字，都以爲是個常識，無須煩說。正因如此，凡自漢代以後的經師、學人，直至當代論壇，才都無一例外地訓狐爲狡猾之獸、邪媚之象，甚或是災難之兆。但是，這不能解通《詩經》，不能合理地解釋那一系列詩篇。例如《衛風‧有狐》：「有狐綏綏，在彼淇梁。心之憂矣，之子無裳！」此章以前兩句「有狐」作興句，後邊的「引起」之辭是妻子對丈夫無衣禦寒的悲傷，情感眞摯動人。這有什麼理由說「有狐」是邪惡的象徵呢？我們必須注意，《詩經》這一部詩集，本就是兩千五百年前的產物，而其中的某些觀念，則是從更古老的時代中留傳下來的，如只以今天的一般觀念去理解，那就要實實在在地沒有共同語言了。但是，只要大體考察一下有關這方面的典籍，也就可以尋找到合於當時之實際的答案。例如《通帝驗》：「白狐，祥瑞獸也。」、《河圖》：「黃帝出，先致白狐」、《瑞應圖》：「九尾狐者，六合一同則見。文王時東夷歸之。」這雖都是些傳說，卻是

古時的民俗，以狐爲瑞應之獸。不論是黃帝時、文王時，只要有狐出現，便是預兆祥瑞。《四子講德論》也說：「昔文王應九尾狐，而東夷歸周。」這同《瑞應圖》一致。所謂「九尾」云云，當然不是眞的，狐尾蓬大而美，以九名之，估計原是個美稱，以後輾轉傳說，帶上了神祕性。再看《春秋潛潭巴》：「白狐至，國民利。不至，下驕恣。」、《孝經援神契》：「德至鳥獸，則狐九尾。」這都是一個意思，並且更具體，有狐出現，利國利民，在位者的仁德普及鳥獸，則出現九尾之狐，與上述諸例同義。

以上都是狐在天下治亂、國計民生方面的一些瑞應觀念，貌似荒誕不經，其實都是積澱在民族心理中的一種共同心理經驗，對上古之人來說，都是眞實的，信誠的。而下面的《呂氏春秋》一段，則是關於狐在婚姻方面的一個重要觀念。如「禹年三十未娶，行塗山，恐時暮失嗣。辭曰：『吾之娶，必有應也。』乃有白狐九尾而造于禹。禹曰：『白者，吾服也；九尾者，其證也。』于是塗山人歌曰：『綏綏白狐，九尾龐龐。成于家室，我都攸昌。』於是，娶塗山女。」細味這一段記載，可聯繫聞一多先生關於《周南・茉苢》的一段話：「古籍中，凡提到茉苢，都說它有宜子的功能，那便是因禹母吞茉苢而孕禹的故事產生的一種觀念。」（《匡齋尺牘》）那麼，請看這「綏綏白狐……成于家室」云云，不同樣也可認爲在那《詩經》的時代，也照例會留下有狐出、利婚姻的觀念嗎？而且在《詩經》之中就確有同樣的觀念相印證，前邊所引錄《衞風》之「有狐綏綏，在彼淇梁」一章，就是明顯的一例。

關於民間文化、古老習俗這東西，它在民族生活中的源起與演變，有時難以思議。例如此狐之爲瑞，有學者推斷說，在那更古老的圖騰時代，白狐即婚娶之神，這同大禹的故事相一致。至於在歷史上的演變，我們可從宋書《朝野僉載》中看到這樣記述：

「唐初以來,百姓多事狐狸房中,祭祀以乞恩(指婚姻),食飲與人同之。」那麼,唐初這風俗,又是從何而來呢?到清朝,蒲柳仙《聊齋誌異》中的狐女,則更加美麗可愛,不但會巧作媒妁,而且也直接以自己的品貌與男人談情說愛。這就更加說明,狐主婚姻的觀念,在古老的中國民俗生活深層中,確有其悠遠的歷史。《詩經》的「狐」字系列,只是這悠久文化的點滴而已。茲逐篇解釋如下。

二、篇目

邶風・北風   齊風・南山
衞風・有狐   小雅・何草不黃

邶風・北風①

（全詩見「風」、「雨」字應用系列）

原　詩	譯　文
北風其喈，②	天氣涼啊北風吹，
雨雪其霏。③	雨雪交會正霏霏。
惠而好我，④	君子一心惠愛我，
攜手同歸。⑤	兩人攜手一同歸。
其虛其邪，⑥	叫聲車兒慢點走，
既亟只且！⑦	莫將馬兒催又催！
莫赤匪狐，⑧	不是赤紅不是狐，
莫黑匪烏。⑨	不是烏黑不是烏。
惠而好我，	君子一心惠愛我，
攜手同車。⑩	二人攜手同登車（ㄐㄩ）。
其虛其邪，	叫聲車兒慢點走，
既亟只且！	莫要走得太急促！

注　釋

①邶風——見「魚」字應用系列《邶風・谷風》注①。

②喈（ㄐㄧㄝ）——借為湝，寒也，亦涼意。一說：風疾貌。

③雨雪——落雪，雨作動詞。或訓雨雪並作，亦通。《詩經》言
「雨雪」，多以喻婚娶與歡合，涵義與「風雨」同，另外亦
可喻豐收。舊解「風雨」「雨雪」喻酷政、喻災難，實誤。
詳見「風」、「雨」字應用系列。

　　霏——雪盛貌。

　　惠——《毛傳》:「惠,愛。」

　　好——結配、匹儔。

⑤歸——於歸。女子出嫁。聞一多《詩經通義》:「此新婦贈婿
　　之辭也。」

⑥其虛其邪——慢一點!慢一點!其,句中語氣詞,表擬議或
　　委婉語氣。虛,舒之借字。邪,徐之借字。舒徐,從容緩慢
　　之意。

⑦旣亟只且——已經太晚了。旣,已。亟,急、快。只、且,
　　語尾助詞。

⑧莫赤匪狐——不是紅的不是狐。匪,非。狐爲婚娶之象,赤
　　其本色。詳見「總論」。

⑨莫黑匪烏——不是黑的不是烏。按烏亦瑞應之象,同狐字作
　　對文。

⑩同車(ㄐㄩ)——義如同行、同歸。聞一多《風詩類鈔》:
　　「車即親迎之車」。

題旨簡述

　　此篇爲女子出嫁之詩,男方駕車親迎,她高興地唱出這首
詩。全詩三章,詳見「風」「雨」字應用系列,此其第二、三
章。

　　《詩序》云:「《北風》,刺虐也。衞國並爲威虐,百姓不親,
莫不相攜持而去焉。」此說影響甚深,至今學界多宗之,而實附
會之辭,不合詩文實際。

狐字辨證

　　此詩前兩章皆以風雨起興,詠同行而又同歸,本已顯示出男

女歡合之情思（詳見「風」、「雨」字應用系列），只因一向多誤以風雨喻黑暗、喻災異，再加第三章言狐言烏，一向又多以狐烏喻邪惡，便無人再敢向男女詩作設想，而益信《毛傳》及後世經師們穿鑿附會了。

「莫赤匪狐」者，可譯爲不是赤紅不是狐，意在指讚其本色。前邊「總論」中明言，白狐爲婚娶之象，而此篇言赤不言白，狐色不同，涵義是否有變？其實，它後面的「引起」之辭，仍明言「惠而好我，攜手同歸」，可見其基本涵義，不變，仍然是瑞夜婚娶之象徵。至於其下句所云「莫黑匪烏」，則烏亦瑞應之象，與赤狐涵義略同，此處限於篇幅，不多贅。觀赤狐與黑烏作對文，似分喻男女雙方，故而聞一多有言：「狐喻男，烏喻女」（《風詩類鈔》），此話僅供參考。而歷代解此詩，卻是大相徑庭，全弄錯了。請先看：

《毛傳》：「狐赤烏黑，莫能別也。」（孔疏：「言君惡之極，臣又同之。」）《鄭箋》：「赤則狐也，黑則烏也，猶君臣相承，爲惡如一。」這是毛、鄭承《詩序》定下的基調，皆昧於古代民俗，不明「有狐」眞諦。再看：

《詩集傳》：「狐……烏……皆不詳之物，人所惡見者也。所見無非此物，則國將危亂可知。」《詩經原始》：「赤狐黑烏，當時或有其怪，或聞是謠，皆不可知。總之，敗亡兆耳。故賢者相率而去其國也。」此皆以狐烏爲不祥之物、敗亡之兆，說法與毛、鄭有別，視狐爲惡物則一。至於當代諸公如：

《詩經今注》：「詩以狐比大官，以烏鴉比小官。」《詩經選》：「狐毛以赤爲特色，烏羽以黑爲特色。狐、烏比執政者。」這都又回到《毛傳》《鄭箋》去了。

衞風 · 有狐①

原　　詩	譯　　文
(一)	(一)
有狐綏綏，②	狐毛撒撒一身長，
在彼淇梁。③	緩緩走在淇水梁。
心之憂矣，	我心憂愁又不安，
之子無裳！④	可憐那人無衣裳！
(二)	(二)
有狐綏綏，	狐毛撒撒一身長，
在彼淇厲。⑤	緩緩走在淇灘上。
心之憂矣，	我心憂愁又不安，
之子無帶！⑥	那人無帶束衣裳！
(三)	(三)
有狐綏綏，	狐毛撒撒一身長，
在彼淇側。⑦	緩緩走在淇岸上。
心之憂矣，	我心憂愁又不安，
之子無服！⑧	那人無衣把寒擋！

注　　釋

①衞風——見「魚」字應用系列《衞風·竹竿》注①。

②有——名詞詞頭，無義。

　　綏綏——多毛貌。陸堂《詩學》：「《塗山歌》：『綏綏白狐』，

　　為毛色舒散之貌。」聞一多《風詩類鈔》：「綏綏，行遲貌，

一曰毛盛貌。」

③淇梁——淇水上邊的堤埧。

④之子——那人，指女子之丈夫。

無裳——無衣裳。裳，本指下衣，在此泛指衣裳。

⑤厲（ㄌ一）——瀨之借字，指水邊淺灘處。

⑥帶——束衣之帶。

⑦側——旁邊。

⑧服——衣服之統稱。一般用指上衣。

題旨簡述

此篇爲思夫之詩，具體事實不詳。猜想，一個婦女的丈夫，爲王家服役外出，或另有急事離家了，缺衣無裳，令她思念不已，而爲此詩。

《詩序》解此詩，「有狐，刺時也。衞之男女失時，喪其妃耦焉。古者國有凶荒，則殺禮而多婚，會男女之無家者，所以育人民也。」按此所言甚泛，似是而非，與詩文無必然聯繫，後世多不取。

《詩集傳》：「國亂民散，喪其妃耦，有寡婦見鰥夫而欲嫁之，故託言有狐獨行，而憂其無裳也。」此說較《詩序》稍勝，但硬指女方爲寡婦，事出於國亂民散，亦係猜想之辭，無所根據。

《詩經原始》：「有狐，婦人憂夫久役無衣也。」此說大致可取。

狐字辨證

此詩三章疊詠，皆先以「有狐」句起興，而引起對「之子無裳（帶、服）」的憂思。

其章法運用，與《塗山歌》（見《總論》）略同，可視爲狐字興

句的基本用法。只內容稍異其趣，一者祝新娶，一者思夫婿，皆不出婚姻範疇。前邊「總論」中言及，白狐、九尾狐，皆瑞應、婚娶之象，而此詩只言「有狐」，其涵義未見不同，另查有關典籍，除所謂白狐外，亦還有文狐、青狐、玄狐等色別，其瑞應之義不變。可見狐色之不同，無礙於理解詩文。

　　《毛傳》《鄭箋》解此詩，均無解及狐字。其原因，似乎也很明顯，兩家在《邶風‧北風》中，皆強指狐為惡物，並以喻衛君；而在此詩之中，則很難作相應之套合，只好迴而避之。另看三家注釋：

　　《詩集傳》：「狐者，妖媚之獸。綏綏，獨行求匹之貌。」又其解題云：「有寡婦見鰥夫而欲嫁之」。《詩說解頤》：「婦人獨處，而其夫久戍不歸。人有欲淫之者，如狐之妖媚，獨行遲疑，故以狐為比。然己之所憂，惟寒到夫邊，尚未有衣，而志不在于他也。」《詩經今注》：「詩以狐象徵剝削者。這是寫一個剝削者穿著華貴衣裳，在淇水邊消遙散步，不是寫真狐。」按三家解狐字，表面互有不同，《集傳》以比鰥夫，《解頤》以比欲淫之者，《今注》以比剝削者。其實皆以比壞人，視狐為邪惡之象，均昧於有狐本義。再說《集傳》以有狐比鰥夫，於道義亦不合。鰥夫者，老而無妻之謂，如《小雅‧鴻雁》云：「爰及矜人，哀此鰥寡。」則鰥夫屬可憐憫者，何邪惡之有！

齊風‧南山①

（全詩見「薪」字應用系列）

原　詩	譯　文
(一)	(一)

南山崔崔，②	南山巍巍高又大，
雄狐綏綏。③	雄狐一身毛撒撒。
魯道有蕩，④	入魯大道平坦坦，
齊子由歸。⑤	齊子由此嫁魯家。
既曰歸止，⑥	既已由此嫁魯家，
曷又懷止？⑦	爲何回齊又找他？
(二)	(二)
葛屨五兩，⑧	葛布鞋子配爲倆，
冠緌雙止。⑨	禮帽穗子雙結花。
魯道有蕩，	入魯大道平坦坦，
齊子庸止。⑩	齊子由此嫁魯家。
既曰庸止，	既已由此嫁魯家，
曷又從止？⑪	爲何回齊又找他？

注　釋

①齊風──見魚字篇系列《齊風‧敝笱》注①。

②南山──齊國山名，又名牛山。

　　崔崔──山高大貌。

③綏綏──多毛貌。

④魯道──由齊國通往魯國的大道。

　　有──助詞。

　　蕩──平坦貌。

⑤齊子──齊國之子，指文姜。

　　由歸──經由此道出嫁去魯國。

⑥止──語末助詞。

⑦曷──同「何」、怎麼。

　　懷──回來。《鄭箋》：「懷，來也。」一說：懷念。

⑧葛屨（ㄐㄩ）──葛布鞋。

　五兩──配伍成雙。五通伍。兩，一雙。一說：「葛屨五

　兩」爲「葛屨兩止」之誤寫。

⑨冠緌（ㄍㄨㄢ ㄖㄨㄟˊ）──繫帽的纓，帽帶。

　雙止──一對。

⑩庸──用。與上章「由」字同義。《詩集傳》：「庸，用也。

　用此道以嫁于魯也。」

⑪從──指從齊襄公，與上章「懷」字同義。

題旨簡述

　此詩主旨，諷刺齊襄公與其同父異母妹通淫。魯桓公三年，桓公娶齊文姜爲夫人；十八年，桓公與文姜訪齊，聞知文姜與齊襄公私通，便斥責文姜，文姜以告齊襄公。齊襄公羞怒，計設宴請桓公，待桓公畢辭去時，命力士彭生駕車，搤桓公死於車中。

　全詩四章，詳見薪字篇系列，此其第一、二章，皆詠刺文姜既已出嫁魯國，就不該再回齊國尋舊情。

狐字辨證

　此詩第一章以「雄狐綏綏」起興，以引起下文的「魯道有蕩，齊子由歸」，亦即魯桓公娶文姜。其興法，與《衛風·有狐》略似，也應屬狐字興句的基本用法。《邶風》言「有狐」，此篇言「雄狐」，稱謂稍有不同，而作爲婚娶之象徵不變。

　舊解此詩，皆因以雄狐起興，又皆視雄狐爲淫獸，幾無人敢說它是興起魯桓公娶文姜的，而只好硬說雄狐乃以比齊襄，實與詩文不合。請看此詩第二章，以葛屨冠緌起興，以引起下文的「魯道有蕩，齊子庸止」，亦仍即魯桓公娶文姜。兩章結構相同，章旨相同，只是前者以雄狐起、後者以屨緌起，起法有不同

耳,而各自的引起之辭,則同是魯道坦坦、齊子歸魯,都是一件事,這本是沒有疑問的,可歷代解此詩,只因這一個狐字,便引出許多誤解了。請先看下列三家:

《鄭箋》:「雄狐行求匹耦于南山之上,形貌綏綏然。興者,喻襄公居人君之尊而爲淫洗之行,其威儀可恥惡如狐。《詩集傳》:「狐,邪媚之獸。……言南山有狐,以比襄公居高位而行邪行。且文姜旣從此道歸於魯矣,襄公何爲而復思之乎?」《詩經原始》:「狐,邪媚之獸,故以比襄公。」按三家,皆誤以雄狐爲惡獸、比襄公,如出一轍。可視爲漢、宋、清三個時期的代表。再看現當代三家:

聞一多《風詩類鈔》:「狐,淫媚之獸。雄狐喻齊襄公。」《詩經今注》:「詩以南山之狐喻荒淫之齊襄公。」北京大學《先秦文學史參考資料》:「狐是淫獸,故以雄狐喻齊襄公。」此三家包括聞一多先生,竟亦未脫出先賢窠舊。聞先生在《詩經》民俗學方面啓示後學甚多,可在狐字問題上,亦誤。

小雅・何草不黃①

原　　詩	譯　　文
(一)	(一)
何草不黃,	哪有草兒不枯黃,
何日不行!	哪有日子不奔忙!
何人不將,②	哪有人啊不當差,
經營四方!③	日夜輾轉走四方!
(二)	(二)

何草不玄，④	哪有草兒不枯萎，
何人不矜！⑤	哪個人不打光棍！
哀我征夫，	可憐我們當差漢，
獨為匪民！⑥	偏偏如此不算人！
(三)	(三)
匪兕匪虎，⑦	看那老虎和野牛，
率彼曠野！⑧	走在曠野雄赳赳。
哀我征夫，	可憐我們當差漢，
朝夕不暇！	日夜受苦沒盡苦！
(四)	(四)
有芃者狐，⑨	有狐尾巴蓬叢叢，
率彼幽草。⑩	穴兒藏在草叢中。
有棧之車，⑪	看那役車一隊隊，
行彼周道！⑫	漫漫周道走不停！

注　釋

①小雅——見「魚」字應用系列《小雅‧小弁》注①。

②將——行、奉行。《詩集傳》:「將，亦行也。」

③經營——勞作、往來。

④玄——黑色。百草枯敗之色。

⑤矜——無妻之人。《鄭箋》:「無妻曰矜。從役者過時不得歸，故謂之矜。」一說:矜通瘝，病。

⑥匪民——非人、不是人。匪，非。

⑦匪兕匪虎——彼兕彼虎。匪，彼。《小雅‧四月》:「匪鶉匪鳶，翰飛戾天。」《詩毛氏傳疏》:「匪，彼也。」
兕——野牛。

⑧率——行、循。

曠──空闊、廣大。

⑨芃（ㄆㄥˊ）──《詩集傳》:「芃，尾長貌。」《毛詩傳箋通
釋》:「芃，猶蓬也，蓋狐尾蓬叢之貌。」

⑩幽──深。

⑪棧（ㄓㄢˋ）──《毛傳》:「棧車，役車也。」《毛詩傳箋通
釋》:「此情『有棧之車』與『有芃者狐』皆形容之詞……棧當
爲車高之貌。

⑫周道──西周王朝，爲維護其統治，爲了布署軍隊，或爲戰
時運輸，曾由其鎬京本土向東，修一條長長的大道，作爲主
要交通線，在當時稱爲周道（或稱周行）。其軍隊布署情
形：駐宗周鎬京者稱「六師」或「西六師」，駐成周洛陽
者，稱「成周八師」或「成周師氏」，駐衛國地區（殷人故
地）者，稱「殷六師」。在西周全文中，都有具體記載，共
爲二十二師，統由周天子直轄。故《詩經》凡言「周道」「周
行」者如「四牡騑騑，周道逶遲」（《小雅·四牡》）如「采
采卷耳……寘彼周行。」（《周南·卷耳》）等等，大都爲征
夫、征婦之辭。所謂「周道」「周行」，在詩中變換使用，
只是爲了湊韻，涵義不變。舊解「周道」爲大道，不爲誤，
但不明周道之本義。

題旨簡述

此詩詠戰士出征，長時背井離鄉、吃苦在外，不得與家人團
聚的悲哀。

《詩序》:「何草不黃，下國刺幽王也。四夷交侵，中國背
叛，用兵不息，視民如禽獸。君子憂之，故作是詩也。」此說似
爲具體，但幽王征伐之事，未見確證。所以《詩集傳》只云:「周
室將亡，征役不息，行者苦之，故作此詩。」姚際恆《詩經通論》

亦云：「征伐不息，行者愁怨之詩。」皆有可取。

　　此詩共四章，全詠社會動亂。前邊「總論」中言明，詩中凡言有狐，皆瑞應、婚娶之象，而此詩第四章既以「有芃者狐」起興，而所引起的下文卻是行役之苦，竟與婚娶事無關，卻當作何理解？其實，這是在更深刻的層次中，同婚娶之事相聯繫，並非真的無關。先從此句的淺表意義看，這就是：當征夫們在茫茫曠野忍飢受寒的極端困苦中，看見蓬尾之狐躲在草叢中表現出一種暖適和自由的生態時，便情不自禁地感到當兵太苦了，連芃狐都不如。這就是對比聯想。（按章法，即所謂反對起興）然而只這樣理解仍是不夠的，因為這「有狐」興象在當時人們的心理積澱中，主要為婚娶之象，所以這對比聯想的內容，就不應僅僅是一般的暖適與辛苦的反襯，而應是思念妻室或無室無家的哀愁，同第二章所詠「何人不矜」（哪個人不打光棍？）密切相關聯。此可謂《詩經》狐字系列中的另一種用法，一種更隱諱的用法。而歷代解此詩，言者紛紛，既不明「有狐」之真諦，也就只憑猜想了。如：

　　《鄭箋》：「狐草行草止，故以比棧車輦者。」這怎麼理解呢？孔疏云：「此狐本是草中之獸，故可循彼幽草，今我有棧之輦車，人輓以行，此人本非禽獸，何為行彼周道之上，常在外野，與狐在幽草同乎？故傷之也。」這是說，征夫輓車在道，如同狐在幽草，是以為比。很顯然，這是猜想的，既甚膚淺，也不合於情理，後世多不取。再看：

　　《詩說解頤》：「狐有狡計能避患，而率由幽草之中常自逸也……乘此車行于周道者，皆愚弱之民，非若狐之能避患于幽草者也。」按此，可有助於理解「有狐」興句的反襯義，但不明

「有狐」本義。而且視狐爲狡獸，仍不出世俗舊規。再看：

《詩經原始》：「曠野之間，無非虎兒、幽草以內，盡是苂狐，此何如荒涼景象乎？」這是從一般詩歌裡論所謂之氣氛描寫作理解，但無助於眞正之理解，無助於理解《詩經》。

《詩經直解》：「視民如禽獸，曾不相恤。」這卻又回到《詩序》與《鄭箋》去了。

國家圖書館出版品預行編目資料

> 詩經名物意象探析／李湘著. --初版. --臺
> 北市：萬卷樓，民 88
> 面；　公分
> ISBN 957-739-222-9(平裝)
>
>
> 1.詩經-評論
>
> 831.18　　　　　　　　　　　88009288

詩經名物意象探析

著　　　者：李　湘
發　行　人：許錟輝
責任編輯：李冀燕
出　版　者：萬卷樓圖書有限公司
　　　　　　台北市和平東路一段 67 號 14 樓之 1
　　　　　　電話(02)23216565・23952992
　　　　　　FAX(02)23944113
　　　　　　劃撥帳號 15624015
出版登記證：新聞局局版臺業字第 5655 號
網站網址：http://www.wanjuan.com.tw/
E　-mail：wanjuan@tpts5.seed.net.tw
經銷代理：紅螞蟻圖書有限公司
　　　　　　台北市內湖區文德路 210 巷 30 弄 25 號
　　　　　　電話(02)27999490
　　　　　　FAX(02)27995284
承印廠商：晟齊實業有限公司
電腦排版：浩瀚電腦排版股份有限公司
定　　　價：360 元
出版日期：民國 88 年 7 月初版

ISBN 957-739-222-9